黎明の空

大澤俊作

郁朋社

黎明の空／目次

黎明の空　人物相関図

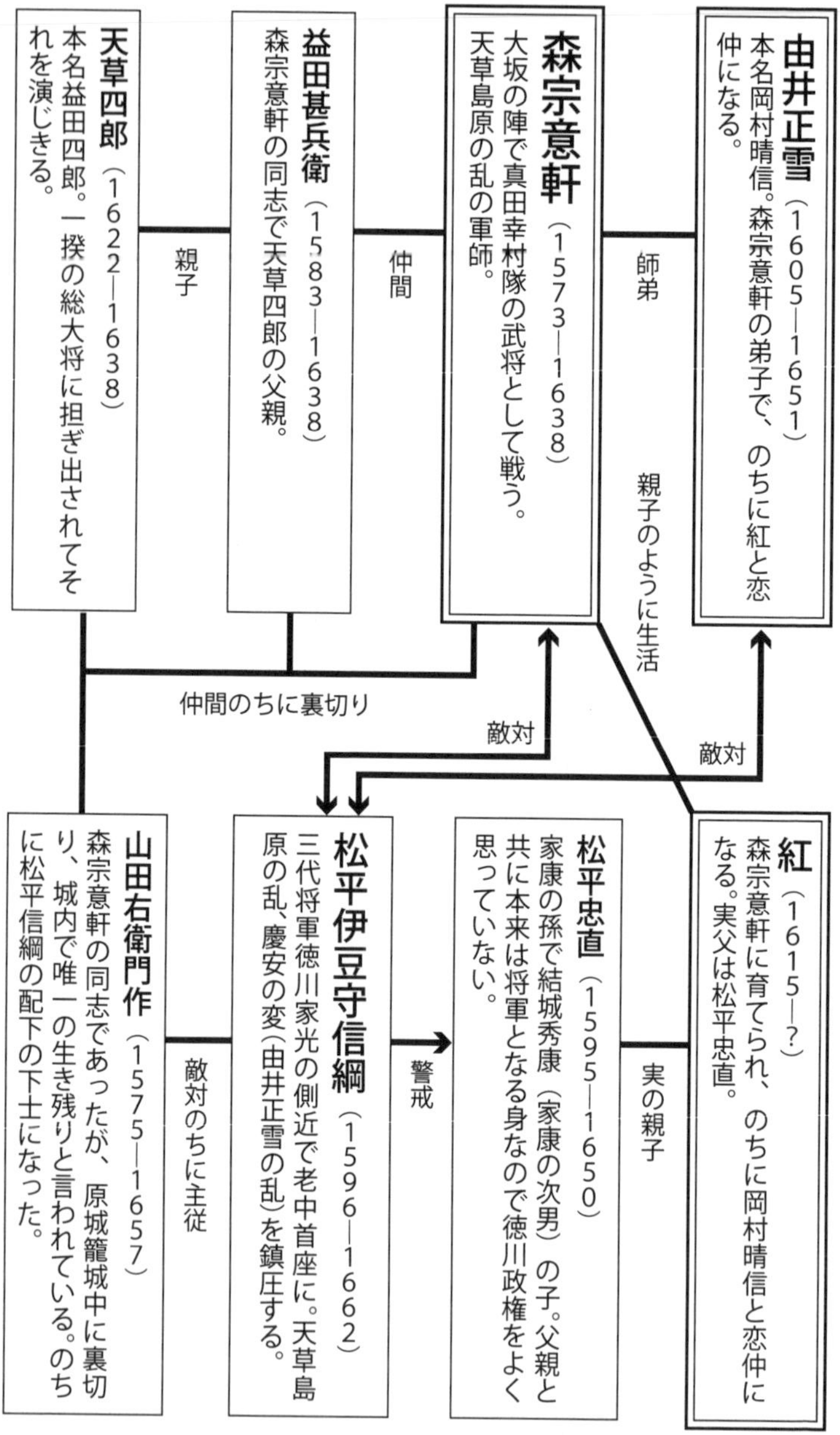
由井正雪（１６０５—１６５１）
本名岡村晴信。森宗意軒の弟子で、のちに紅と恋仲になる。
森宗意軒（１５７３—１６３８）
大坂の陣で真田幸村隊の武将として戦う。天草島原の乱の軍師。
益田甚兵衛（１５８３—１６３８）
森宗意軒の同志で天草四郎の父親。
天草四郎（１６２２—１６３８）
本名益田四郎。一揆の総大将に担ぎ出されてそれを演じきる。
師弟
仲間
親子
親子のように生活
仲間のちに裏切り
敵対
敵対
紅（１６１５—？）
森宗意軒に育てられ、のちに岡村晴信と恋仲になる。実父は松平忠直。
松平忠直（１５９５—１６５０）
家康の孫で結城秀康（家康の次男）の子。父親と共に本来は将軍となる身なので徳川政権をよく思っていない。
松平伊豆守信綱（１５９６—１６６２）
三代将軍徳川家光の側近で老中首座に。天草島原の乱、慶安の変（由井正雪の乱）を鎮圧する。
山田右衛門作（１５７５—１６５７）
森宗意軒の同志であったが、原城籠城中に裏切り、城内で唯一の生き残りと言われている。のちに松平信綱の配下の下士になった。
実の親子
警戒
敵対のちに主従

黎明の空

一　逃亡

（一）

夏というのに真冬のような鈍い灰色の雲に空が覆われている。そこにわずかな光が西に射してきた。雲間から覗いたその陽射しを見た森宗意軒《そういけん》は、

（――西だ――）

と、直感した。

安居《やすい》神社で今際の際にあった真田幸村から一本の刀を譲り受けた宗意軒は、右手にその刀を握り、敵を斬り倒しながら大坂城へ戻るべく走り出す。その刀を振り下ろす姿はまだ生気がみなぎっていた。四方八方に数えきれない敵勢がいる。

三つ葉葵ののぼり旗が、茶臼山山頂とその周辺に誇らしげに立てられているのが見える。つい先ほどまで幸村が本陣を構えていた場所である。

六千の幸村勢は紅い甲冑で統一していたが、走るために宗意軒はその重い鎧を既に脱ぎ捨ててい

る。一見、東軍の兵なのか西軍の兵なのか分からない。

（茶臼山も落ちたか。敗北じゃ。されど……）

銃声や大砲の音、そして陣太鼓もまだ鳴り響いている。大坂城内外の各地で激戦は続いていたが、戦局の大勢はほぼ決まりつつあった。周囲に味方らしき兵も随分と少なくなった。既に単独行動の宗意軒は敵中突破こそ逃げ切れる唯一の手段と確信して、懸命に西に走る。その時、あとにした安居神社から叫び声が聞こえた。

「松平忠直が家士、西尾仁左衛門、真田幸村を討ち取ったり！」

宗意軒に動揺した様子はない。眼前の敵兵のみ相手をして戦場から抜け出すべく走る。

（ここで死ぬわけにはいかぬ。大事を託された者として）

迷いなき思いが、彼を振り向かせなかった。ただしばし、譲り受けた刀の切先を見た。その向こうに二人の兵士が立っている。彼らも激闘の疲れからか、鎧を着けていないので一見、敵か味方か分からない。

この夏の陣では、幸村勢は徳川家康本陣に突撃を敢行する際、兵卒で同士討ちにならないようにあらかじめ合言葉を決めていた。最終決戦のその日の合言葉は「結び雁金《かりがね》」であった。

「結び雁金」は真田家で用いられていた家紋の一つである。いにしえより雁は幸福を呼び込む鳥として有名で、重箱や生活用品にはこの家紋が使用されていた。

真田といえば、六文銭の家紋が有名だが、大坂の陣において、幸村は徳川方にいる真田本家に遠慮して旗頭に家紋は使用していなかった。しかし武威を誇示するために緋縅《ひおどし》と言われる紅色の甲冑で揃えていたのだ。

「結び」と尋ねて「雁金」と返答がなければ敵と分かる。

宗意軒がその合言葉を発した。

「結び」

その二人との距離を縮めながら懐に手を入れる。彼はもう一度、叫んだ。

「結び！」

相手も徐々に近付いてくる宗意軒を警戒し、既に抜刀して構えていたが、彼の問いに答えられない。

シュッ、シュッ。二つの閃光が駆けた。

宗意軒は、斜め下から上へすくい投げるように両腕をしならせながらクナイを二本、放った。クナイは相手の視界の外から飛んでいく。

「うわっ」

的確に二人の目に突き刺さった。

（やはり敵だ……松平忠直勢か）

右手で刀を抜くと、目にも見えない速さで相手を切り裂く。その直後、敵の二人はうめき声をあげる間もなく、あっさりと息途絶えて倒れた。

宗意軒は再び走り出そうとしたが、くるみに包まれて地に置かれた赤子の大きな鳴き声が彼の耳朶を打った。

（この激戦地で二人はこの赤子を必死に守っていたのか。東軍の名のある武将の子であろうか）

戦国時代真っ只中は、出陣時より女性は戦衣にも触れさせないほどのご法度。それが全国的に常識であった。しかし、時は流れ「天下分け目の戦い」と呼ばれた関ケ原合戦よりはや十五年経過している。東軍は戦場に御陣女郎を数多《あまた》引き連れ、また身分の高い大名は側室も同行させている。この物見遊山気分で戦場に赴いたことが大苦戦を招いた要因の一つともいえるのであるが。

一瞬、見過ごして走り去ろうかとも思った宗意軒であったが、

(この子も戦の世の犠牲者。不憫じゃ)

と、我が身の危険もさりながら、その子を背負って再び走りだした。

徳川軍の勝ち鬨が各地から聞こえてくる。敵味方合わせて十数万もの兵が入り乱れる大坂城にあって、一時は壊滅状態に陥った徳川の旗本勢が、徐々に隊列を整えている。

その後、敵兵が眼前からいなくなっていった。大軍がこぞって大坂城内の山里曲輪方面へ向かっている。西軍総大将、豊臣秀頼とその母淀君ら一行が城内の山里曲輪の中に潜んでいたものの、徳川勢に発見され包囲されていたのだ。

「秀頼様……豊臣家落日の時か」

無念の思いに引きずられながらも、おかげで宗意軒は無事に木津川のほとりまでたどり着いた。戦場を抜け出すことができたのだ。

そこで初めて彼は後ろを振り返った。

豊臣家の栄華の象徴である大坂城天守閣が炎に包まれている。燃え盛るその炎は、あざ笑うかのように天下人豊臣秀吉の威勢をも崩し落としていった。

（二）

「うんぎゃあ、うんぎゃあ」

「よし、よし、いい子だ。泣くんじゃないぞ」

背負い籠を抱えた宗意軒は、行商人風の姿をしてくるみの中の赤子をなだめている。

「薬はいらんかい。傷に効く薬、風邪に効く薬、なんでもあるよ」

彼が歩く街並みは銀杏《いちょう》が落葉し、きらびやかに地が光っている。それは黄金の絨毯《じゅうたん》が敷かれているかのようだ。

ここは筑前国秋月。鎌倉時代、鎮西御家人だった秋月氏がこの地を領し、戦国時代には筑前、筑後、豊前三カ国十一郡計三十六万石の最大版図を誇った。しかし、豊臣秀吉の時代に日向国高鍋に移封され、その後は筑前に入国した黒田氏の領国となっている。

宗意軒は医師と薬売りを兼ねて居場所を転々としていた。大坂から船で瀬戸内を渡り、九州は豊後に入国、さらに西へ進んでいた。

戦国時代の忍者よろしく、大坂の陣の落ち武者は商人、虚無僧、山伏や猿楽師などに変装し、関所を通過して住居を転々としていた。

民家、商店関わらず一軒一軒、玄関に顔を覗かせて一声かけては家の中から反応がなければ、また隣の家を訪れる。八百屋、魚屋、両替商……様々な商いを営む店が軒を並べている目抜き通りでは、時折帯刀した侍とすれ違うが、目が合うことはなかった。赤子も抱いているので怪しまれてはいない。

その目抜き通りを歩いていると、地元の呉服屋から声がかかった。

「薬売りさん、少し体が火照っとるんやけど、風邪の薬はあるね？」

「麻黄《まおう》がある。これを服用すれば熱も下がりすぐ元気になれる」

そういうと宗意軒は背中の籠から薬袋を取り出した。

「赤子まで連れて商いとは、お連れさんはお亡くなりに？」

「ああ。妻は産褥熱でこの子を産んですぐに」

宗意軒は偽った。この手の質問にはいつも同じ返答をしている。

「それは要らんことを聞いてすみません。言葉がこの辺の人ではなさそうやね。筑前の人かい」

「筑前にいたことはないが、九州にはしばらくいた。その後は長い間、紀州に住んでいた」

「全国各地を行商しよんしゃあとね。大坂の陣以降、この九州にも豊臣方の落ち武者が数多逃げてきているようで、色んな方言が聞こえてくる」

「……そうですか」

「ここ黒田藩でも方言で御用になる武士、切支丹が随分と多か」

「先日まで豊後にいたが、切支丹大名大友宗麟公の統べられていた地域だけあって随分と隠れ切支丹が捕縛されていましてな」

「そうやろう。総じて九州は切支丹が多い。今は随分と改宗を強いられ仏教徒になった民が増えとうけど、まだまだ隠れ切支丹は多かろうね」

「ではこれで。お大事になされよ」

薬礼をもらうと宗意軒は、足早に店を立ち去った。

天文十八年（1549年）、イエズス会の創始者の一人であるフランシスコ＝ザビエルが薩摩に上陸、キリスト教の布教を始めて以来、キリシタンは全国で確実に増えていった。特に九州では土豪の大友宗麟、有馬晴信、大村純忠、移封で九州に入った小西行長や黒田官兵衛など多くの大名が洗礼を受けてキリシタンになった。宗意軒が大坂の陣後、西に光明が見えると直感したのはキリシタンや彼らを保護する大名も多く九州に存在していたこともあるのかもしれない。

しかし、徳川政権になり、慶長十七年（1612年）から十八年（1613年）にかけて全国的に禁教令を発布、キリシタンの取り締まりを厳しくした。

そもそも九州の南端に位置する薩摩からキリスト教がわずか数十年で全国に広まったのは一体なぜなのか。

キリスト教が伝わったのは戦国時代である。過酷な労役、年貢の徴収、日夜戦い続けて殺し殺される……いつ終わるのかも分からない戦乱と飢饉の時代に民衆や武士が抱いていたものは打破不可能な閉塞感だった。

最初に来日したのはポルトガルの保護の下で世界的に活動するイエズス会だったのだが、その後、イスパニアが保護するフランシスコ会、アウグスチノ会、ドミニコ会の宣教師達も続々と来日、布教活動を推し進めた。

彼らはまず、上陸した九州の大名達に接近した。鉄砲を始めとする近代兵器の商売で顔を売り、領内の布教の許しを得た。当時、経済力、軍事力を得るための最適な手段が南蛮貿易を行うことであった。戦国大名は政治的意図から布教を認めた。

宣教師達の活動は単に布教だけではなく、セミナリオと呼ばれる学校や病を治療する診療所といった、のちの近代日本に大きく影響を与えたソフト、ハードの環境整備もあり、そしてそれは徐々に地域住民に浸透していった。いつの間にか無くてはならない教育・文化・医療の拠点となった。

このような日本の文化慣習に迎合した「適応主義」と呼ばれる布教方針を実行したイエズス会が他のキリスト教会派よりも民衆の支持を得た。

キリスト教よりもおよそ千年早く日本に伝来した仏教は、この時代、権力者に対して徹底抗戦していた宗派があった。特に一向宗の一揆は強力で、長享二年（１４８８年）、当時の加賀守護職富樫政親を倒し、天正八年（１５８０年）に織田信長に鎮圧されるまでの約百年間、一向宗徒による自治組織で国を統治した。武装した仏教徒の組織自体が巨大な軍事力を有する戦国大名と化していたのだ。

信仰で一団となり、乱世に乗じて争いを拡大していく。既存の宗教の帰依に意味があるのか。人は現世で自身が望む幸福を叶えることが無理だと確信すると、宗教への希求が強くなる。明日をもしれぬ命の日々のカオスこそがキリスト教への入信を促進させる大きな要因であった。

当時の人々はもう戦いに飽きていたのだ。

宣教師の奉仕的な活動に大きな感銘を受けた豊後の戦国大名大友宗麟や領土の一部をイエズス会に寄与した長崎の大村純忠など自ら受洗した熱心なキリシタン大名も生まれた。

しかし、キリスト教の布教促進に最も貢献した人物が誰かと言えば、それは織田信長に尽きる。

信長という男は、探求心が人一倍旺盛で、キリスト教の教義に熱心に耳を傾け、南蛮国（イスパニア、ポルトガル）のことを詳しく尋ね、西洋甲冑や鉄砲などの近代兵器に興味を抱いた。彼が地球儀を初めて目にした時、日本の領土の狭さに驚きを隠さず、それ以降、変化していく世界情勢を常に外国人から聞いた。

しかし、宣教師達と信長の蜜月時間は長くは続かなかった。室町幕府を滅ぼし、天下を手中に治める直前の信長は、宣教師達と距離を置き始める。

所詮信長にとってキリスト教は、政治利用できる一ツールであり、受洗することは決してなかった。しかし、キリスト教との出会いは信長の大いなる野心に火を点けた。

（唐天竺〈中国、インド〉を手中にし、南蛮国と決戦に挑む。わしが現人神を名乗り、世界を一統する――）

天正九年（1581年）、自身を祀る摠見寺《そうけんじ》という寺を安土城麓に創建した。「盆山」という石を自身の変わり身として寺に置き、それを民衆に拝ませ始めた。

――余を拝めば、貧しき者は富裕の者となる、疫病はたちまち癒え、長生きする。余の誕生日が聖日であり、当日は必ず礼拝に来るように――

などと、摠見寺への参詣で現世利益が得られることを説いた。

摠見寺建立の翌年、天正十年（1582年）に信長は本能寺の変で家臣明智光秀に殺害されるため、彼が心の中に描いていた具体的な雄図は永遠に謎のまま、闇の中へ葬られてしまった。

信長の死後、天下は治に向かうが、その頃までキリシタンは増える一方であった。森宗意軒もその一人である。

宗意軒は立ち止まり、秋の遠い空を見上げてしばしのあいだ、感慨にふけた。

(この時期、空は青くて美しい。されど、雲は遠い。わしの望みが叶うのも、また遠い先のことであろうな)

流れる雲を掴むが如く、右手を空に掲げてみる。そしてぐっと握り拳を固めた。

(齢《よわい》も四十超えたが、やらねばならぬ。必ず)

改めて気を引き締めると、また歩き始める。

「薬はいらんかい〜、くす……」

思わず声を止めた宗意軒の目に入ってきたのは一軒の玄関のまわりに集まった十人ほどの子供達だった。

「ねえ、薬売りの叔父さん、これ、なんて書いてあるの」

近付く宗意軒に子供達が尋ねた。そこには、

——豊臣家残党此処に御宿——

と書いてある。

既に大坂夏の陣から半年ほど経過していたが、豊臣家の落ち武者狩りは徳川幕府によって全国各地で厳しく続けられていた。近隣の人間を悪意で陥れるためにわざとこのような類の貼り紙をする者も出てきていた。

しばし、その貼り紙に見入った宗意軒は何のためらいもなく、その貼り紙をはがして、

「わらべには少々難しいのう。気にしないでよい」

と言うと、その家の表戸を少し開けて声を出してみた。

「薬はいらんかい」

しかし、家の中から返事はない。興味を削がれた子供達は、離れていった。宗意軒はもう一度、声を発した。

（……誰もいないのか。次へ行くか）

戸を閉めて数歩歩いてのち、家の中から格子越しに小さな男性の声がした。

「ちょっとお待ちになってください。薬売りさんで？」

「左様。色んな薬を持っている」

「包丁でちょいとばかし左手首を切った。効く薬は持っておられるか」

「勿論。とても効く軟膏がある」

そう返事すると、家から男が戸を開けて顔を出した。男は宗意軒よりも若干年下に見えた。

宗意軒の外観をまじまじと見た上で、家屋の中へ誘った。

宗意軒は剥がして持っていた貼り紙をその男に渡す。

「これに気付いておったか」

「あ、このようないたずらを。薬売りさん、私は決して豊臣家の残党なんかじゃありません。これは心無い人間の仕業です」

その男は貼り紙を破り捨てた。

「密告、密告で人の心の闇が深いことを露呈した世の中だからな」

家屋は普通の民家だ。宗意軒は玄関の土間で背負い籠を下ろし、今度は赤ん坊を背中に抱えて籠から薬類を取り出した。

「どれ、傷口を見せてご覧なさい」

宗意軒はその男の左腕の袖をたくし上げた。

「う、この腕は」

思わず漏らしたその発言に、男は真剣な眼差しを宗意軒に向けた。

「あなたは薬を売るだけでなく、医師でもありますのか」

「まあ、多少の医療は学んでいる」

「そうか……医師なりですね」

「おぬし、ただの町人ではなさそうだな。手首だけでなく、肘に二の腕に数多の切り傷。実は侍か」

「いえ、違います」

「……まあ、深くは聞くまい。とりあえず、消毒したい。酒はあるか」

「にごり酒で？」

「焼酎がよい」

「ありますよ」

男はすぐに一本の焼酎を持ってきた。宗意軒はその酒をもって傷口にかける。そのあとヨモギで止血し、軟膏を塗り出した。

「医師さん、あなたこそ、ただ者ではないですね」

「なぜそう思う」

「普通、薬の行商は羽織に包まれた薬箱を背負っているが、おたくは大きな籠だ。それにその軟膏、どこで手に入れられました」

一瞬、宗意軒の治療している両手が止まった。

「これは卵白とヤシ油を混ぜ合わせたもの。豊後にいる時に……」

「南蛮の薬ですな」

「そうだ。よく分かったな。豊後で薬を売っている時も度々、けが人や病人と出くわした。少しばかり医術を用いたところ、いたく感謝された。もらった謝礼から薬をいかばかりか買っている。それがこの籠の中の薬だ」

「民に慕われていたなら、町医として豊後にそのままご滞留なされてもよかったのでは？」

宗意軒は返答せずに治療を進める。

「……」

「背負い籠も随分と大きなものですね。井草で巻かれているが、固そうな長芋も入っておりますな」

その男はそれが刀であることを確信して敢えて尋ねている。

「……」

「豊後に長く居られなかったわけが何かおありのようで」

意図的に話題を変えるように宗意軒がその男の話を遮った。

「よし、これで手当ては終わった。少しずつ痛みが和らぐ筈じゃ」

「ありがとうございます。お代はおいくらで？」

「百文だ」

「南蛮の薬なのに意外と安いですな。はい百文」

「確かに。では、わしはこれで」

男は背中を向けようとした宗意軒の袖を引きながら尋ねた。

「お待ちください。貼り紙を見ても、豊臣家残党かもしれない私めの傷を治してくれる。こんな大胆なことを普通の商人ができる筈がない。一体あなた様は何者で」

「わしは商人だが医師でもある。医師は何人であろうと救うものだ」

「もしも私が本当に豊臣家の落ち武者であれば、助ける人間も同罪で幕府からお咎めを受けるかもしれない。そんな危険をあえて冒しますかね」

「何が言いたい」

「うちに入ってこられてすぐ察知しましたよ。豊臣家残党の輩かもしれない男に憐れみをかけなさった。そしてその南蛮の軟膏薬。薬売り、医師はあくまでも仮のお姿。南蛮の薬はすべてを買ったのではなく、自らお作りになられたものもありましょう。さすがにそんな高価なものをたくさん買えるほど行商で儲かっている筈がない。しかし、なぜそのような薬を作れるのか、その術は一体何処で学びなさったのか」

「よくしゃべる男だな。おぬしこそ手当てした傷、あれは包丁で切った傷などではない。刀であろう。

研いでおったのか」

「さすがでございます。お察しの通り」

その後、相手の人物の本質を見抜くように、二人はしばらくじっと目をそらさずに見合った。

先に口を開いたのは宗意軒であった。

「わしは南蛮に行ったことがある。そこで医術や奇術の類を会得した。おぬしが指摘した通り、南蛮の薬は自分で作れる。そして……」

「受洗され切支丹になったと」

「……おぬしは偽りが通用せぬ仁だな。そういうことじゃ」

観念したような、感心したような、複雑な笑みを浮かべた直後、宗意軒は目にも止まらない速さで懐からクナイを取り出すと男の喉元に突き付けた。

「治癒した怪我人を即殺すことになるとはな。おぬし、口が寿命を縮めたのう」

宗意軒は既に真顔である。

「ちょっ、ちょっとお待ちください。私も切支丹なのです」

クナイがわずかに喉元から離れた。

「……それは誠か」

「はい。このご時世、そんなことを偽りでは申せませぬ」

訝りながらも宗意軒は腕をゆっくりと下ろしてその男に改めて尋ねた。

「おぬし、名を何と申す」

その男はホッと胸をなで下ろした。

「よかった。私の名は山田右衛門作。元肥前日野江藩主、有馬晴信の家臣でございます」

徳川家康は世界的な視野を持ち、貿易に注力していた有馬晴信のことが元来好きであった。百年以上続いた長い乱世がようやく終わり、これからは国内の争いではなく経済発展や文化振興が重要だという考えを家康は持っていた。徳川幕府から朱印状を与えられた晴信が、一早くそれを実践して積極的に貿易を進めていた大名だった。

しかし、ある日、自ら所有する朱印船をマカオに派遣した際、取引上のトラブルからポルトガル人に襲われ、船員を多数殺された。激怒した晴信は、大御所家康の許可を得て、長崎沖でポルトガル船ノッサ＝ダ＝グラッサ号を焼き討ちにした。慶長十四年（１６０９年）十二月十二日のことである。

大航海時代、スペイン人リベロからフェリペ国王への史料には次のような内容の書簡が残っている。

「銀の鉱脈がたくさんあり、日本との貿易を行うことはとても有益です。しかし、日本は軍事力に秀でており、三十万丁もの鉄砲もあります。征服するのは容易ではない。まずは、民衆をキリシタンにしてから征服すべきです――」

このようなスペインの野望を徳川家康は勿論、承知していた。ゆえにこのポルトガル船焼き討ち事件に関しても家康は、

「有馬は本当によくやった。神国日本が外国勢力に舐められてはいけない――」

と、国威高揚に貢献した晴信を称賛した。

しかし、この事件は尾ひれがつく。家康の重臣本多正純の与力岡本大八が晴信に、

「この度大御所より有馬様に多大な行賞がでるようです」

とそそのかし、自分がその斡旋をするからと、晴信から六千両相当の金品を賄賂として受け取っていたのだ。その収賄事件が幕府に露見し、岡本大八は火刑と判決が下った。その時、居直った大八が意外なことを口にした。

「有馬晴信は私に賄賂を与えただけでなく、南蛮船（グラッサ号）攻撃のやり方で揉めた長崎奉行長谷川左兵衛藤弘様を暗殺しようと企んでいます」

と、証言したのだ。

当時、幕府より長崎奉行職の任命を受けていた長谷川左兵衛藤弘は徳川家康子飼いの武将であったので、幕府も大八の告白を無視できなかった。幕府から江戸に呼び出され詰問された有馬晴信は言い逃れできず、甲斐に流罪、のちに切腹を命じられた。

この一連の事件を振り返り、家康は、

（有馬晴信も岡本大八も切支丹であった。世界征服を目論む南蛮国、そして耶蘇教は油断ならぬ――）

という思いを確信的に抱いた。徳川幕府はこの事件の二年後、慶長十七年（1612年）に禁教令を発布することになる。

「かの伴天連の徒党、みな件《くだん》の政令に反し、神道を嫌疑し、正法を誹謗し、義をそこなひ、善を損し、刑人あるを見れば、すなはち欣《よろこ》び、すなはち奔《はし》り、自ら拝し自ら礼し、これを以て宗の本懐となす。邪法にあらずして何ぞや。実に神敵仏敵なり。急ぎ禁ぜざれば、後世必ず国家の憂ひあらん。ことに号令を司りてこれを制せざれば、かへつて天譴《てんけん》を蒙《こうむ》らん――」

秀吉の伴天連追放令が「規制」ならば今回は「禁制」である。より厳しい内容であったが、大坂の陣以降のキリシタンの取り締まりは当初よりもはるかに過酷になっていた。

「有馬晴信公の……なるほど。まことに切支丹なのか」

尋ねる宗意軒に慎重な面持ちで右衛門作は答えた。

「はい。元々は晴信様御用達の絵画師でした。殿様は熱心な耶蘇教信者ゆえ、南蛮人から南蛮絵も学ばせていただきました。合戦時は勿論、戦場にも」

「絵画で生計を立てていたとは、高貴な文化人であったのだな」

「本業は武士であり、戦の時は侍大将を仰せつかっておりました」

「よく、そこまで実直にわしに洩らせるな。同じ切支丹なので信じたか」

「はい。あなた様とは運命の出会いのような気がします」

「……そうか」

「あなたの眼光は鋭い。常に周りを警戒しているような目をしてなさる」

宗意軒は苦笑しながら頭をかいた。

「商人らしくもっとにこやかな表情をしておかねばならないな。わしの演技力は乏しい」

「それにあの貼り紙を見ても家に入り、手当てしてくださった。ひょっとして豊臣方のお侍さんだったのでは？」

単刀直入に尋ねる右衛門作は、相手が口にする返答に確信があるようであった。

「察しの通りじゃ。わしは、元々は小西行長様の家臣であった。それが……」

「小西！」

その一言を聞くと右衛門作は左右を見渡しながら、

「こみ入った事情がおありのようじゃ。よろしければ奥の間へ」

と、宗意軒の発言を制して彼を家の中へ上げた。

「こちらへどうぞ」

右衛門作が触れた戸棚は隠し階段になっており、そこから天井裏に上った。「つし」と呼ばれる中二階の床の奥に聖母マリア観音の掛け絵が飾ってある。それを拝む一人の男性が背中を向けていた。

宗意軒が右衛門作に尋ねた。

「……ここは信者の拠り所になっているのか」

「いえ。彼はこの家の主である益田甚兵衛好次と申します。この家の住人は甚兵衛と私だけです。彼もあなた様と同じ元小西家の家臣です」

そこでその男が振り返り、宗意軒に会釈をした。年齢は三十前後のようだ。

「益田甚兵衛好次と申します。話は聞こえておりました。先生も元小西家の家臣であられまするか」

「そうだ。私の故郷、天草大矢野には益田姓の船頭がいたな」

「私も大矢野出身でございます」

「おお、あの一族か」

宗意軒の表情が瞬時に和らぐ。

「私は小西行長様の近侍として雇われて、その後祐筆にもお取立ていただきました。殿が関ケ原合戦で命を落とされた後、行き場を失い、職と住まいを転々としております」

「そうか、行長様の祐筆だったのか」

「あなた様は」

「申し遅れたな。わしは森宗意軒という。元は森三左衛門といい、小西行長様の兵糧奉行であった」

「森宗意軒……」

「亡き太閤殿下の朝鮮出兵でわしは小西勢の荷駄隊の船に乗っていたが、難破し、南蛮船に助けられた。その後、そのまま南蛮へ連れていかれた。イスパニアに滞在後オランダに渡り、マカオ、呂宋《るそん》（フィリピン）経由で帰国できたのは慶長七年（１６０２年）であった」

「なんという……さぞ多難な半生であったのでしょう」

甚兵衛はしばし絶句した。

「おぬしとは歳が離れているので、奉仕した時期が重なっておらぬようだ」

「はい……宗意軒様帰国の際には殿（小西行長）はもうこの世におられませんでしたな」

「ああ。わしは高野山に隠棲し、そこで森宗意軒と改名して塾を開いておった。関ケ原合戦に甚兵衛殿は参陣なされたのか」

「小西勢として戦い、敗走となって伊吹山中にて本隊とはぐれました。のちに殿は京都六条河原において斬首。私は生き延びて九州に戻ってはきましたが、旧小西領は加藤清正公のものになり、帰るあてもなく定住できずにおります」

「左様であったか……殿は大層律儀で器の大きな方であった。しかし、それにしてもお互いに難儀なことよのう」

その会話だけで二人は打ち解け合った感じがした。同郷で、かつて同じ主に奉公し、同じキリシタン。

「宗意軒先生は紀州で何の塾を？」

「天地」

そういうと、宗意軒は空、そして地面を指さした。

「つまりは世の中のことすべてを教えていた、ということですか」

「そう。まずは世の中のこと。そして学問、兵法、忍術、医術じゃ。当初は地元の子供達だけであったが、その内に紀州外の武士の子らまで住み込みで学びに来ておった。優秀な子もいたがのう。弟子達を残して大坂へ幸村様と出ていったからな」

「地元の大名から監視の目はありませなんだか」

「わしのような風来坊にはなかった。紀伊和歌山藩の浅野家は真田昌幸、幸村親子の監視を家康から命じられていたが、それも緩かった」

「日の本一の兵《つわもの》と、天下に名を轟かせた真田左衛門佐幸村様ですな」

「そうだ。九度山にいた真田家とは随分と懇意にしてもらった。幸村様は私より六歳ほど年上。出会うと即座に兄弟のように意気投合し、色んな話をしたものであった」

関ケ原合戦にて東軍を裏切り、西軍についた信州上田の真田昌幸は次男幸村と共に城に籠城し、徳川秀忠率いる三万八千の大軍をわずか二千の兵で撃退した。おかげで秀忠は関ケ原の合戦に間に合わず、家康の逆鱗に触れた。

もしもこの合戦で西軍が勝利していたならば、昌幸の功績からして百万石級の大大名に出世していたのは間違いない。豊臣政権の中で家康に代わり、五大老の一人として昌幸が重用され、天下のまつりごとの中枢で活躍した筈である。

しかしながら、勝利したのは東軍であった。家康は江戸に幕府を開き、自ら征夷大将軍となり、その二年後に息子秀忠に将軍の座を譲ることで、

――天下は豊臣から徳川に完全に移った――

と、世に知らしめたのである。

敗軍の将となった昌幸は、幸村と共に紀州高野山の九度山に流罪となった。その二年後、同地に森宗意軒が隠棲の場としてやって来る。

ご当地は歴史的に興福寺宗徒の国人衆の力が強い地域である。興福寺は、元は山階《やましな》寺といい、藤原鎌足が天智八年（669年）に造営した由緒ある寺でその後、天皇や朝廷によって整備されていった。平安時代には春日大社と強く結びつき、神仏習合の寺として強力な力を有した。

宗徒は武士や僧兵と地縁繋がりで自治組織的な武力を誇り、それを恐れた鎌倉幕府や室町幕府はこの大和郡山には守護を置かなかったほどである。

そのような地域であったので、関ケ原合戦後に紀州和歌山藩主となった浅野幸長も九度山の監視は、大和五条二見城主で興福寺系武士である松倉重政に実質上任せていた。

「わしは真田の屋敷を度々訪れては、あの親子らと酒を飲み交わしていた。親父殿（昌幸）は武田軍

法、城作りや籠城戦の戦い方などを詳しく話してくれた。幸村様は偉大な父親の智謀の才をそっくりそのまま受け継いでおった」

と、宗意軒はつい最近までの話を遠い昔話のように感慨深く話した。

「なるほど。隠棲先の高野山で真田幸村と出会い、塾を閉鎖してまで共に大坂城に」

「そうだ。改めて幸村様とは主従の絆を結び、紀州を出た」

「宗意軒先生、命を賭けてまで真田幸村と行動を共にする決心をなされたのは、なにゆえですか」

「それは、話すと長くなる」

「その赤ん坊……母親はどうなされました」

「ああ、この子か。わしの愛娘で名前を紅《べに》という。妻は産褥熱で亡くなった」

紅を見る宗意軒の表情には愛情と憐れみがにじみ出ている。

「これは失礼なことを伺いました」

「いや、皆が同じことを尋ねる。何も気にしてはいない。おぬしらはなにゆえ、この筑前秋月に来たのだ」

「太閤殿下の九州征伐の際、天草衆は殿下に与して秋月城を攻め、ご当地は随分と切支丹の寄り合いが多うございました」

「わしもその話は聞いたことがあるな。それに福岡藩祖黒田官兵衛は小西家の切支丹遺臣を随分と保護したゆえ、こたび、わしも立ち寄った」

「されど禁教令の御触れ、大坂の陣後はここも居心地は悪うございます」

筑前国秋月は福岡藩黒田五十二万石の領内であり、藩祖黒田官兵衛も息子で初代藩主となった長政も切支丹であった（のちに棄教）。

官兵衛の弟直之がこの地に一万二千石を与えられていた時代、自身が「ミゲル」という洗礼名を持ち、積極的にキリスト教の布教を推進していた。福岡藩内においては、この辺りがキリシタン信仰の中心となっていた。

禁教令後は他の大名同様、キリシタン取り締まりを行ったが、秋月付近は地理的にもキリシタン大名であった大友宗麟の領国豊後と、イエズス会の本拠地長崎との交流経路にあたるほぼ中間の地として、キリスト教信仰を続ける信徒が存在していた地域であった。

山田右衛門作と益田甚兵衛が九州流浪の末、当座、ここに住まいを構えたのもそれが理由である。

「そうか」

「これから宗意軒先生はどこへ行くつもりで？」

「わしは豊臣家の残党であり、切支丹でもある。大坂より薬売りを装ってここまで逃げてきた。九州は切支丹の仲間が多い。それに豊臣家残党は皆西へ逃げている。光明は西にあると思うてな」

「行く宛ては特段ござりませぬか。ご当地も豊臣家残党、切支丹の締め付けが日に日に厳しくなっております。私らもここを出る準備をいたしておりました」

「秋月を出ると。右衛門作殿はそれで刀を研いでいたのか」

右衛門作が頷いた。

「錆び付いて少し鈍《なまく》らになっておりました。一端外に出れば、どこで斬り合いになるか分かりませぬので」

宗意軒は、合点がいった表情を浮かべた。

「確かにそうだな。わしもまだ果たさねばならぬことがある。それをできうるのは九州だ」

「このご時世、豊臣家に与した武将達や我ら切支丹に抱ける夢や希望がありましょうや」

「ある」

宗意軒は毅然と答えた。

大坂の陣では豊臣方の武将として真田幸村と共に決死の覚悟で挑んだが、敗退した。しかし、その鋭い眼には、

――戦いはまだ終わってはいない――

という、静かに燃える炎が宿っていた。

「そんなことをわしに尋ねる右衛門作殿。貴殿こそ、夢をあきらめずに生き延びてきた、そのような顔つきをしている」

宗意軒から指摘された右衛門作は、微笑みが口角に浮かんだ。

「はい……ですが、黒田官兵衛、長政親子も元は切支丹ながら福岡藩でも弾圧を強めており、ここに長くいるのも危険でございます」

「そうか、筑後はいかがじゃ」

「筑後柳河（川）藩主の田中忠政様は元来耶蘇教に理解があるお方でしたが、今回、大坂の陣への不参加から幕府に厳しい目を向けられています。ご改易の噂も」

しばし三人の沈黙が続いたが、宗意軒が口を開いた。

「先ほどの貼り紙にしてもここも危なそうだな。我ら、皆同じ境遇にある。仲間は多いほどよい……共に逃げるか」

「いずこへ？」

二人が同時に訊いた。

「深慮の上だが、天草、島原あたりがよかろうかと」

宗意軒の言葉を聞いて、甚兵衛は奇矯な声を発した。

「なんと！　天草を治める唐津藩主寺沢広高は、領民に厳しく仏教への改宗を迫っておりますぞ」

戦国時代、天草は九州地方でも特にキリシタンが多く、関ケ原合戦後、恩賞の領地として当地を与えられた肥後の加藤清正が、

――天草のような切支丹の巣窟は仁政で統治できぬ――

と、徳川家康に直訴して天草の代わりに豊後の久住、鶴崎、野津原を譲り受けた。そのために天草は唐津藩の飛び地となった経緯がある。切支丹が多い天草の領土を辞退したのは清正が熱心な法華宗徒であったからではない。為政者としてその領土の統治は極めて難しい、と考えたからである。

「存じておる。寺沢様は元切支丹であったが、その後棄教された仁」

右衛門作も口を揃える。

「私は切支丹大名の有馬晴信様お抱えの絵画師、その有馬家は島原をおさえる肥前日野江藩から日向延岡藩へ転封となっています」

「それも承知だ。晴信様の後を継がれた直純様は家康の元側近。信頼回復のためと、切支丹の異母弟二人を殺害したそうだな」

「それではなにゆえ……私はそのため、日向へついていくは危険と、居場所を転々としていたところにこの筑前で益田甚兵衛と出会いました。切支丹が多い九州は特に危険です。島原を治める肥前日野江藩も新たな藩主に松倉豊後守重政様が入封されるという話です」

「承知だ」

「切支丹の締め付けが厳しい昨今、松倉様が藩主となる領地に入るは自死に等しい行為」

元々、松倉氏は筒井順慶の家老。その後は豊臣家の直臣となり、秀吉の死後、家康に与した武将である。主君を次々と変えるのはあくまでも処世が動機であって、心から家康に臣従していたわけではない。

松倉重政は上田城合戦で二度も徳川軍を破った真田の武勇を内心高く評していた。流罪の身となった彼らが、信州から近場に来たことで、自ら顔を出しては彼らに酒や食べ物を差し入れていた。興福寺門徒の武士らしく、権力者に媚びへつらわない側面を持っていた。

一万石ほどの小大名ながら人和の在郷武士として善政を敷く重政は、五条二見の領民からとても慕われていた領主であった。実際、幸村が大坂城へ入城する際、百五十人ほどの仲間を連れ立っていたが、その殆どが興福寺関係の武士であった。浅野家が見張る高野街道を避け、奈良街道を通って大坂城入りした。

幸村に惚れた土豪の衆が大坂へ行くのを重政は黙認したのである。

「わしは松倉重政様とは紀州九度山真田庵で共に酒を酌み交わした仲。大和武士は時の権力者に媚を売らぬ剛の者が多い。徳川幕府の命にどこまで従順に切支丹に厳しく当たるかは未知。それにわしの大望成就には仲間が必要だ」

「切支丹は仏教徒に改宗され、その地方も殆どいなくなっております」

「それは表向きのことであろう。隠れ切支丹は数多いる筈。現におぬしらもそうではないか」

「私達はゼウス様を裏切りませぬ」

「探せばわし達のような輩がいる筈だ。ただし、わしの理想は切支丹という立場で抱いているものではないがな」

「一体、先生は何をお望みで？　少しだけでもお聞かせ願えますか」

真剣な面持ちで右衛門作が尋ねる。

「簡単に言えば、天下の万民が穏やかに暮らせる世だ。今は大坂で大きな合戦が終わったばかりで余燼がまだ消えてはおらぬ。されど、時が来れば……それがいつになるかはわしにも分からぬが」

「天下の万民が穏やかに暮らせる世……わしらだって望むことです。されど……」

右衛門作が言葉を濁していると宗意軒が胸元から隠していた十字架を出してみせた。

「主イエス・キリストが悪魔の手から我らを恩寵によって取り返される。今日、日の本は徳川の天下。どこへ行っても我らは危険なのだから少しでも陽の当たる方へ行くしかない」

「陽の当たる方……それが天草島原と」

「そう感じる。それと風の噂だが、同じ真田勢の仲間だった滋野正信という武将が天草島原方面へ逃亡していると耳にした。滋野殿は切支丹ではないが、真田幸村様の遠戚にあたる方。再会できればわしも心強い」

「なるほど。しかしその滋野殿も同じ豊臣家の落ち武者。再会できても危険も大きいですな」

「危険は百も承知。だが、死地に飛び込まねば希望はない」

「死地で時を待つと」

「確かに時間はかかるかもしれない。されど、闇の中に生きてこそ、わずかな光明でも気付くことができよう」

「どこに行けども、苦境からは逃れられないですな」

「そういう時代なのだ。無理してわしと行動を共にする必要はないぞ」

「……」

再び沈黙が三人を包む。

その時、宗意軒の抱く赤子が再び大声で泣きだした。

「おお紅、目が覚めたか。すまぬ甚兵衛殿、ここで重湯を作らせてもらえぬか」

紅の鳴き声で三人を包む緊張の空気がたちまち溶けた。甚兵衛は笑顔で、

「勿論、結構ですよ」

と返答した。

懸命に紅をあやす宗意軒の背中で、右衛門作と甚兵衛は目配りをしてお互いに軽く頷いた。右衛門作が口を開く。

「分かりました。徳川政権下、確かにどこへ行っても危険が伴う。わしは島原、甚兵衛と宗意軒先生は天草。里帰り、我らお供いたします」

「そうか。仲間がいるのは心強い」

宗意軒が紅に重湯を与えている間に二人は身支度を終えて、

「マリア様に拝んでいきます」

と、宗意軒に告げた。

「めでたし聖寵満ち満ちてるマリア、主御身と共にましします。御身は女のうちにて祝せられ、ご胎内のイエスも祝せられ給う。天主の御母聖マリア、罪人なる我らのために、今も臨終の時も祈りたまえ。アーメン――」

二　再会

（一）

「秘極ノ薬といい、これは腹痛や消化不良に効く薬だ。これを飲めばお腹の具合はたちまちよくなる」

「いつも、有難うございます」

「症状が治っても丸一日は動かず安静になされよ。お大事にな」

天草の大矢野に戻った宗意軒は早速、徒歩《かち》医師として自宅で開業した。背中に赤子の紅を背負って医業に勤しんでいたが、彼女が五歳になる頃から薬草を煎じる仕事を手伝わせていた。

歩けるようになってからは、いつも手を繋いで患者宅まで連れていく。

「ねえ、父ちゃん。どうしてもいつも繋ぐお手ては左なの？」

素朴な疑問を宗意軒に投げかける。

宗意軒が紅と手を繋ぐ時に必ず左手なのは、いざという時に右手は忍ばせている懐剣を握るためである。

「子供は道端の方を歩くんだ。道の真ん中は走る人やお侍さんが乗る馬にぶつかるからな」

「そうか、父ちゃんはうちを守ってくれてるんだね」

徒歩医師業を行いながら同時に近郊の様々な情報収集に努めた。患者達から聞く話の中に、

——最近、天草高浜村に移住した元侍で上田正信という人物が商いをしている——

というものがあった。

正信という名前で宗意軒は確信した。

(滋野正信殿、同じ天草に移住されていたか)

宗意軒が住む大矢野郷越野浦から高浜まで十八里(約七十二キロメートル)ほどあり、忍びの走法を体得している宗意軒でも徒歩で半日ほどかかる。

しかし、滋野正信本人かどうか、確かめるためにすぐに行動した。宗意軒と同じく居を大矢野に構えた益田甚兵衛に紅を預けて自身は高浜へ向かった。未明に家を出て、高浜に到着したのは既に夕方であった。

高浜は漁港であり、西の水平線に沈む夕陽が空も海も朱に染めている。それが天草の島々と織りなす景色が穏やかで美しい。

(戦いに明け暮れた人間こそ、このような環境を求めるものだ。滋野殿、よいところに移住したな)

日没前に宿を探そうと通りすがりの人に聞くと、上田正信という商人を知っているという人物がいた。港のすぐ近くの家を指さして教える。

「あそこだよ。天草で採れる海産物の商売をしてなさる」

「すまない」

宗意軒は足早に家へ行き、出入り口の戸を少し開けた。

「御免、上田殿はご在宅でおられるか」

「どなたかな」

仏頂面で登場したのは、宗意軒が知っている滋野正信その人であった。

「滋野！　森宗意軒だ。生きていたか」

宗意軒を見た瞬間、正信の顔が一気に和らいだ。

「おお、森ではないか！　其方こそ無事であったか」

「大坂の陣以降、風の噂で滋野が九州に落ちたということは耳にしていた。再会できて嬉しいぞ」

「まことに。森は真田幸村本隊に属していたが、よもや助かっていたとは。よかった」

正信の表情が一層緩んだ。

「わしは切支丹ゆえ、自害せず、西へ逃げてまいった」

「この辺りも豊臣家残党狩りは厳しく執り行われている。気を付けろよ」

「分かっている。滋野も姓を変えて隠棲しているのだろう」

「今は上田正信じゃ。滋野だと真田幸村様と親戚であることが分かってしまい、都合が悪い。生まれ故郷信州上田から『上田』姓を名乗っている」

「望郷の思いから上田か……この地にて上田は商売を始めたとか」

「もう戦は十分。武士に戻ることは二度とないであろう」

「うむ」

「この天草には砥石に使える良質な鉱脈があるようだ。今は有明の海産物を取り扱っているが、今後はこの鉱石も商材として扱おうと思っている」

「左様か。天草にそのような金脈たる鉱石が」

「森も武士を辞めるならば天草の石で商売するとよい。必ず儲かる」

「いや、わしは……幸村様の志を継ぐ者。しかし、それはいい話を聞いた」

「武士を続けるのか。唐津藩にでも仕官するつもりか」

「わしは、徒歩医師をやりながらこの天草まで逃げてきた。しかし、いずれは……」

宗意軒がそこまで言うと、正信はあとの言葉を悟った。

「改めて言っておくが、わしは武士には戻らぬ。戦には二度と参加はしない」

正信は毅然とそう言い切った。

「そうか……もう戦は嫌か。やむを得ぬことじゃ。旧誼の仲でたまに酒でも酌み交わそう」

「おう、それならばいつでもよいぞ。何なら今宵でもどうだ」

真田幸村に惚れて、一度はお互いに命を捨てる覚悟で合戦に挑んだ二人の戦友は、心から気を許せる者に見せる満面の笑みをたたえた。

しかし、宗意軒は、

(滋野……いや上田正信を今後行う戦いに巻き込むわけにはいかぬ)

という思いを固めた。と、同時に、思いがけず正信から聞いた情報に興味を抱いた。

（天草で採掘される砥石……隠れた財宝やもしれぬ。もう少し詳しく調べてみよう）

この上田正信、実際に鉱石業を営みその後、大成功を収めた。息子定正の代には高浜村の大庄屋になった。炭焼き職人として窯も持ち、宝暦十二年（１７６２年）にはご当地の鉱石を使い、現在に伝わる「高浜焼」の窯元になった家系である。

（二）

寛永二年（１６２５年）夏。

背丈が五尺五寸（約百七十五センチメートル）近くある無精髭を生やした若い男が九州を旅していた。名前を岡村晴信という。すれ違う人々に誰彼構わず一つのことを尋ねている。

——森宗意軒という方をご存じないか——

もう何千回とこの言葉を発したであろうか。

「いや、知らないなあ」

「まったく聞いたことがない名だ」

つれない返事がただ返ってくるばかり。しかし、百に一つ、二つ、

「ずっと寝込んでいたお隣さんをたちまち治してくださった医師が森なんとかと、名乗っていたな」

「頭痛が止まない時に鍼を打ってくださると、痛みがなくなった。名は森先生だったよ」

などという有力な情報も耳にした。今にも切れそうな導きの糸一本をたぐって遂に肥後に入った。

この岡村晴信という男、駿河国宮ケ崎出身で旅に出たはいいが、気持ちばかりが急いてあまりお金を持たずに飛び出してきてしまった。

時折、旅籠での宿泊が難しい時もあった。まったくの無一文になった時もある。そんな時はいつも野宿だ。しかし、元来楽天的な性格をしている彼は、

（——まあ、なんとかなるさ——）

と、不安な思いに陥ることがない。常に明日への希望を心の中に抱いている。そんな若者らしい漢であった。

勿論、お金が無ければその日の飯も食べられない。そんな時は彼が習得している奇術、今でいうマジック芸を人々に見せる。

「さあさあ、これより世にも珍しい奇術をご覧なされ。これは呪術か幻術か。お代は十文、百文いくらでも、後払いで結構だ。決して見て損はさせないよ」

通りがかりの通行人達が何の大道芸かと集ってくる。そこで彼が一冊の本を取り出した。その本の見開きには白い鳩の絵が描いてある。

「この鳩が、本の中から飛び出すよ。目を見開いて、とくとご覧あれ」

そういうと、晴信は再び本を閉じた。

「いち、に、さん！」

晴信が本を開くと、一羽の白い鳩が飛び出し、空高く舞い上がった。そして本を開くと描かれていた筈の鳩が消えている。

「おお！」

「こりゃすごい！」

どよめき、見物客の中から思わず拍手が起こる。しかしこういう大道芸の類は必ず、腕を組んで怪しげに見る輩が存在する。

「おいおい、どうせいかさまだろう。鳩は懐の中にでもあらかじめ隠していたんじゃないのか？」

それを聞いた晴信は、すかさず、その訝る男に声をかけた。

「そこの旦那、少し前に出てきてくださるか」

「あっしか？　何をするんだい」

「ちょっとだけ手伝ってくれ」

「仕掛けの手伝いはしねえぜ」

「ハハハ、勿論だ。ではやるぞ」

そういうと晴信は、その男の目の前に右手の人差し指を出し、ゆっくりと回し始めた。

「旦那はわしの指を見ているだけでよい」

「こうか……」

男は晴信の指先を追った。

「よし、今これより旦那は口がなくなってしまった。もう話すことができない」

「……？」

男は声を発そうとするが、声の出し方が分からなくなってしまった。汗だくになり、体全体に力を入れて必死にもがく。

「どうです旦那、何かしゃべっておくれよ」

「……！」

どうしても男は声が出ない。見物客は増えていく一方だ。皆、一様に驚きの表情をしている。

「旦那の口は旅に出ちまった。もうしばらくは戻ってこないぞ」

思わず男は自分の顔を触った。勿論、唇もあるし、口を開くこともできる。しかし、声を発することができないのだ。

余裕を見せる晴信はしばらくしてパチッと指を鳴らした。

「よし、旦那、もう口が戻ってきた。何か言葉を発してみな」

「あ、ああ、話せる！」

「どうだい、これがわしの奇術だ」

男は首を傾げながら何度も口の周りを触った。

「なぜだか、しばらく声の出し方が分からなくなっていた」

「旦那さんの口がわしに話しかけてきたんだよ。『こいつの顔に何十年もくっついているが、飽きた。一度ぐらい離れて旅させてくれ』ってね。だから望みをかなえて口にほんのわずかな時間、自由に旅をさせてやったのさ」

見物客から笑みがこぼれる。

「そしたら『やはりこいつの顔がいいや』と口の奴、さっさと戻ってきやがった。やっぱり旦那の顔が最高だってよ」

「あんたの奇術は本物だ。あっしの口を戻してくれてありがとな」

男は安どの表情を浮かべながら軽い冗談で返した。晴信も口元を綻ばせた。

他にも袖口から水が噴き出す「水からくり」や立ったまま人を眠らせる催眠術など、注目を浴びる派手な芸を見せた。このようにして晴信は日銭を稼ぎながらなんとか旅を続けてきたのである。

肥後隈本《くまもと》に入り、人通りの多い場所でいつものように芸を披露した後、集まっている見物客に尋ねてみた。

「この辺で森宗意軒という名を聞いたことはないか」

すると、即座に返答する者がいた。

「森宗意軒……森すけ先生じゃないのかい？」

晴信が聞き直す。

「森……すけ先生とな」

「森すけ先生なら名前だけは知っとうよ。天草の有名な医師だろう。重い病や大怪我でも治せる名医と、隈本まで噂は聞こえとう」

晴信はそれを聞いて直感的に宗意軒だと分かった。

「そ、その、森すけ先生っていう医師は間違いなく天草にいるのかい」

「ああ。お声がかかれば、この隈本や有明海を渡り島原までも治療で赴きなさるとか」

「天草は唐津藩主、寺沢様の領地だな」

「そうだ。森先生をお尋ねなら天草へ行かれるとよか」

「かたじけない！」

それを聞くと晴信は、芸の小道具をそそくさとまとめて足早にその場を去っていった。

（九州薩摩まで行って会えなければ駿府に帰ろうと思っていたが、あきらめないでよかった……やっと、やっと会える）

戦国時代、当時の日本の人口は千五百万人ほどであったと言われている。その内、約七十万人が切支丹であったが、禁教令後は二、三十万人ほどまで減少していた。

そして全国的に均一に信者が存在しているわけではなく、分布は濃淡がある。九州に伝わったキリスト教は、自ら受洗して布教を推進した大名が多くいたこともあり、信者が九州地方に固まっていた。

岡村晴信自身はキリシタンではなかったが、旅の道中においても、キリシタンが捕縛されるのを時折目撃していた。そして、九州に入ってその機会が増していた。関所は勿論、領内の「内番所」でも九州では検問がとても厳しいと感じていた。

隈本を出てから二日後、ようやく晴信は天草に入境できた。宇土半島から船に乗り、本渡に着港した。北に有明海、南に不知火海《しらぬい》（八代海）、西に天草灘と海に囲まれた大小百二十もの島々からなる自然溢れる土地である。

晴信は天草下島の海辺の高台より周囲を見下ろしたが、その圧巻の風景に思わず息をのんだ。

（なんという美しさだ）

夏の強い陽射しに照らされる透き通った海。沖は波のせいで光が揺らいでいる。その海上に浮かぶ数十艘の延縄《はえなわ》漁船、緑豊かな大小の島々……それらが織りなす景色は壮大ながら素朴。風光明媚な場所に溶け込み、しばし佇んだ。

晴信は、両腕を広げて潮風を体全身に受けた。心地よい脱力感に見舞われる。

(空と海が繋がっている。眺めているだけで身も心も洗われる気分になるのう)

しかし、この時代の天草周辺の民衆は、その美しい景観からは想像もつかない領主の暴政に苦しんでいた。唐津藩主寺沢広高は、元は豊臣秀吉配下の武将で長崎奉行まで務めた元キリシタン大名である。唐津藩初代藩主として八万三千石を領し、関ケ原合戦では徳川方に与した。合戦後の論功行賞で、飛び地の肥後国天草一郡約四万石を加増された。

広高は、天草領の中で袋浦(のちの富岡)という地に着目した。天草下島の北西端にあり、海路を利用すれば居城の唐津城に最も近い。戦国時代には小西行長が落とせなかった要害も一部残っており、ここに改めて富岡城という新城を築いた。本丸の規模は東西二十間(約三十六メートル)、南北十二間(約二十二メートル)。天草四万石の城代を置く城としてはかなり大規模な城郭だ。

しかも、天草の実質高は半分の二万一千石であった。ゆえにこの城普請の労役、そして年貢は、天草領民には過酷なものであった。さらに大坂の陣後のキリシタン取り締まりも徐々に厳しくなっていた。有馬直純もそうであったが、「元キリシタン」の肩書がつく大名は、徳川幕府から抱かれる警戒心、懐疑心を解くために他の大名よりも一層弾圧を強める必要があったのだ。

晴信はまず、その富岡城下町へ向かった。有益な情報を得るためには人が多く住む場所へ行き、マジックを披露してまた尋ねてみるしかない、と考えた。しかし、いざこの城下町でいつものように披

露すると、他の地域と反応がいささか異なる。鳩を出す芸一つとっても観衆の一部が、

「鳩って耶蘇教の精霊とか言われているだろう？　それは南蛮から伝わる奇術では」

「お前さん、ひょっとして……切支丹かい」

と、眉根を寄せながら聞いてくる。数十人見物客が集まっているが、観客全体の雰囲気もどこか暗い。

「おいおい、せめて安倍晴明か果心居士の生まれ変わりか、とでも言ってくれよ」

冗談めかして笑いながら晴信はそれを否定するが、一芸一芸、披露するたびに、

「それは、南蛮伝来云々〜」

と問われては、やりにくいことこの上ない。しかしこの地域の人々が、言葉に出せない怒りや苦悩を抱え込んでいることは肌で感じとっていた。

晴信にとっても念願の尋ね人と会えるのは、もう間近なのだ。大道芸もそこそこで終わらせて、観衆に尋ねてみた。

「森すけ先生という医師を知らないかい」

「知ってるよ。大矢野の森すけ先生だろ？　九州一の医師だよ」

即答が返ってきた。

「大矢野島か！」

「ああ、通り過ぎて下島まで来なすったか」

「まずは城下町に行くのが早いと思ってな。早船で行くよ。ありがとな」

晴信は早口で返事した。

大矢野島に着いた晴信は、時折人に尋ねながら歩くこと一刻（約二時間）ほどで宗意軒の家を遂に突き止めた。かまぼこ板程の大きさの控えめな看板があり、そこには、

——森療庵——

と、記してあった。

（落ち着け、落ち着け）

波立つ胸の興奮を鎮めるべく、一度大きく深呼吸した。そして表戸を開けて大声を発した。

「ご免！　森先生はおられますか」

「はあい」

返事は予想外にあどけない女児の声だった。

「……ここの家の子かい」

「そうだよ
「父ちゃんはいないのかい？」

「徒歩医師だから、診療で今いないよ」

「母ちゃんは？」

「うちを生んですぐ亡くなったって」

「お嬢ちゃん、名前は？」

「紅《べに》」

「お嬢ちゃん、紅というのか。いい名前だ」

「百日紅《さるすべり》という夏に咲く花にちなんで父ちゃんがつけたの」

「そうか、お嬢ちゃんは夏に生まれたんだね。いくつになるの」

「十歳」

物怖じせず、はきはきと返事をする態度を見て、

(聡明な女の子だ。しかし、女の子一人で留守番か？　盗賊にでも襲われたら大変だぞ)

と思いながら晴信は、

「家で父ちゃんを待っていてもいいかな」

と訊いた。

「父ちゃんのお知り合い？」

「そうだ。数年間一緒に住んでいたほどさ」

「ふーん。でも駄目だよ。病人でも紅、一人の時に入れてはいけないと、きつく言われてるの」

「そうか……されど、わしも随分遠い所からやって来たんでな。ならば外で待つとするか」

晴信は軒先にどっかと大きな旅荷物を下ろしてポキポキと肩を鳴らしながら地面に座り込んだ。それを見ていた紅から、

「うちの三軒隣は旅籠だよ」

と、気遣われたが、

「紅ちゃんとやら。わしはあまり銭を持っていないんだ。まあ気にしないでくれ」

と軽くかわすと、遂には地べたに仰向けになって寝込んだ。視界に映るのは雲一つない空だけだった。長旅の疲労もあり、そのまま晴信は肘枕で寝入ってしまった。

(やっと会える……先生……)

その後三、四時間は寝ていただろうか。

「お兄さん」

と、先ほどの女の子の声がして、晴信は寝ぼけ眼をこすりながら開けた。そこには紅、そして益田甚兵衛が晴信の顔を覗き込んでいた。西の空が夕陽で赤く焼け始めていた。

「おお、紅ちゃんか。父ちゃんは帰ってきたかい」

「ううん、お兄さんお腹すいてるでしょ?　これでも食べて」

紅は自ら作った大きな握り飯を持っていた。

「おお、こりゃ、すまないな。腹が減って動くのもきつかった」

微塵の遠慮もなく、その握り飯にかぶりつく晴信をみて紅はクスッと笑った。あっという間に晴信はそれを平らげて、自分を不審げに見ている男に声をかけた。

「そちらさんは、おいらに何か用かい」

「わしは益田甚兵衛と申して森すけ先生の友だ。元武士で今は商人をやっておる。おぬし、先生を訪ねてきたらしいな」

宗意軒の友と聞いて、晴信はかしこまった。

「私は森宗意軒先生の弟子で岡村晴信という者です。紀州高野山で先生の教えを子供の頃から受けていましたが、先生が真田幸村様と大坂城へ向かわれる前に閉塾されてしまい、我らは国へ帰らせられた」

「先生のお弟子さんか。国はどちらだい」

「駿河でござる。大坂の陣後、先生の安否が気になり父上の了承を得て、はるばるこの九州までやって来ました」

宗意軒という名を口にするだけで、隠棲時代の森宗意軒を知っていることになるが、紀州以外からも塾生がいたことを聞かされていた甚兵衛はこの岡村晴信という男が、

(先生の塾生に間違いないようだな)

と、確信した。それにしても森宗意軒が高野山の塾を閉じてはや十一年。この期に及んで何の用があるのかと、疑心も抱いた。

「宗意軒先生は、今島原に行ってるよ。二、三日は帰ってこないな」

「そうですか。ここまで来ていまさら二、三日なんて、なんてことはないや。待たせてもらいます」

「先生が不在の間、紅ちゃんはわしが面倒をみている。おぬしも取りあえず、うちに来ないか。我が家はここから半里弱。歩いて行ける距離だ。詳しく話を聞かせてくれ」

晴信は従った。陽が暮れる前に三人は甚兵衛宅へ入った。

甚兵衛宅には彼の妻がいて、二、三歳の男児を抱きかかえていた。甚兵衛の妻は元小西家家臣、千束善右衛門の妹で洗礼名をマルタという。

「紅ちゃん、子守りを手伝っておくれ」

「はあい」

紅がマルタの元へ走りよる。晴信はマルタに軽く会釈した。

甚兵衛は客間に晴信を導くと、酒の用意をした。晩酌しながら、お互いに自分がどういう人間であるかを語り合いたくなった。

「ささ、お初にお目にかかった宗意軒先生のお弟子さんじゃ。粗酒粗肴だが、飲まれよ」

甚兵衛が盃を差し出すと、

「久しぶりの酒、喜んでいただきます」

晴信はそれを受け取り、ぐいっと軽く飲み乾した。

「旅路では酒を飲む余裕はなかった。美味い！」

慶長十年（１６０５年）生まれの岡村晴信は、父親が甲斐の武田信玄の転生が自分の子として生まれる霊夢をみていたことから、信玄の諱である「晴信」と名付けられたこと、そして塾生時代の宗意軒のことを真率に話した。

森宗意軒が紀州高野山で開塾し、自ら師を務めた塾は「凪塾《なぎ》」といった。凪とは風が無くなり、波が穏やかになった状態を意味する。塾名は、宗意軒が船で難破してその後南蛮に渡り、数奇の運命をたどったこと、そして代々森家が楠木正成を祀った大坂の南木《なぎ》神社の神司の出であったことに由来する。

宗意軒は、学問は勿論のこと、祭神楠木正成から伝わる軍法や中国兵法、剣術に忍術、そして自身が南蛮で得た海外の情勢、医学、奇術などを弟子達に教えていた。

幼少時から読み書きに長けており、特にいにしえの諸葛孔明や楠木正成の軍記物を好んで読んでいた晴信であったが、嫡子ではなかったことから慶長十六年（1611年）、父親岡村弥右衛門から高野山の森宗意軒に住み込みで預けられた。

凪塾には紀伊だけでなく駿河、遠江、三河、大和、伊勢、伊賀など広域に塾生が集っていた。主には、晴信のように嫡子でない武士の子が殆どであったが、やはりその中でも晴信の聡明さ、身体的能力の高さは際立っていた。

「宗意軒先生から学んだことは天地万物。先生から会得したものが私のすべて、と言っても過言ではない」

慶長十九年（1614年）に宗意軒は大坂城へ入城するので、晴信が凪塾で学んだ期間は四年足らずであった。

宗意軒は大坂へ出立する前、弟子達にこう伝えていた。

「今の徳川政権は真の天下泰平の世を築いてはおらぬ。わしは真田幸村様について大坂城へ入る。万民の安寧をひたすら願い、世直しをしてまいる。生きていれば、お前達とはいつかどこかで再会もできよう。日々修練せよ。さすればお前達の夢も叶う」

晴信は盃を手に、天井を仰ぎながら少年期に宗意軒からそう言われたことを回想した。

「その後、私は親元の駿河へ帰った。しかし、修行中の身で若輩の私は、まだまだ宗意軒先生から学びたいことも数多あり、大いに未練があった。大坂の陣後、宗意軒先生の消息はまったく途絶えていたが、ご存命ならば何としてもお会いしたい、という思いが募るばかりでその旨、父上に打ち明けた。

すると父上は『大坂の陣後、世情はまだ不安定。そちが二十歳になった暁に師への思い、変わらないならば旅に出よ』と申された」

「なるほど。それがこたびの旅なわけで」

「左様にござる。時折耳に入る先生の噂だけを頼りに九州まで来てしまった」

「大した執念だな」

苦笑しながら甚兵衛も手酌で盃を満たす。

晴信と会話を重ねて徐々に真剣な面持ちが崩れた甚兵衛は、自分の事も偽りなく打ち明けようと思った。

「実は、私は宗意軒先生と同じ元小西家家臣で切支丹だ。先生は耶蘇教について何もお話しなさらなかったか」

「特段何も。閉塾後、私はどうしても先生のお見送りをしたく、弟子の中では一人、先生の元に残っていた。九度山を出られる際に先生から自身が切支丹であることを知らされた」

「そちは師が切支丹だと聞いて、なんとも思わなかったか」

「なんとも」

「さすが宗意軒先生のお弟子さんらしいな」

「禁教令発布は徳川幕府のまつりごとの都合でござる」

「よほど先生からの信頼も厚かったようだな」

「私が一番弟子でしょう」

「先生からそう評されたか」

「いや、私が勝手にそう思っております。ワッハハ」

酒も入って顔を少し赤らめた晴信は豪快に笑った。実直で豪放磊落《ごうほうらいらく》な性格であることは甚兵衛にもすぐに伝わった。

「そうだろうな。武田信玄公の生まれ変わりならばさもあらん。早く会いたいであろう」

「はい。それにしてもこの天草という地、実に素晴らしい景観ですな。私の駿河も海沿いの国だが、天草は海や浮かんでいる島々を眺めているだけで心が穏やかになる」

「ここは本当に素晴らしい場所だ。されど……」

甚兵衛の顔が少し険しくなった。

「ご存じだと思うが、ここは唐津藩の飛び地。藩主寺沢広高様は元切支丹だったが今は棄教され、厳しく取り締まりにあたっておられる。小西様の旧領であるこの地方は切支丹が多い。禁教令後もすべての切支丹を弾圧していては、この大矢野から人が殆ど消えてしまう。なので、取り締まりは当初は緩く、耶蘇教の伝道所も放任されていたほどだ」

「それが突如、対処が変わったと」

「三年前、寺沢様はご寵愛の嫡男忠晴様を二十三歳の若さで失われた。そこからお人柄が変わってしまった」

「先生や益田殿は大丈夫なのですか」

「この大矢野には近頃までポルドリノ神父がご在住であったが突然、姿が見えぬようになった。おそらくご城代の三宅重利様から捕縛されたのだ。されど、他の地方よりはまだ緩い。島原などは過酷な取り締まりがなされている。切支丹ではない百姓も大変な労役を課せられ、多額の年貢を絞り取られている。年貢を納められない者は水牢の刑じゃ」

口元に盃を近付ける晴信の右手が止まった。

「なに、そんな危うい地へ宗意軒先生は行かれているのですか」

「左様。同じ切支丹仲間の山田右衛門作が島原に住んでいるゆえ、そこを拠点に領民の医療にあたっておられる」

秋月の出会いから十年。森宗意軒と益田甚兵衛は故郷大矢野に戻り、甚兵衛は最初農業に勤しんでいたが、その後、大坂で成功している兄に倣って商人になっていた。

宗意軒は、相変わらず徒歩医師を生業として天草を拠点に広域に動き回っていたが、山田右衛門作が居住している島原は特に頻繁に往来していた。右衛門作自身は、現在の領主にあたる松倉重政に近付いて重政の絵画師、祐筆となっていた。

重政は当初有馬氏の拠城であった日野江城に入城したのだが、幕府の一国一城令に基づき本城の日野江城及び支城の原城も廃城にして、元和四年(1618年)から島原城の築城を開始していた。

この時、重政は島原藩の石高実質四万三千石に五万七千石を虚偽に水増しして十万石と幕府に上申した。領民にとっては、十万石分の年貢に豪勢な島原城普請の労役と重ねて課せられてはたまったものではない。

しかし、重政は容赦なかった。苛政にあえぎ苦しむ領民から年貢を取り立て、切支丹を見つけては、棄教を強制する。応じなければ無慈悲に殺していた。

宗意軒は、過酷な労役で怪我や病気をした島原の民の治療を続けていたが、今回は意を決して島原城へ行った。山田右衛門作の仲介で藩主松倉重政に直接会うためである。重政との再会は慶長十九年（1614年）以来のことであった。

「重政様、お久しぶりでございます」

重政は、宗意軒が切支丹であることを知っている。

しかし、紀州でのつきあいは十二年にもなる気心知れた馴染みの仲だ。あくまでも温和な表情で優しく迎え入れた。大和にいた時代の仲間は等身大の彼の言動を導き出した。

「おお、森宗意軒。懐かしい顔じゃ。紀州の頃を思い出すのう。生きておったか」

「重政様にはお変わりなくご息災のようで。九度山真田庵で酒を酌み交わしたことが昨日のことのように思い出されます」

「誠に。懐かしいのう。其方《そなた》と幸村殿と親父殿（真田昌幸）と……庵の囲炉裏を囲んでよく広範にわたる談義をしたものじゃ。幸村殿一行が九度山から離れる時は寂しかったぞ。二度と今生では会えないと思っていたからのう。九州におったのか」

森宗意軒は切支丹であり、豊臣家の残党である。即、重政から捕らえられてもおかしくはない立場であったが、昔の誼を信じた。

山田右衛門作は自身が切支丹だということを隠して重政に近付いていたが、近習となりはや十年である。献身的な奉公で信頼関係を築き、重政も右衛門作が元有馬家家臣だということも分かった上で重用している。

「切支丹」「豊臣家残党」の件で詰問する様子は重政にはさらさらなさそうだ。目を細めて時折笑顔を見せながら、宗意軒と重政はしばし昔話にふけた。しかし、宗意軒は死を覚悟して登城している。冷酷にまつりごとを行う重政と話し合う余地を探りたかった。

「重政様は我ら真田勢が九度山を出立する際に奈良街道の警備を緩めておられた。おかげで我ら一行は大坂城へ入城できた。重政様は豊臣家恩顧の大名として徳川への反骨心を常に宿し続けておられた。道義を重んじ、筋を通す真の大和武士と、私は畏敬の念すら抱いておりました。されど、九公一民というあり得ない島原の領民への過酷な徴税と労役、私には別人の所業のように見えます」

「そなた、わしを説教しに参ったか」

「御意にございます。今のまつりごとをお改めなされませ」

射抜くような鋭い視線で宗意軒は即答した。

重政が島原へ入封する前の約二年は、長崎奉行の長谷川藤弘が一時的に直轄領として政治を取り仕切っていた。その時のキリシタン弾圧があまりにも酷かったため、

（領民に慕われるには、長崎奉行のやり方は踏襲できぬ――）

と、重政は入封してしばらくは切支丹の取り締まりを故意に緩めていた。

藩内の有馬村で捕縛されたナパルロという宣教師に対しても縄を解き、城に客待遇で迎え入れ歓談し、その後も城下で自由に行動させたほどである。

「山田もそれを分かっていて宗意軒とわしを会わせたのか」

右衛門作は黙ったまま小さく頷いた。

「宗意軒、そなたがわしに会いたがっていると聞いて、会えばその話を切り出すことは予想していた」

「重政様の五条二見での善政を知っている私には今の苛政のありよう、どうしても信じ難いことでございます。一体何がございましたか」

「時の流れに敏いそなたが分からない筈がない。東照大権現公（家康）より大御所（秀忠）、そして今や三代将軍家光様の時代になった。もはや徳川の天下は揺るぎのない盤石なものだ。天変地異でも起こらぬ限りこの政権が揺らぐことはない。わしは父祖伝来の土地、大和五条からこの島原への移封を幕府に命じられた時に思ったのだ。今後は徳川家へ従順に生きていくよりほかの道はない、とな」

「それが重税と切支丹の惨たらしい弾圧ですか。そもそもこの豪華な島原城も築城の必要がありましたか。延べ百万人もの人夫を動員しての過酷な労役。私も天草よりご当地に治療に赴いておりますが、怪我人病人が絶えません。ひたすら領民をあえぎ苦しませているだけでございます」

「わしは興福寺門徒。耶蘇教に特段の思い入れはない。幕府より禁教令が発令されはや十年余、切支丹取り締まりをより厳しくやるようにと、将軍家からも改めてきついお達しじゃ。我ら外様大名は幕命に従うまで。それに島原城築城は今後の松倉家の家運を賭けた大事のために必要なのじゃ」

　重政は宗意軒の詰問に一切、憤ることもなく淡々と答えた。それはあたかも想定内の問いに答えているに過ぎないように見えた。

「四万石余のこの領地で十万石並みの巨大な城、なにゆえ必要なのかお聞かせ願いたい」

「宗意軒、元和八年（１６２２年）長崎の西坂で切支丹五十五名が幕府により火刑、斬首された事件を知っておろう」

「聞き及んでおります。太閤殿下時代の二十六人を超える大殉教であったと」

「その三年前には長崎代官であった村山等安殿も豊臣家への内通の嫌疑をかけられた。切支丹であったゆえ本人だけでなく一族が処刑された。インドのゴア、ノビスパン（メキシコ）、呂宋……南蛮国は耶蘇教信者を増やしてその後、その土地を植民地にしている。幕府はかかる危機を鼻の先に突き付けられて呑気に構えてはおられぬ。天下を覆す危険を取り除こうとされている。已む無き仕儀じゃ」

「それと島原城築城はどういう関係が？」

「これまでわしは島原に入封してきて、朱印船貿易で富を築いてきた。呂宋は今やイスパニアが植民地にしておる。そこでわしは大御所（秀忠）にある提案をした」

「……」

「わしが独力で呂宋を攻略するゆえ、その領有を幕府に認めていただきたい、というものじゃ」

「なんと言われます！　呂宋に遠征してイスパニアと戦うと申されますか」

「そうだ。耶蘇教の宣教師は皆必ず、呂宋を経由して日本へ来る。禍根を断つには呂宋を取ればよい。そのためにも藩内には十万石相当の兵役を課さねばならない。数年の内に呂宋へ出兵する。征服した暁にはわしは呂宋守《るそんのかみ》を名乗る」

宗意軒は驚きと落胆のあまり、しばし言葉を失った。

「太閤殿下はご存命中、朝鮮、明だけでなく呂宋も征服するべく動かれていた。殿下は呂宋からイスパニアへ流出する金を狙って密偵を放たれていたのだ。今はわしが呂宋を探っておる。わしが必ず獲ってみせる」

「それが徳川幕府への忠誠の証と」

「そうじゃ。宗意軒、そなたが幸村殿と大坂城へ入った時とはもう世情が大きく変わっておる。わしは徳川家に奉公することこそお家のためと、今は確信している」

「お家のために無辜《むこ》の民を虐げますか！　重政様は五条で自ら実践した『善政』というものをおぼえておられる筈じゃ」

「切支丹も年貢を納められない百姓も、今のわしにとっては無辜ではない。切支丹の禍根を断ち、貿易で日本を豊かにする。天下のために働くのじゃ。いずれ大大名へ出世するであろう。そんな功績をあげる藩主に相応しい城にしておかねばならぬ」

「これよりの出世のためにこのような巨大な城が必要だと。もはや大和時代の重政様とは別人ですな」

「幕府より島原に転封されたこの重政、果たすべき使命は分かっておる」

松倉重政は元来豊臣家恩顧の武将である。徳川幕府にとっては、切支丹信者が多い治世の難しい土地を重政に任せたのは彼の徳川への忠誠心を図る意味もあった。

「今の重政様のまつりごとの行われ方は、かつて甲斐で領民の抵抗に会い、殺害された河尻秀隆のそれと同じじゃ。領民を敵にまわしてはいつか必ず痛いしっぺ返しにあいまするぞ」

「河尻秀隆は総見公（織田信長）の威勢を借りた愚かな狐であった。旧武田武士の反発を買いながらも総見公の強権ぶりの真似事をしたに過ぎない。あれは元々大名の器ではなかった。わしは河尻の失敗は踏まない。なぜなら幕命に従順に動いているだけだからだ」

「大和武士の誉れを捨てて、徳川の忠犬になり下がれましたか」

「黙って大人しく聞いておれば！　あまりにも殿に無礼であろう！」

体を乗り出し、いきなり怒声をあげたのは同席していた重政の家老、多賀主水《もんど》であった。

しかし、重政は、

「多賀、黙っておれ」

と、あくまでも冷静に家臣をたしなめた。

「背伸びし過ぎでござる。重政様の身の丈はそこまで高くない」

宗意軒の発言は挑発的であったが、

(かつての重政様に戻ってくだされ)

という、強い期待が込められている。しかし……

「宗意軒、わしがこたび右衛門作の仲介でそなたに会ったのは、単に旧交を温めたかったからではない。実は頼みがあるのだ」

「十年振りに会った私に頼みごと……おそらく首を縦には振れないでありましょうが、一応、伺いましょう」

「呂宋攻略、わしとて容易に成就できるとは思うてはおらぬ。弱体化しているという噂もあるイスパニアは現在、どれほどの武力を備えているのか。呂宋に派兵できる軍兵はいかばかりか。数年南蛮にいたそなたは詳しいであろう。そして戦う以上は必勝の戦略を練って動かねばならぬ。そなたの軍法、軍略を幸村殿も高く評されていた。大坂の陣の真田の出丸、あれはそなたの知恵も入っておろう。我が軍出兵の際はそなたに軍師を務めてもらいたい。恩賞は望みのまま叶えよう。如何じゃ」

宗意軒は難破という予期せぬアクシデントが原因だったが、イスパニア、ポルトガル、オランダ、マカオなど、世界を歩き回って様々な経験をしている。その中で十五世紀末からヨーロッパの城郭の主流であった『トラス・イタリアンヌ』と呼ばれる築城技術を学んでいた。この『トラス・イタリアンヌ』の最大の特徴はバスティオンという、城壁の外側に設けられた稜堡《りょうほ》の存在である。敵の攻撃が集中しやすい所に土塁で作られ、そこで寄せ手を迎撃する。

真田幸村の父昌幸は、かつて主君武田勝頼の命により新府城を普請奉行として築城した。その際にバスティオンと同じような馬出《うまだし》という出丸を設けた。大坂冬の陣で幸村が築いた「真田丸」は、父昌幸と戦友森宗意軒両者のアイデアを融合したものと考えられる。

重政は幸村同様、宗意軒のことを人柄的にも信頼でき、そして突出した軍才を持っていると高く評価していた。

しかし、その誘いに宗意軒は絶句し、思わず右衛門作と目を合わせた。右衛門作は重政の直臣であり、一切口は開かないが、両手がわずかに震えている。少なからず動揺しているようだ。

宗意軒はやるせなさと落胆の汗を額から滴り落とした。

(この仁を改心させるのはもはや無理か)

「重政様……九度山以来、久しぶりに再会を果たせたのにこの会話。幸村様もあの世で悲しんでおられましょうな」

情に訴えかける宗意軒の言葉にも重政は表情を変えない。

「宗意軒、二代将軍就任から今日に至るまで改易された大名が何家あるかを知っておるか」

「数は存じませぬが、相当数ご改易になったことは」

「既に五十家を超えている。三年前には大権現公以来の側近中の側近であった本多正純殿までご改易じゃ」

「それは聞き及んでおりました。あの徳川の重鎮までが、と」

「そうじゃ。ましてや我ら外様大名は、徳川幕府のご機嫌を取らねばたちまちお取り潰しになる」

「すべては処世のため、ですか」

重政は大きく頷いた。

「ならば先手を打って幕府の歓心を買うべきであろうが」

「……」

「改めて訊く。わしの呂宋征服計画に協力はしてもらえぬか」

「言うまでもないことにございます」

「そうか、残念じゃ。ではもうそなたには用はない。天草へ戻れ」

しかし、宗意軒は座ったまま重政から視線を逸らさない。憤り、悲しみ、憐れみ……複雑な感情を秘した表情をしていた。

「宗意軒、もう二度と会うことはないであろう。そなたもあまりこの島原をうろうろしない方がよい。次は刀で迎えねばならなくなる」

この話し合いに同席していたのは右衛門作と家老多賀主水の計四人であったが、その多賀主水が先に立ち去ろうとする重政に歩み寄り、小さな声で耳打ちした。

「このまま城外に放してよろしいのですか。斬っておいた方が……」

しかし、重政は首を横に振り、ただ一言、

「捨ておけ」

と、言った。

重政は名残惜しそうな表情はまったく見せなかったが、宗意軒はあくまでも自身の旧友である。捕縛しなかったのは、十年の奉公で今や厚く信頼している家老山田右衛門作の顔を立てたからでもある。

しかし、重政との対談は、宗意軒の心の中に憂鬱な影を射した。

右衛門作は口之津港まで宗意軒を見送った。穏やかな海に肩を落とした二人の姿が映っている。

別れ際、宗意軒はしみじみと呟いた。

「重政様は変わられた……いや、変わったのは徳川政権が盤石となったこの世か」

「宗意軒先生を紹介したことで今後、私の扱いが変わるかもしれませんな。それに、殿の呂宋征服は南蛮国へ一藩で戦を挑む無謀なもの。切支丹としても到底参加できないし、困ったものです」

「既に十年仕えているそなたを重政様が粗暴に扱うことはないであろう。そなたは重政様の動向を探る大事な間者、これからも頼む。それにしても呂宋への派兵は今後、大きな問題となりえるのう」

「はい。先生、やはり私は兼ねて申しておりましたように薩摩へ密使を送ります」

「薩摩へ……か」

宗意軒はそれを肯定も否定もしない。ただ大事を秘めた密使になることは二人の間の雰囲気から明らかであった。

「薩摩は関所の検分も厳しい。気を付けよ」

「はい。それでは先生も帰路はお気を付けて」

渡し舟に乗る宗意軒の背中が見えなくなるまで右衛門作は見送った。別れても二人は頭の中で同じことを考えていた。

(これよりますます島原は大変なことになる。いや、天草も同じこと)

島原口之津から天草鬼池までの舟に揺れながら、腕を組んだままの宗意軒であった。

――ことを起こすならば九州――

それはこの十年、確信してきたことだ。キリシタン、豊臣家残党が多いこの地にて世の中の情勢を冷静に分析しながら策謀を熟考してきた。宗意軒にとって世直しは果たすべき使命である。

(動かねばならぬな)

改めて意を決した宗意軒は大矢野の自宅に戻ってきた。

家の中には紅、甚兵衛、そして若者が一人。気難しい顔をして帰ってきた宗意軒がたちまち弛緩した表情になった。

「宗意軒先生!　お久しぶりでございます!」

「おぬしは、岡村晴信か?」

「はい……先生、ご息災で!」

晴信は感激のあまり幼子のように泣き崩れた。宗意軒は晴信の顔をよく見て、

「まことに晴信じゃ。大きくなったのう！　十年以上会うておらなんだからな」

宗意軒も一層、顔がほころんだ。

「おぬし、駿河に戻っていなかったのか」

「いや、戻っておりましたが、大坂の陣における先生の安否をずっと気にかけておりました。豊臣家についた武将達は、随分と西へ逃亡したと聞き、先生に会いたい思いは募るばかり。駿河を発し、はるばるこの九州天草までたどり着きました」

「それにしてもこの大矢野までよくわしを探してこれたものだ」

「先生は道中、薬売りと医療を行いながら動かれていると、微かな噂が耳に入ってきておりました」

「そうか、さぞ難儀な旅であったであろう」

「いずれ再会できよう、と先生に言われた言葉を信じてここまで来れました」

宗意軒が戻ってきたのは、晴信が森療庵を見つけて二日後であった。それまで甚兵衛が彼の面倒をみていた。

「私が紅ちゃんの様子を見に来た際、晴信殿は、この療庵の前で地べたに寝ておられた。何者かと思いました」

甚兵衛は笑いながら宗意軒不在中の話をした。

「それにしても宗意軒先生がどれだけ弟子に慕われていたかよく、分かりましたよ」

「募る話もある。今日はわしの家に泊まれ」

と、晴信に言うと、晴信は地面に座り、頭を地につけた。

「先生！　私、駿河へは戻らない覚悟で参りました。何とぞ、先生のお傍で再び学ばせてくださいませ」

「再び師弟関係を復活したい、と申すか」

「はい！」

「それはならぬ」

「なにゆえでございますか！」

「この天草近郊はいずれ大変なことが起こる」

「先生が何を今お考えか分かりませぬが、何があろうともついていきます」

「駿河へ帰った方がよい。おぬしは武士の子。武士として精進せよ」

「いやでございます！　駿河へ帰れと言われるならばここで腹を切ります！」

「おぬしには腹を切る理由がなかろう」

「この晴信、先生とのご縁が無ければ、どんな風来坊に育ったか分かりませぬ。私は生涯通して先生からこの世のこと、生き方を学びたいのです。凪塾の時のようにまた晴信に教えてくだされ」

頑なに頭を上げない晴信に少々困惑の表情を見せながら宗意軒は考えた。

(わしの傍にいては晴信の命も危うかろう。されど、わしのよき理解者でもある。愛弟子の想いも無下にはできぬのう)

「これより数えきれない苦難を味わうこと必至、場合によっては命を落とす。それでもよいのか」

「何の迷いも恐れもございませぬ。もう九度山の別れは二度と味わいたくはありませぬ」

「よし、分かった。今日よりわしの家に住め。当座、医療の手助けをしてもらおう。忍びの役目も果たしてもらう」

「あ、ありがとうございます！」

晴信は硬い表情が解けたかと思うと、安堵したのか、またぽろぽろと涙を流し始めた。

「お兄さん涙を拭いて」

紅が家から手拭いを持ってきて晴信に渡した。

「あ、ありがとう、お嬢ちゃん」

「どちらが子供か分からないな。だが、その純朴なところが昔から晴信のよいところじゃ」

あきれながらそう言った宗意軒の言葉は、見合った甚兵衛と紅の笑いを誘った。大矢野の南風が四人の間を優しく吹き抜けていった。

三　雄図

（一）

大坂の陣以降、国内で争いは起こっていなかったが、世界情勢は大きな変動期を迎えていた。中世の終わりから既に日本は、世界の激動の渦に巻き込まれていた。

幕府は禁教令以降、貿易統制も強めていき、寛永元年（１６２４年）、「キリスト教の布教」「宣教師の派遣」「貿易取引」を三位一体とした世界一の大国スペインとの交流を全面的に中止、布教を伴わない新興国オランダとイギリスとの貿易を主流にした。

そして、二代将軍秀忠の時代を経て三代将軍家光の時代になると、オランダとの結びつきをより強化する。

東アジア貿易の覇権を巡り、オランダとイギリスのあいだで「アンボイナ事件」という争いがあったが、その時も江戸幕府はオランダに味方した。「日本人傭兵」をオランダ軍に派遣したのである。

百五十年に渡る長い戦国乱世を生き抜いてきた日本人は戦争に熟達していた。

オランダへの「日本人傭兵派遣」は関ケ原合戦後、発生した数十万人もの浪人をどう活かすか、という重要な国策の一環であった。

お互いに利害関係が合致していたとはいえ、日本人傭兵がオランダ国のために戦い、この戦いに敗れたイギリスは日本との貿易から撤退することになる。

結果、ヨーロッパ諸国の中で徳川幕府に最も信頼された国がオランダとなった。

ところが、蜜月期に入ったように見えた日本とオランダがある衝突を起こす。寛永五年（1628年）五月のことである。

その衝突の四年ほど前、中継貿易の重要な拠点ながら無主の島であった台湾島をオランダが占領、ゼーランディア城を築城し、以降明や日本などの外国船が台湾島に寄港するたびに十パーセントの関税を課すことにした。

しかし、台湾は元々多様な先住民が居住しており、今まで自由に寄港していた諸外国、特に日本の商人は大変憤慨した。

「高砂国（台湾）には原住民がいるのに勝手にオランダ領扱いしおって。城を築いて武力行使をちらつかせながら取引交渉してくる。ここで弱気になっては舐められるばかりじゃ」

明から生糸や絹織物を日本へ輸入する拠点でもある台湾の地を牛耳られることは経済的にも大変痛かったが、それよりも中世から近世にかけての武家社会の日本人は「プライド」を傷つけられることをこの上ない恥辱と感じる習性があった。

のち十八世紀に長崎に滞在したスウェーデン人医師カールツンベルクは、こう評している。

――日本人は正義に厚く自負心が強く勇敢な国民であるので、侮辱を加える者には容赦しない。また、怒りや憎しみの感情を普段は表に出さず耐え忍び、機が至れば直ちに復讐に及ぶので気を付けなければならない――

トラブルが起こった当時の長崎代官末次平蔵政直配下の浜田弥兵衛という朱印船貿易商人が関税支払いを拒否、オランダはピーテル・ノイツという台湾行政長官を当時の将軍である家光の元へ派遣して事情を説明しようと動いた。

しかし、先手を打ったのは末次平蔵であった。懇意の幕閣に連絡を取り、ピーテル・ノイツを家光に会わせないように画策した。

「ピーテル・ノイツは、東インド会社の一役人。オランダ国王の正式な使者ではなく、将軍家がお会いになるほどの人物ではありませぬ」

結果的にノイツは来日しても家光への拝謁は許されず、台湾に戻ることになった。

（今回、将軍二拝謁ガ許サレナイノハ、弥兵衛、ソシテバックノ長崎代官平蔵ガ絡ンデイルノハ間違イナイ。アクマデ、タイオワン（台湾）に寄港シテモ関税ヲ支払ワナイツモリダナ）

ノイツは、弥兵衛と懇意にしていた台湾の現地人十六人を拘束し、弥兵衛が持つ商船の渡航を禁止させて武具も没収した。

台湾から日本への帰国もできなくなった弥兵衛は当然怒り、非常手段に出た。手勢の百七十人ほどでノイツを人質にとり、オランダ側に渡航の自由、武具返還、関税撤回などを要求したのだ。

オランダ側の交渉相手の総責任者は東インド総督ヤン・ピーテルスゾーン・クーン。

クーンは弥兵衛の行動に対応して現地の日本人を人質として取っていたので、五人ずつ人質交換をしようと申し出た。

弥兵衛はノイツを解放し、クーンの差し出したオランダ人五人を預かり、自身の商船に人質らを乗せて長崎へ向かった。一方、クーンも五人の日本人人質を乗せたオランダ船で長崎に向かった。両者の取り決めでは、長崎に着いた時点でお互いの人質を交換することになっていた。

オランダ側は着港した長崎で日本人人質を解放したが、弥兵衛は代官末次平蔵の指示でオランダ人人質を解放せず軟禁し、平蔵はオランダ商館を一時閉鎖するという強行策に出た。

平蔵は配下の商人達に、

「オランダへの関税支払いを拒否せよ」

と、命じていたが、彼らの商船に荷積みされていた生糸をオランダ側から強奪されていた。そのことへの報復措置であった。

事態を収束させるべく、クーンはパタヴィア（現在のインドネシア地方）の装備主任であるウィリアム・ヤンセンを特使として日本に送ったが、再び平蔵の妨害に会い、家光に拝謁できず、無念の帰国となった。

ヤンセンが台湾と日本を往来している間にクーンは亡くなっており、新総督ヤックス・スペックスの命でヤンセンは再度日本へ送り込まれる。この時点で幕府はスペイン、イギリスとの国交は断絶状態にあったが、オランダ同様にポルトガルともまだ取引は継続していた。世界における時代のうねりが、国内においても大きな緊張感を生み始めていた。

（二）

寛永十年（1630年）、岡村晴信が森宗意軒宅に同居し始めて五年目となった。

宗意軒は医師に伴う医療器具や薬箱持ちとして晴信を同行させ、地元の天草から肥後や島原、長崎、唐津にまで足をのばして広く行動していた。生業にしている医師の仕事をしながら人脈を広め、世の情報を収集することが目的である。

いとまを見つけては無人島に渡り、剣術や忍術の修行もかつてのように行った。時折、来たる日に向けて元有馬家臣や小西家家臣数十人を率いて人目をはばかりながら軍事訓練も行っていた。そのような秘密裏の行動にも天草は最適な環境であった。

紅も十五歳になった。この五年ほど、家族のように三人で過ごしてきた。

二十五歳になった晴信は、紅のことを「紅」と呼び捨てにして妹のように可愛がった。紅も晴信を、親しみを込めて「あんちゃん」と呼んだ。

益田甚兵衛は、商人として成功していた。かつて宗意軒が上田正信から聞いていた、天草で採掘される陶石をメイン商材として国内外に販売し、莫大な利益を得ていた。

陶石は主に砥石として使用されていた。下島の西端十数キロにわたり産していた「アマクサイシ」は世界最良の陶石でほぼ無尽蔵だった。

砥石は大別して「荒砥《あらと》」「中砥《なかと》」「仕上砥《しあげと》」の三種類に分けられるが、天草石はその中でも最も汎用性が高い「中砥」。その研磨力は他国にも類がないと、のちの十九世紀「出島の三学者」の一人と呼ばれる医師で博物学者のシーボルトが「アマクサイシ」を重宝し、持ち帰ったものが現在もオランダ国立民族学博物館に所蔵されている。

甚兵衛は一年間で二千両ほどの収入があった。現代の貨幣価値に換算すると二億円ほどの年商となる。その経理を八歳になったジェロニモが担っていた。

ジェロニモは洗礼名であり、俗名は「四郎」と名付けられている。幼子より文字や計算を学び、それらを習得する早さが尋常ではなかった。

甚兵衛はウニやタコ、藻塩など天草の海産物販売の経理を四郎に任せてみたが仕事を迅速にやってのけるので、より複雑な海外貿易の経理もやらせている。

甚兵衛はたびたび四郎に、

「お前はいずれ民衆の希望の光となる男やもしれぬ」

と、話していた。勿論、聡明な頭脳を持つとはいえ、子供の四郎にはその意図が分かる筈もなかった。ただいつもそう父親から言い聞かされていて漠然とその意味を考え出すようになっていた。

そしてその甚兵衛の財産を活用して宗意軒の指示で諸国に間者を放っていた。

このように仕事では成功を収めていたが、私生活では緊張感が高まりつつある。前年の寛永六年（1629年）に富岡城城代三宅重利が藩主寺沢広高の命により、それまで比較的緩かった大矢野の隠れキリシタンの弾圧を行い始めたのである。天草の志岐に急遽、竹の牢屋が設置されて監禁された信者がそこに入れられ次々と拷問の末、処刑された。

——転べ（仏教へ改宗せよ）。さもなければ生かしてはおけぬ。転べ、転べ——

それまで信者同士は洗礼名で呼び合っていたが、それを止めて俗名で呼び合うようにした。甚兵衛とて、隠れキリシタンであることが藩に露呈してしまえば、どれだけの富豪であろうとたちまち獄門にかけられ、処刑される。

一方、島原藩も苛政は続いていた。

呂宋への出兵費捻出のために年貢の取り立ては苛斂誅求《かれんちゆうきゆう》をきわめ、隠れ切支丹の拷問も長崎奉行からの厳命もあり、過酷になる一方であった。

甚兵衛は大矢野江樋戸《えびと》の鉱石採掘現場を見回ったあと、自宅に戻ると茅で編んだ蓑をまとって晴信を誘い、近くの船溜まりに向かった。

森療庵は今日も扉は閉じてある。その三日前に宗意軒は甚兵衛に伝えていた。

「——わしは平戸へ行ってくる。今回の密議には晴信を連れていってくれ——」

「紅、夜までには戻ってくる。留守を頼む」

「天気が悪いから気をつけてね、あんちゃん」

その日は雨が強く降っていた。密かに舟を出すには人目につきにくく、都合がよい。

晴信と甚兵衛、そして島原の山田右衛門作は密議を行うために天草と島原の間に浮かぶ湯島に集った。湯島は天草諸島の北端の大矢野島と原城のちょうど中間。「まわり一里」と呼ばれ、当時は十八戸の家があり、住民は全員キリシタンであった。

元々「湯島」ではなく、「石間」と呼ばれており、その名の通り、当時は大小の石に囲まれていた。

引き潮時に水流がほぼなくなることもあり、舟も停留できる。その島はのちに「談合島」と呼ばれた。

山田右衛門作は、島原へ帰郷後、藩内の切支丹の窮状を手紙にしたため、それを天正遣欧使節の副使となった中浦ジュリアン神父経由でローマ教皇パウロ五世へ送っていた。教皇自ら返信もしている。

「私（ローマ教皇）はあなた方（島原のキリシタン）の苦しみを聞くたびに涙が出ます――」

島原半島のキリシタンからローマ教皇へ送られた手紙は、現在もバチカン図書館に所蔵されている。

宗意軒を重政に謁見させた寛永二年（１６２５年）の前年に薩摩に着岸したスペイン船の宣教師とも密かに通じていた。彼らの本来の来日目的は、幕府との再交渉であったのだが、既に国交を断絶している幕府は、交渉自体を拒絶していた。

「今度伊須波（イスパニア＝スペイン）より差遣はしの使節、聘礼《へいれい》を修めんと欲し、実を以て之を註し来る。即ち相議して上聞に達す。往年彼の国懇求する所は、商船往来、南国の珍産、相互市易売買の一件のみ。然も邪法を以て頻りに風俗を乱さんと欲し、制止する所先づ《ず》已《すで》に畢《おわ》りぬ。強ひて其の企てに及ぶは、彼の国の偽謀に非ずや――」

苛立つ宣教師達の心の隙に入り、右衛門作は彼らと密に連絡を取り合うようになった。

「ことあらばよしなに」

と、今後の幕府との対決をほのめかし、有事の際の協力を打診していた。

島の中心部の千場という地に空き家があり、晴信と甚兵衛が到着すると、既に山田右衛門作がいた。

天草、島原の領民の怒りはいつ暴発してもおかしくはない域まで達していたが、ただ感情に任せて一揆を起こしても結局は鎮圧される。宗意軒の志はあくまでも天下の世直し達成である。そのために今は忍従して秘密裏に仲間を増やしている。

「甚兵衛、松倉重政様は家臣の吉岡久左衛門、木村権之丞を先兵として呂宋に送った。ご自身も間もなく数千の兵を率いてご出陣される由」

「遂にそうなったか。重政様は功に焦っておられるのう」

「このまま重政様が海の向こうに行けば、主のいない島原城をとれる絶好の機会。一揆を起こす頃合いかと思う」

甚兵衛も頷きながら口を開く。

「そうか、島原は好機が訪れたのう」

晴信はしばし黙考した。

確かに主のいない島原城を落とすのは容易かもしれない。しかし、問題はその後である。徳川幕府との対決でいかに勝利するか。

「いや、先生はまだ動く時ではない、と常々言われておる」

晴信の発言に右衛門作が即座に反論した。

「切支丹は忍耐強い。教義上、相手を憎んだり、復讐することは許されないと、考える者も多いからのう。されど、他の百姓達はいつまでも我慢はしないであろう。城主不在ならば容易に城をとれる。これほどの機会は二度とないかもしれないぞ」

「右衛門作殿、城をとったあとはどうするつもりじゃ」

「城を落とせば一揆勢の士気が上がる。今は帰農している旧有馬家、小西家の武士が数多いる我らの軍勢、これに天草の領民も加われば数万もの一大勢力になる。この機にわしはポルトガルに加勢を乞い、有明海に屈強な艦隊を呼び寄せる。九州を席捲すれば、日本中の隠れ切支丹や旧豊臣家の浪人達が各地で蜂起する筈」

「反乱は反乱に過ぎず、やる以上は世直しを成就せねばなりますまい。右衛門作殿の怒りはごもっともなれど、あとの戦略に具体性がないようでは心もとない」

右衛門作は床を拳で叩きながら口をとがらせた。

「わしは切支丹だ！　たびたびパパ様（ローマ教皇）と書状のやりとりもしておる。ポルトガルの艦隊は必ず動いてくれる」

しかし、それにも晴信は異を唱える。

「先生の情報ではイスパニア、ポルトガルの艦隊は度々オランダ、イゲレスの新興国との戦に敗れて衰退しているとのことじゃ。過剰に当てにはできぬと思う」

「いまだに南蛮国は世界一の軍事力を持つ、と宣教師達は話しておる」

「それがまことに事実ならば、島原藩が呂宋に藩単独で合戦を挑むことはできないのでは？」

「それは……」

真っ当な指摘に一瞬、言葉に詰まった右衛門作だったが、歯痒そうに語を継いだ。

「ならばローマ教皇に改めて書状を送り、ポルトガル艦隊派遣を実現してみせる」

「イスパニアに併合されているポルトガルも衰退の一途。それも難しかろうと思います」

「天下を覆すには、島原城攻めという緒戦が肝心だ。それが晴信は分からぬのか」

「確かに全国の不平不満分子が動くほどに大きな影響を与えなければ世直しはできませぬ。されど一つの城をとったとて、その確証はない。関ケ原合戦より三十年、それほどに今の徳川政権は盤石にみえます」

「晴信殿は宗意軒先生の代わりにこの密議に加わっている。先生は島原城が城主不在になる件を聞かれたらどう思われる」

「間違いなくまだ動かれませぬ。とにかく幕府に勝つ戦略を確かなものにして動かねば。まだその頃合いではない、と常々言われておりますゆえ」

右衛門作は苛立ちを覚えながら愚痴っぽく言った。

「重政様が不在の折に島原城をとることこそ最善策と思うがのう。先生はまだ平戸から戻られぬのか」

「……」

晴信のしばらくの沈黙が、余計に部屋の中を重苦しい雰囲気に覆わせた。

「先生曰く、我らが行うのは、怒りの感情に任せた藩主への抵抗ではなく……」

そこまで言いかけて晴信は、右衛門作に尋ねた。

「右衛門作殿とて城一つとってすべてが報われる思いにはならないでしょう。先生含めてお三方は帰郷して十五年。戦う以上は幕府に勝利しなければならない。そう思われませぬか」

晴信は改めて、大坂の陣後何のために帰郷して長きにわたって忍耐してきたか、苦悩の原点を二人に意識させた。今度は右衛門作の方がしばし黙ってしまった。

益田甚兵衛、山田右衛門作は師の宗意軒と協力して大きな戦を行うべく準備をしている。そのために晴信自身も働いている。しかし、三人が抱く理想像は微妙に異なるようだ。それを改めて知ることとなった。

晴信が二人の表情を窺いながら、改めて訊く。

「わしは駿河から来ましたが、この地方の藩主が切支丹弾圧に加えて過酷な労役や年貢を課しているのは間違いない。どこかで領民の怒りが爆発し、反乱が起こるのは必至と考えます。甚兵衛殿、右衛門作殿。改めてご両人が抱く理想をこの晴信にお聞かせくださりませぬか」

甚兵衛は、胸元から聖母マリアが刻まれたメダイを見せ自身の理想を語った。

「かつて加賀の一向一揆勢は、守護大名を倒して一向宗徒の自治を達成した。わしは、耶蘇教徒による自治にてこの天草、島原を治めることができれば、と願っている」

応仁元年（１４６７年）から文明九年（１４７７年）にかけて約十一年間続いた応仁の乱により室町幕府の権力が衰退、本格的な戦国時代が始まり、野望や利権、保身のために親と子、兄と弟、主君と家臣が争う時代となった。

加賀も例外ではなく、富樫政親が弟の幸千代と守護の座を争っていたが、一向宗徒の力を借りて自身が守護大名となった。

一向宗徒は今後守護大名の庇護を受けられると期待したが、侮れない軍事力を持つ一向宗を政親は次第に敵対視しはじめ、遂には弾圧を決し、軍勢を動かした。

しかし、一向宗徒は、

――進めば往生極楽、退けば無間地獄――

と、唱えながら死を恐れずに向かってくる戦闘集団である。上杉謙信や織田信長ですら、生涯手を焼いたほどだ。

長享二年（１４８８年）、戦いの末、遂に加賀では守護大名富樫政親を破り、宗徒が自ら国を治める「独立国」として約百年間統治した。益田甚兵衛が抱いていた理想像はまさに一向宗のそれである。

キリスト教徒による自治国家を樹立し、朝廷や徳川幕府の干渉を受けず、イスパニア、ポルトガルから宣教師を呼び、領内の布教を推進する。海外貿易も独自に行い経済力をつける。自治国家の礎にキリスト教がある。

「右衛門作殿は如何でござります」

晴信が目を向けると、右衛門作は熱意がみなぎる口ぶりで語った。

「わしは甚兵衛と同じ切支丹だが、思い描く理想は違うのだ。戦いで勝ち取った領土はすべてイエズス会を通じて南蛮国に寄進し、わしらがその総督、長官になれるとよいと考えている」

１４９４年、イスパニア、ポルトガル両国は、世界へ進出するにあたり、お互いに支配した領土で干渉しないよう、ローマ教皇の認可の元に取り決めを交わした。「トルデシリャス条約」である。

当時のローマ教皇であるアレクサンデル六世がそれを認可した理由に、

――世界中の民をキリスト教徒にする――

という布教目的があることは言うまでもない。「大航海時代」の始まりである。

この途方もない計画を実行するために早速、両国は動き出した。ポルトガルはインド・ゴア地方に兵士を上陸させて武力制圧し、現地人にキリスト教への改宗を強制した。改宗を拒絶する民衆は拷問にかけて殺害した。

一方のイスパニアも南米のインカ帝国、北米のアステカ帝国を次々と滅ぼし、植民地にしていった。イスパニアの進撃は止まらず、遂にアジアのルソン島を征服、近隣各諸島の領有をも宣言し、国名をスペインのフェリペ国王の名にちなんで「フィリピン」と名付けた。

両国の動きにキリシタンの右衛門作は大いに影響を受けた。

右衛門作の主君だった有馬晴信は大村純忠の甥であり、やはり長崎浦上の地をイエズス会へ寄進している。慶長四年（１５９９年）頃のイエズス会内の書状のやり取りでは、以下のような認識が窺い知れる。

——日本は海軍力が弱い。我が軍が大挙、攻め込めば日本を征服することができる。大軍を送るためにまずはキリシタン大名と協定を結び、その藩の領海内に艦隊の基地を作る。地理的に九州天草あたりがよい——

山田右衛門作は自ら植民地化を望んだ。その理想像は、益田甚兵衛のそれより過激で急進的といえる。

しかし森宗意軒の理想は、前述の二人とは大きく異なる。

キリシタン大名だった故小西行長の家臣ということもあり、その影響を多大に受けた森宗意軒も同じくキリシタンである。キリスト教の教えに深く感銘を受けて受洗した。ただし、甚兵衛と右衛門作の二人とは違い、ヨーロッパを自分の目で見ている。その中で宗意軒が最もショックを受けたのはヨーロッパ各地で、多くの日本人が奴隷として強制労働させられている姿であった。

豊臣秀吉は九州在住の日本人が数多く南蛮の商人を通じて海外に奴隷として売り渡されている現状を知って大変憤ったという。結果、天正十五年（１５８７年）六月の九州平定後、筑前博多滞在中に急ぎ、伴天連追放令を発令した。その第十条に、

「大唐、南蛮、高麗へ日本人売り遣わし候事、曲事《くせごと》たるべき事、付、日本人をいては人の売り買い停止之事──」

と謳い、以降、厳しく取り締まることになる。

「人身売買」……戦国時代にキリスト教が九州に伝わり、各地の戦国大名が鉄砲や火薬を購入する代わりに日本人を奴隷として南蛮国に売り渡していた。

故郷天草の民が異国へ売られ、家畜の如き扱いを受けている……それを目の当たりにした宗意軒は、大きな疑念と怒りを抱いてしまった。

（耶蘇教は『神の下の平等』を謳っている。なのに、なぜ南蛮国はこのような惨たらしい扱いを同じ人間にしているのか）

天正十年（１５８２年）の天正遣欧使節の正使だった千々石ミゲルも、ヨーロッパ見聞の際に日本人奴隷を目撃して露骨に不快感を示した。それが原因となり、帰国後に使節の中で唯一、棄教している。

晴信は二人の語る理想を真剣に聞いた上で、

「先生は日々、ひたすらに万民が安寧に暮らせる世作りのために心を砕いて行動しておられます。そのために足長に病人の診察という名目で遠方まで赴かれて情報を掴んでおられる。この談義も帰宅次

第、詳しく報告せよ、と言われております。松倉重政本人がいよいよ呂栄へ出陣なされる由、すぐに宗意軒先生にお伝えします」

と、言って密議を終わらせた。

宗意軒はこの時点で既に軍師的存在であり、山田右衛門作も益田甚兵衛も彼が練る戦略を頼りにしている。しかし、その詳細は弟子の晴信にもまだ伝えられてはいない。

その湯島談義が行われている頃、当の宗意軒は平戸のオランダ商館にいた。

平戸は天草大矢野から肥後経由の陸路だと四十九里（約百九十六キロメートル）ほどの距離があるが、宗意軒は海路、長崎と五島列島の間を往来する船で来ていた。

いわゆる「タイオワン事件」でオランダは江戸幕府と険悪な関係にある。日本との貿易取引が一時中止に追い込まれ、館は閉鎖されていた。裏口に回ると商館の商務員と思われるオランダ人がいた。

「Wie ben jij.（君は誰だ）」

「Mijn naam is Mori.Soiken. Ik ben een dokter.（私は森宗軒。医者をやっている）」

宗意軒が簡単なオランダ語で挨拶すると、相手はすぐに日本語で返事した。

「森ドノ。ゴ用件ハ何デスカ」

「重要な話でナイエンローデ館長に天草より会いに来た元武士だ。怪しい者ではない。取り次いでくれ」

「少々、オマチヲ」

訝っている表情も見せながら、オランダ語が話せること、館長名を知っていることから無下には扱えない相手だと認識し、その商務員は奥に入っていった。

数十秒後、再び裏戸が開くと、現れたのは五代目となるオランダ商館長コルネリス・ファン・ナイエンローデその人であった。

「森ドノ、私ガ商館長ダ」

「私は元小西行長の家臣で、天草に住む旧教の切支丹です。ナイエンローデ商館長の母国、オランダにも昔滞在したことがあります」

「オオ、オランダニ。現在、ココハ閉鎖サレテイル。何用デマイッタ？」

「タイオワン事件のことも私は承知しています。商館長は、今の徳川幕府に不満はありませぬか」

いきなり核心的な話を切り出されていささか面食らったナイエンローデであったが、彼は歴代オランダ商館長の中でも外交は強硬派で知られる。タイオワン事件で日本側が人質交換の約束を破ったことに大いに憤慨していた。

東インド総督ヤックス・スペックスの命で再び家光に謁見を願うべく、来日していたウィリアム・ヤンセンは宗意軒がオランダ商館を訪れた前年に謎の死を遂げている。さらには幕府側が、

「我が国と以前のように貿易を行いたいならば、高砂国の関税を撤廃し、幕府に貢物をせよ」

と、あくまで強気な姿勢を見せていたこともナイエンローデが抱く嫌悪感を増幅させる要因となっていた。

「タイオワン事件ヲシッテルトハ、只者デハナイナ」

宗意軒は、自分が大坂の陣にて豊臣家についた真田幸村配下の武将であり、今の徳川幕府の政治に

も大いに不満があることを実直に告げた。タイオワン事件で幕府の人質となって後、亡くなったウィリアム・ヤンセンのことにも言及した。

「商館長はヤンセン特使の謎の死をどう思われているのですか」

「ヤンセンハ、キット将軍ニ殺サレタノダ。徳川幕府ハ、約束ヲ守ラナイ」

素の感情を表す口調でナイエンローデは怒りを隠さなかった。宗意軒は徳川との戦いをもう一度行うべく、周到に準備を進めていると説明した。

「今の徳川将軍に天下は任せられぬ。私どもに味方してくれませぬか」

「貴殿ハ、再ビ、徳川ト戦ウノカ」

「左様。規模は大坂の陣以上になるかもしれぬ。詳しくお話しいたします」

「ナニユエ、イスパニア、ポルトガルニ頼マナイ？」

宗意軒はこの時代旧教と呼ばれるカトリック系キリシタンであり、オランダは新教プロテスタント系のキリスト教国家である。普通に考えれば、宗意軒はカトリック系のスペイン、ポルトガルに応援を頼む立場であることは明白である。

「南蛮国はもはや以前の力はない、と確信しております。今、力を持っているのは貴国」

十六世紀より始まったいわゆる『八十年戦争』において、宗主国スペインに対してネーデルランド地方（オランダ）は独立戦争を起こし、スペインは敵である。

そしてその戦争において日本人傭兵を雇った。

百数十年に及ぶ長い戦国時代を生きてきた侍は勇敢なだけではなく、実戦経験に富み、戦略戦術にも長けている。もはや侍なくしてはスペイン相手に戦えない、というほどにオランダは頼りにしていた。

諸事情を鑑みてオランダは、徳川幕府の敵に露骨には回れない立場なのだ。しかし、ナイエンローデ商館長は明らかに三代将軍家光を憎んでいる。

「幕府ニ不満ヲモツ者ガ、一揆ヲ起コスノカ」

「はい。世直しの大きな戦《いくさ》です」

「ソウカ。そなたノ思案ヲ聞キタイ。大将ハ誰ダ？」

唐突にナイエンローデから合戦時の総大将の名前を訪ねてきた。

宗意軒が言う規模の戦いが本当に行われて勝利するならば、その頭領は天下人となりえる存在である。こんなことを尋ねるということは、

――場合によっては反徳川政権に与する――

という思惑を示唆するものでもある。

しかし、それは宗意軒には想定内の質問であった。まったく臆することなくこう言ってのけた。

「さきの右大臣、豊臣秀頼様のご落胤、豊臣秀綱様でございます」

（二）

「ううっん」

夜の寝床で紅は、時折苦悶の表情をした。夢の中をさまよっている。にじみ出た油汗が枕元を濡らしている。

四方八方真っ暗な闇の中で男達が鬨の声を上げて叫ぶ。銃声が轟く。そして苦しそうにうめき声を出す。紅の耳に絶え間なく怨嗟の声も聞こえてくる。

（暗い……ここはどこ？　おぞましい声ばかり）

そのうちにゴオーという激しく燃え盛る炎の音まで聞こえてきた。不安は募るばかりだが、見渡すかぎり暗くて何も見えない。途方もなくしばらく歩いていると、遠くに小さな明かりが見えてきた。その明かりは徐々に大きくなっていく。

（人が……人がたくさんいる）

立ち止まった紅にその大勢は近付いてくる。皆同じ甲冑を着ている兵士達が列をなしてふくらんでいく。槍ぶすまを作って、一斉に紅に向かって突撃してくる。

「わあぁ！」

思わず大声を出して紅は飛び起きた。

「夢か……よかった」

気付くと寝衣が汗でぐっしょりに濡れていた。隣の部屋で寝ていた晴信が、紅の声で目が覚めて、ふすま越しに、

「紅、大丈夫か？」

と声をかけてきた。

「大丈夫。少し怖い夢をみて、うなされたみたい」

「開けていいかい？」

「だめ。汗かいたから体拭く」

同居を始めて今まで兄妹のようにお互いを慕って生活してきたが、年頃になった最近の紅は、晴信を異性と自然に意識し、恥じらうようになっていた。むしろ晴信の方がいつまでも紅を子供扱いし、無神経である。

（まだあどけない少女のくせに恥じらいおってからに）

襖《ふすま》はわずかに開いている。駄目と言われると余計に晴信の悪戯心が騒ぐ。気付かれないように少しだけ覗いてみた。

部屋は灯し油で点けた和灯り《わあか》のみでうす暗い。しかし、紅の寝衣がはだけた後ろ姿が見えた。髪は結ったままでうなじを手拭いで拭いている。彼女の白い肌、美しい背中と肩は、既に大人の色気を有していた。和灯りがそれを妖艶に演出していた。

晴信は衝撃を受けた。紅を見て初めて心が乱れた。思わずふすまを閉めた。

（ずっと子供だ、子供だと思っていたのに……紅は大人になっている）

江戸時代には少し晩婚化していたとはいえ、戦国武将の娘ならば十五歳はもうとっくに大人の女性として扱われる。

妹同然に接してきた晴信が初めて紅を「女」として意識した瞬間だった。隣の部屋で襖一つ挟んで晴信は思わず正座した。

（つい最近まで子供だったのにな。も、もう一度だけ……）

心の中で葛藤があったが、まだ二十五歳の若者は自制心よりも好奇心が勝《まさ》った。再び襖を開けて覗き見る。

まったく気付かない紅は裾をたくし上げて両脚も露わに汗を拭こうとしていた。晴信の心拍数が上がる。固唾を飲んで紅から目が離れない。

「あんちゃん、起こしてしまってごめんね」

紅がそう語りかけると、ハッと我に返った晴信は再びゆっくりと襖を閉めた。

「いや、大丈夫だよ」

正座したまま、晴信は自分の頭を軽く小突いた。

（いかん！　紅は先生の娘。わしは、なんてことをしているんだ。紅、ごめんな）

襖越しに晴信は紅に向かって首を垂れた。そこに突然、

「起きていたのか」

宗意軒の声が晴信の背中に響いた。

ビクッと驚いた晴信は、

「せ、先生、今お帰りで！」

思わず大きな声を出した。紅にも宗意軒の声は聞こえて、寝衣を整えてから部屋から出てきた。

「父ちゃん、お帰りなさい」

と、笑顔で言った。

「ん？　この時間に二人とも起きていたか」

「先生、申し訳ございません」

両手をついて深々と頭を下げる晴信を見下ろす宗意軒は覗き見に気付いてはいない。

「いや、別段謝ることではないが」

「うちが夢でうなされて大声出しちゃったんだ」

紅は宗意軒の懐に飛び込んでそう言った。

「そうか。何の夢を見た？」

「暗闇の中で同じ鎧を着た多くのお侍さんがたくさんうちを襲ってきた。怖かったよ」

それを聞いた宗意軒は幾分真顔になった。

(同じ鎧？　真田軍のことか。大坂の陣の記憶があるのか……まさかな)

「戦なんて見たこともないけど、あんな感じで敵が襲ってくるのかと。本当に怖かったよ、父ちゃん」

少し体が震えている紅の体を宗意軒は優しく抱きしめて頭を撫でた。

「ああ、夢でよかったな。もう丑三つ時だ。紅は寝なさい」

「父ちゃんの顔を見たら安心した。父ちゃん、あんちゃん、お休みなさい」

紅は自分の寝間へ戻った。

彼女の部屋を覗いたことに罪悪感を抱いた晴信は、機嫌を伺うように上目遣いで宗意軒を見た。

宗意軒はとても厳しい表情をしている。

「晴信」

「申し訳ございません」

「何のことだ」

「え、いや……まあ」

「これよりすぐまた寝るか」

「いや、目が覚めました」

「そうか、ならば大事な話がある。湯島の密議の報告も聞こう。囲炉裏へ来い」

「はい」

晴信は困惑の表情を残しながら立ち上がった。

「とにかく飲まず食わずで、急いで帰ってきたので腹が減った。軽く食事をとりながら話すといたそう」

囲炉裏鍋の水に煮干しと味噌を入れて出汁をとり、それに素麺を入れる。地元では今も伝わる「地獄煮」を宗意軒自身が作り、食べ始めた。

晴信は不安と焦りの表情を隠さずに湯島談合の内容を報告した。

宗意軒は晴信よりも右衛門作や甚兵衛との交際が長い。三人とも同じキリシタンとして結託しているが、抱く理想の違いは、それまで生きてきた環境や経験も異なる以上、当然のことだ。報告を受けて、そう、諄々《じゅんじゅん》と晴信に諭した。

それでも一抹の不安は拭えないと晴信は言ったが、それは宗意軒も同じであった。

「今後の戦略については、またあの二人とは話し合わねばならぬな」

と、腕組みして答えた。

「山田右衛門作殿は、呂宋へ出陣する松倉重政が島原城を出た時こそ、戦を始める絶好の機会だと申しておりました」

「島原城を落とすだけならば確かにそうだろう。しかし、我らは徳川と天下分け目の合戦を再び行い、そして勝利せねばならぬ。そのためにはまだ少し時間がかかる」

「そのように先生のお考えをお伝えしましたが、ご両人、特に島原にいる右衛門作殿は相当苛立ちを覚えておられました」

「うむ……」

宗意軒は大坂の陣の敗戦を深く分析している。

大坂の陣で豊臣方は満を持して合戦に挑んだわけではない。戦いの勃発前に大野治長ら豊臣秀頼の側近やイエズス会の宣教師達が全国の武将大名に、

——豊臣秀頼君に与されたし——

と、檄を飛ばしたが、大名で加勢するものは皆無であった。

無策の秀頼側近衆に業を煮やした浪人やキリシタン達が暴発し、戦いが始まってしまった経緯があ

る。

人数だけは十万ほど大坂城に集ったが、そこには徳川勢に勝つための戦略は何もなかった。いや、真田幸村や後藤又兵衛ら一騎当千のつわもの達が戦略を提案しても、

「所詮浪人どもの戯言――」

と、秀頼の側近や淀君から軽視されてしまったのが現実だ。

今ここで数万の民を先導し、戦を開始しても徳川幕府に勝てないことは火を見るより明らかである。それでは大坂の陣の二の舞である。

(もう少し時間がかかる。耐え忍んで準備を進めるしかない)

宗意軒は改めてそう思った。

「近いうちに甚兵衛のところへ行き、資金繰りの話をする。その時、晴信もつきあえ」

「はい。ところで先生、平戸はどうでしたか」

「今、幕府により閉鎖されているオランダ商館に行ってきた。ナイエンローデ商館長は徳川家光を殊の外嫌っているようだ。わしに少なからず関心を持ってくれた」

「我らが決起し暁には味方すると言われましたか」

「ああ。口約束だがな。なんせ初対面。訝られているところも大いにある」

「そうでしょうね……先生はオランダに何を望まれましたか？　かつて陸奥の伊達政宗公が大坂の陣にてイスパニアに艦隊をよこしてもらうよう依頼されたとの噂を聞いたことがありますが、先生も艦隊の派遣を」

「いや、さすがにわし如き一浪人がそれを願っても無理であろう。そもそもオランダ艦隊が日本の海上に来たとて、どれだけ戦力として有効かも疑わしい。それよりも……」

「それよりも？」

「日本人傭兵だ。オランダ国が雇っている日本人傭兵を一端帰国させ、我が方へ預けてくれ、と申し出た」

苛政に苦しむ島原や天草の領民が総決起したところで自軍は二、三万人。一方、幕府側は九州の主たる大名に総動員をかけることは間違いないので、少なく見積もってもその兵力は、十万は下らない。局地戦の戦闘で勝利するだけならともかく、天下を覆すという大仕事を成就するには兵の絶対数が足りないのだ。

オランダの日本人傭兵の雇用は、徳川家康健在の時代からはや三十年ほど続いている。宗意軒はそこに着眼した。

(日本人傭兵は基本、豊臣方に与した武将達が多い。関ケ原合戦や大坂の陣にて敗北し、職を失い、やむなく海外に出ていった者達だから徳川政権を憎んでいる。「反徳川」の意識が強い輩ばかりだ。戦いに熟達した彼らの内、一、二万人でも帰国して我が方へ与してくれるならば、徳川と一大決戦ができる)

そして総大将が太閤の子豊臣秀頼の落胤ともなれば、キリシタンも豊臣家の落ち武者達も士気はこの上なく上がる。その「豊臣秀頼の落胤」とは誰かだが——

「それは凄い！　それが叶えば先生の世直しが本当に成功する」

「うむ。ただし、向こうは一万両を要求してきた」

「一万両！」

晴信には驚きの知らせの連続だ。

「そ、そんな大金は藩でも払えない大名もいるでしょう。我らに一万両……オランダは本当に与する気があるのでしょうか。わざといたずらに無理難題を」

「どうかな。確かにそのくらいの資金力はないと当然、勝利を手中に収めることは無理。こちらの力や本気度を確かめているのであろう」

「そのあてはござりますか」

「大坂の陣から十五年。甚兵衛も右衛門作もわしも皆、いつかの日のために生活は質素倹約に努めてきた。甚兵衛は商人として大成功も収めている。されど、それらをかき集めたとて、必要な軍資金の半分にも足りぬ」

「右衛門作殿が通じている南蛮国は見返りなど我らに求めず、艦隊を送ってくれるだろう、と申されました」

「それは甘いな。イスパニアは幕府から国交を断絶された。ポルトガルも当座、国内の切支丹らを味方につけておきたいだけだ。以前の力はもうないと、みる」

「今はオランダにその力があると」

「ああ。そして現在、幕府との関係に微妙な亀裂が入っているから隙がある。しかし、一万両用意するのは大変だ」

「ごもっともで」

「それに武具に兵糧……緻密に計算すれば莫大な資金が要る。まだまだ挙兵するには時期尚早」

「そうですね……ところで先生」

晴信は改めて端座した。

「なんだ」

「こたびの湯島談議で自覚したことがございまして」

「うむ、遠慮せずに申してみよ」

「紀州で出会った時より、先生は近くて遠い存在でした。そして今も先生は近いようで遠い存在」

「ほう」

「いやむしろ、近くにいればいるほど先生が遠い存在であることを自覚させられるのです」

「師弟とはそんなものかもしれぬのう」

「日常生活を共にして、武術の修行に励み、情報収集のため、忍びとしても与えられた任務をこなしております。先生の真の泰平の世を願う悲願、それは今、私も抱いていると断言できます。しかし、私は先生の成されようとすることを、分かっているようで分かっていないのでございます。先生の思いをうまくあの二人に伝えることができないもどかしさを感じました」

「そうか。わしも絵に描いた餅の話は、まだ口外したくはないからな」

「先生の理想、真田幸村様より継がれた志……改めて私にすべてを話してもらえませぬか」

囲炉裏の火に照らされる晴信の顔つきは真剣そのものであった。

そこからしばし、宗意軒は無言であった。地獄煮の残りの麺を食べ尽くし、汁もすべて飲み干した。

「ふう、人心地ついたわ」

そして厳しい目で晴信をみつめ、口を開いた。

「晴信、わしが幸村様と九度山を出る際、言ったことを覚えておるか」

「先生は、世直しをしてまいる。そして精進していれば、お前達も夢は叶う、と申されて大坂へ行かれました」

「その通りだ。私は幸村様と世直しをするべく大坂城へ入った。かつて真田家は上田城籠城戦において圧倒的不利な状況の中、徳川と二度戦って二度とも勝利を収めた。幸村様のお父上は真田の武勇を三度《みたび》、家康に見せつけてやる、という意地と執念を死ぬまで抱かれていた。しかし、幸村様はちと違う。お父上の野望や価値観に大いに影響を受けていたが、元々幸村様に私欲は無く、天下の趨勢をよく見て、徳川政権では万人は幸せになれない、と思われて志を立てられたのだ」

「その志とは、徳川に与する者達だけでなく、親豊臣派の者達も幸せになれる世ということですか」

「それだけではない。武士であろうと百姓商人であろうと、仏教徒であろうと切支丹であろうと、天下の万民が皆幸せに生きられる世の中だ。確かに家康は偉大であった。だが、偉大過ぎて次世代に大きな不安を抱き、そこに慢心が生まれた。息子や孫、子々孫々まで末永く徳川の天下は盤石であろうか。否、自分が死んでのちは豊臣家と同じ運命を辿るに相違ない。禍根は今の内に断たねばならぬ。前の天下人である豊臣秀吉の血を残していては危険だ、とな。自身が年老いて日に日にその思いが強くなっていったのではないか。だから豊臣家を滅ぼしたのだろう」

「大坂の陣は家康が老いたゆえ焦慮に走った、と」
「わしはそう思う。しかし、家康と戦って勝つには、人も戦力も何もかもが違いすぎた。大坂方の総兵力は冬の陣時、十万あった。しかし、その殆どが金目当ての浪人や戦の経験など皆無の者ばかりであった。それではあの大狸に勝てる筈がない。やがて夏の陣の日、幸村様は松平忠直勢に押され、敗勢濃厚となったところでわしにこれを預けられた」

そう言うと、宗意軒は板間の一部を外し、そこから刀を出して見せた。暗い空間にも鈍く光る。

「こんなところに刀を隠されていましたか」
「これは村正という名刀だ。この刀と共に幸村様から世直しの志を受け継いだ」

——打倒徳川幕府——

のちにそう叫んで幕末の維新戦士が好んで用いた妖刀として有名な村正。その斬れ味の凄まじさに元来、戦国時代の徳川家の武将達も好んで使用していた。しかし、家康の祖父松平清康、父松平弘忠が家臣から殺された時に使われ、長男信康自害時の介錯刀もこの村正であったことから、

「この刀は徳川家に災いをもたらす」

と、家康は村正を忌み嫌っていた。

関ケ原合戦時、豊臣方の宇喜多秀家が徳川方に寝返る証としてこの太刀を家康に贈呈したが、家康は直接受け取らずに町人に授けた、というエピソードも残っている。

その後は家康にはばかり、徳川家では殆ど使われなくなっていたが、真田幸村は打倒徳川の成就を祈願し、この刀を持っていたのだ。

「この村正で世の闇を斬る。切り裂いた闇の間から必ずや光が射してくる筈だ」

宗意軒は村正の柄を握るとじっと刃を見つめた。

村正の向こうにこちらを真剣な眼差しで見つめる晴信の顔に気付いた。

「そう遠くない将来、大きな戦がこのあたりで起こる。お前はその戦に巻き込まれる必要はない」

「いまさら何を申されますか」

「実はわしの頭の中には常にそれがあって、お前に詳しく戦略を教えることにためらいがあった。お前はいつでもわしの元を去ってよいぞ」

宗意軒は諭すように言ったが、晴信は即座に言い返した。

「それは心外なお言葉。天草に来て今までの修行も今後の戦を想定してのこと。先生の理想は私の理想。先生の志が私の志。そんな人生を送りたく、駿河より出てまいりました。その覚悟、今後も揺らぐことはござりませぬ」

「……しかと左様か」

宗意軒は師匠らしい厳しい表情で愛弟子の顔をみた。純情一途なその思いに偽りがないことは確信できた。

「ならば、今後もますます文武両道で修行を積まねばのう。任せる仕事も増えるぞ」

「その世直しのための大戦《おおいくさ》、勝利への戦略、そしてその後のまつりごとのあり方……具体的に私に教えていただけますか」

「そうだな。まだ政情の変化により不確かなことが多いが、晴信には伝えておこう」

「はい」

晴信は改めて座りなおし、背筋を伸ばした。

「我ら三人皆、切支丹で世直しの戦のために連携しているが、お前も感じている通り、その理想は三者三様。共通しているのは、暗澹《あんたん》たる思いの民が多く存在し、今の徳川幕府のまつりごとは改めなければならない、という決意だ。わしは幸村様から受け継いだ志を達成したい」

「私も先生の理想が現実のものになれば、真の幸福な世ができると思います」

凪塾の頃から宗意軒は、晴信ら塾生に、

――理非曲直（道理として正しいことと間違えていること）をわきまえよ――

と、教えてきた。

戦国時代のような弱肉強食の世界で生き抜いていかねばならない境遇にいるからこそ、道理や筋を重んじることが何よりも重要だ。例え巨大な力を持ったとしても驕れば、織田信長のように自身の家臣から殺められることもある。

明智光秀が本能寺にて信長を弑逆したことには複雑な動機があるが、自ら将軍に就かせた足利義昭を追放したり、四国の長曾我部氏との同盟を一方的に破棄して攻め込んだりと、元幕臣で長曾我部氏との交渉役を担っていた生真面目な性格の光秀が、

「不義理を働いているのは殿（信長）だ。天下を託す人物ではない」

と、考えたであろうことは容易に想像できる。

江戸で開府されてはや三十年弱。一見、世の中は泰平のようだが、第三代将軍家光を筆頭とする現

徳川政権は、絶対的権力を振りかざし、その方針に従わない者や異を唱える者を排他的に弾圧している。

このような力任せで民衆を恐怖で縛る「武断政治」から法や秩序で天下を治める「文治政治」へのドラスチックな変換。それを宗意軒は切実に望んでいる。

その理想を叶えるための戦い。しかし、それを達成するには確実に勝つ戦略と、周到な準備が必要なのだ。

宗意軒は凪塾でも算術を教えていたが、戦の経験がない晴信は想定される大規模な合戦費用について皆目見当がつかない。しかし、宗意軒は緻密な計算をして準備に当たっていた。

当時の成人で合戦時の兵糧は、兵一人当たり一日五合を必要とした。

宗意軒が想定する白軍は大坂夏の陣時と同様五万。その内三万が天草・島原の一揆勢、残り二万はオランダに派遣依頼した海外にいる日本人傭兵。合計五万の兵が徳川軍と半年間戦うとして単純計算で四万五千石の食糧が必要だ。

さらに武具は太刀一万本で千二百五十両、槍一万本で二千五百両、弓は基本手作りだが、弓の鏃《やじり》に一万本分として五百両、弓懸《ゆがけ》と呼ばれる弓を射る際に使う皮手袋がほぼ同額かかる。

そして何よりも単価が高い武器は鉄砲だ。当時鉄砲は一挺あたり八千五百文。三千挺購入するとして六千三百七十五両のお金がかかる。

宗意軒は日本人傭兵が帰国し参戦するまでは籠城戦になると踏んでいた。

城に攻め込まれないように防御するには大量の飛び道具が必要だ。城兵十人に一人は鉄砲を持たせておきたいという計算から三千挺は譲れないところである。

しかし、以上述べた四万五千石の食糧に武器を揃えて、これに矢玉や傭兵の日当なども考慮すれば、二万両を超える資金が必要となる。さらにはオランダ商館に渡す一万両も合わせて総計三万両もの莫大なお金を準備しないと天下を覆すだけの戦を始めることはできないのだ。

「軍資金については、まだわしが動かねばならない。それに鉄砲だが、湯島に鉄砲鍛冶を招いて鉄砲を造らせようと思う。少しでも鉄砲の購入費用を抑えるために」

「鉄砲鍛冶にあてはあるのですか」

「野田繁慶といってな、江戸で徳川家御用達の刀鍛冶をやっていたが、元は三河出身の鉄砲鍛冶で清《きよ》尭《たか》と名乗っていた。幕命で長崎にて刀や鉄砲鍛冶の育成をしている。その繁慶の弟子には転び切支丹（強制的に改宗させられているキリシタン）が相当数いるようだ」

「鉄砲は銃床、銃身、火蓋と各々の製作ができる職人が必要だと聞いたことがあります」

「ああ。大量生産には総勢三十名近くは必要だろう。しかし、刀鍛冶が習得している鍛造技法で造った国内の銃の方が、異国のものより壊れにくくて丈夫だ。銃の製造方法を会得している者が数名いれば、あとは刀鍛冶に造らせることができる」

「刀鍛冶を招集するならば、鉄砲のついでに刀も造らせてはいかがでしょう」

「敵は全員侍だ。刀を容易には通さぬ甲冑を着ているゆえ、飛び道具の方が有利だ。時間と労力をかけるならば鉄砲造りに専念してもらおう」

「鉄砲の玉はいかように調達を⁉」

「右衛門作がポルトガル商人との人脈を活かしてシャム（タイ王国）より鉛を安価にて密輸入している。大坂の陣でも豊臣家は同じように鉛を宣教師商人より購入していた」

晴信が訊くすべてのことに対して宗意軒は詳しく丁寧に説明した。

（晴信はもうわしと運命を共にする人間なのだ）

宗意軒は、抱く雄図の話を進めるほど、その思いを強くしていった。

深夜から始まった話は、二人に時の経過を忘れさせていた。払暁にいたった頃、ふと外を見ると東の空が青くにじみ始め、窓格子からも日が漏れてきた。

「おお、もう朝になる。晴信、肝心な話はまだあるが、続きはまたにしよう」

「はい。先生もお疲れのところ、ありがとうございました。お休みなさいませ」

宗意軒は疲労から囲炉裏の傍でそのまま横たわると即、眠りに落ちた。

晴信もかなり心が晴れたが、自分の寝間へ戻り、横になっても目が冴える。しばらく仰向けになり、天井を見上げながら考えごとにふけた。

（天草と島原、苛政に不満を持つ民衆を束ねて挙兵し時、彼らを合戦経験のある元武士が統率する。この地域を制圧して幕府が大軍で当地に寄せてくるまでに準備を整えて籠城。幕府軍を迎撃しながらオランダが動かす日本人傭兵を待つ……先生でなければ思いつきもしない壮大な計画じゃ）

——スペイン対オランダ——

「八十年戦争」と呼ばれた戦いは１６４８年まで続く。植民地から莫大な富を築き上げるスペインの力は強大であった。対抗するオランダは貿易により経済力を強化して対抗する。

オランダの東インド会社は貨幣造幣権を有し、武装をした大きな組織であった。会社の目的は勿論、スペインから東南アジアの貿易権を奪取することである。

この時代、初めての国際通貨として銀貨が用いられた。つまり銀こそ世界の覇権を握る原動力となっていたのだ。その銀、当時は世界の算出量の三分の一を日本が占めていた。

スペインもオランダも本音では日本を武力制圧して植民地化したかった。しかし、日本の内情を知れば知るほど、それが叶わないことを悟った。

兵農分離が確立されていない戦国時代から江戸時代初期、国内各地で百年以上戦い続け、「国民皆兵」と化していた当時の日本を力で強引に制することは不可能だった。

長い間、戦で殺し殺され合う壮絶な時代を生き抜いてきた日本人は、ヨーロッパの大国の威圧にも動じることはなかった。その時代に生きる辛苦と引き換えに他国に植民地化されない強さと逞しさを有していたのだ。

オランダは日本人傭兵を対イギリスだけではなく、対スペインにも大いに利用した。それまでオランダの自国の軍隊だけでは叶わなかった東南アジア在留のスペイン軍にも積極的に戦いを挑んだ。香辛料の独産地モルッカ諸島や海上交通の要であるマラッカなど、重要なスペインの貿易拠点を日本人傭兵に戦わせて奪取したのだ。

——サムライ、世界一ノ兵士——

傭兵として雇われている多くの武士に無尽蔵の銀……この時代、戦国日本こそが世界の大局を動かしていた。それを最大限に利用し、一躍世界のひのき舞台に立った国がこのオランダである。

例の「タイオワン事件」により、一時日本との貿易が中断、「非はオランダ側にある」と、謝罪と莫大な貢物を要求してくる徳川幕府に対してオランダは苦々しく思っていた。

とはいえ、一年間に九十四トンもの大量の銀を日本から手に入れてスペインに負けない経済力を付けてきた。対スペインの軍資金獲得の意味でも、日本との貿易を放棄するわけにはいかない。

当時のナイエンローデ商館長が徳川幕府の強硬な姿勢に嫌悪感を抱き、

（日本は貿易相手としては非常にやっかいで難しい国だ）

と、感じていたのは事実である。宗意軒の提案がナイエンローデの心の中に邪《よこしま》な風を吹かせることができたのも当然であったかもしれない。

要はオランダにとって、天下人は誰でもよいのだ。ただ「負ける方に味方しない」こと。その判断だけは間違えることはできない。

（その描かれた雄図を実現するには、味方が一致団結して戦いに挑まなければならない。皆をまとめうる大将はいるのか……先生とあの二人の意識差もやはり、気になるところだしのう）

晴信が思い悩むことはまだあった。

いたって静閑な空間に聞こえてきたのは疲れ切って熟睡している宗意軒のいびきであった。それが聞こえた時に晴信は、

（まあ、わしは先生に従ってついていくだけ）

と、楽観できた。いつの間にか晴信も眠りに落ちていた。

（四）

天草は農地が狭い。農業は基本、水田のみであったが、山の急斜面を削り、農地を作っていた。それでも過酷な年貢の徴収に応じられずに漁業も兼ねる農民が多かった。

農民は怒りと落胆の涙をこぼしながら無言で棚田を耕している。その周囲を見渡しながら宗意軒は晴信を連れて益田甚兵衛宅へ行った。

周囲の殺伐とした雰囲気の中で生活している益田甚兵衛は、

（彼らを困窮から必ず解放してやる）

との思いを日々募らせていた。

「先生、右衛門作の話、晴信殿より聞かれたでしょう。島原城を攻めるのは時期尚早ですか」

「怒りに任せての暴発はむしろ相手には好都合であろう。『これを機に切支丹と年貢を納められぬ百姓は一掃してやろう』とな。甚兵衛とは戦いに必要な資金のことをたびたび談議してきた。色々と備えが出来ていない状態でことを起こせぬのは、そなたは分かるであろう」

「はい……しかし天草、島原の仲間の命も次から次へと藩の弾圧で消されていきますゆえ」

「うむ。わしとて、焦燥感は強くある。途方もない準備だが急がねばならぬ」

宗意軒と甚兵衛は、武具や兵糧購入の今後の展開を話し合った。いずれにせよ、同じ地域から大量に購入すると、その商品の価格が鰻上りで高騰し、幕府の目につきやすい。可能な限り、全国各地から分散して購入しなければならない。

そして何よりも宗意軒が頭を悩ませていたのは、

――総大将を誰にするか――

であった。

オランダ商館では「豊臣秀綱」と具体的な名前を挙げた。これは宗意軒が以前から考えていた戦略の核たる演出であった。

間違いなく大戦になる今回、総大将の存在がいかに重要であるかを宗意軒は認識していた。三人の話し合いの中で以下のような会話が宗意軒と晴信の間であった。

「太閤殿下のお世継ぎであった豊臣秀頼様が生きておられれば今、三十七、八歳だ」

「ここでなぜ豊臣秀頼公の名前が出てくるのですか」

「秀頼様は大坂夏の陣後、首実検で確認されてはいない。『花のようなる秀頼さまを　鬼のようなる真田がつれて　退きも退いたり加護島（鹿児島）へ』陣後、都のわらべの中で大いに流行った歌だ」

「わらべ歌を根拠に秀頼様が生き延びているという、演出を先生はお考えで」

「以前、平戸にあったイギリス商館のリチャード・コックスが、豊臣秀頼は薩摩か琉球に生存していると、母国にも書簡を送っているのだ。荒唐無稽な噂とは言い切れぬゆえ、幕府もいまだに厳しく豊臣家の残党狩りを行っている」

「その秀頼公がご存命で今回の総大将になるということですか。秀頼公のお顔は徳川方にも知れ渡っておりましょうから本物を見つけないといけない」

「さすがにご存命ではないだろう。それゆえ秀頼様のご落胤を総大将に祭り上げる」

「ご落胤がいると？」

「いや、いない。それゆえ創らねばならぬ。秀頼様のお子を演じて総大将を務めてもらう」

「豊臣秀頼の子を総大将に担ぐと言っても、それは虚偽の話。現実をしっかりと見据えて総大将に相応しい人物を担いだ方がよいのでは」

「では、逆に晴信に訊こう。決起した時、我らが軍勢、何者達が兵士になる」

「それは……弾圧を受けている隠れ切支丹、藩主の苛政を恨む百姓、旧小西や有馬家の武士だった者達、ではございませぬか」

「その通りだ。しかし、よく考えてみよ。その者達は個々の感情や立場が複雑であろう。切支丹は殉教する者も多いが、無理矢理棄教に追い込まれた者は藩主を恨んでいる。藩主を恨んでいるのは百姓も同じだが、仏教徒が多い」

「はい」

「切支丹には、仏教徒を『異教徒』ゆえ、憎んでいる者も少なくない。また、旧小西家や有馬家の元武士には切支丹も仏教徒もいる」

晴信は唸った。

「反徳川」の共通した思いで挙兵しても仲間割れが起こる危険をはらんでいる。

様々な人生観、相容れない宗教観を有した者達で構成する軍勢をまとめられる人物でなければ総大将は務まらない。しかも、仏教徒にもキリシタンにも畏敬の念を抱かれて徳川幕府を憎む元武士や浪人達の士気をも上げうるカリスマ性も必要だ。

それらの条件を満たすには元天下人である豊臣秀吉の血を継ぐ者しかいない、という宗意軒の結論にようやく晴信も納得できた。

「晴信も申した通り、これは虚偽の演出。最大の課題は、誰がその芝居を演じ続ける役者になれるかじゃ」

「そんな重責を担える者がこの辺りにおりましょうや」

「うむ……」

そこでしばらく三人は沈黙が続いた。庭から葉擦れの音が格子窓越しに聞こえてくる。

豊臣秀頼には三人の子がいたという。

長子は国松で大坂の陣後処刑されている。第二子は髪を落とし、尼になることを条件に千姫が助命嘆願し、受け入れられた天秀尼。第三子も仏門に入り難を逃れて元禄元年（1688年）まで生き延びたといわれる求厭《ぐえん》。

「秀頼様に第四子がいたというのが、最も幕府を狼狽させるであろうがなあ」

腕組みをして考える宗意軒がそう呟くと、甚兵衛が切り出した。

「総大将をジェロ……いや四郎に……うちの四郎は如何でしょうか」

「……本当によいのか」

宗意軒には想定内の反応だったようだ。改めて確かめると、甚兵衛は頷いた。

「我が子ながら四郎は聡明です。頭もよいし、手先も器用だ。切支丹でもあるし、いずれはそれを公にして隠れ切支丹や一度転んだ切支丹達の頭領として、相応しい振る舞いができましょう」

二人の会話を聞いていた晴信は思わず目を見開いた。

「せ、先生！　ジェロニモにそんな大戦の総大将が務まりましょうや」

「しっ、晴信、声が大きい。受洗名で呼ぶな、四郎と呼べ」

「し、失礼いたしました。しかし、四郎とは」

晴信の驚嘆をよそに既に覚悟している表情の甚兵衛はこう続けた。

「四郎が生まれてのち、私は夢の中で神のお告げを聞きました。『お前の子、四郎はいずれ民衆の希望の光となる』と。それをずっと四郎にも日頃から言い聞かせ、育ててきました。難しい算術も一度教えるとすぐにでき、物事の理解の早さが尋常ではない。天才の片鱗を日常生活でもみることがあります」

「しかし、それで四郎が豊臣秀頼公のお子を演じるとは。まだ幼い四郎にそんな大役が務まりましょうか」

「あの夢が正夢ならば、その役は四郎にしか果たせないと思う」

そう返事する甚兵衛の声は寂しさを帯びていた。

「甚兵衛、すまぬ」

宗意軒は甚兵衛に頭を下げた。

「いえ、四郎にも『これはゼウス様からお前に与えられた使命だ』と言えば納得すると思います」

「甚兵衛の親としての心痛の極み、四郎本人の今後の艱難を思い量ると言葉がなくなる」

「先生、すべては打倒徳川のため。しかし晴信殿が尋ねるように、本当に四郎でよいのでしょうか」

「四郎ならばやれる。しかし、そのための修行に早速入ってもらわねばならぬが。そして豊臣家の血を引く者として元武士や浪人達の求心力を高める存在にもなってもらう」

硬い表情でうつむき加減の甚兵衛の様子に、はばかりながらも宗意軒が言葉を続けた。

「四郎にはまことにすまない宿命を背負わせることになる。おそらくは穏やかな人生を送ることはできないであろう。しかし、こたびは世俗にまみれていない少年だからこそ、総大将を演じることが可能だと思う。四郎に賭けよう」

宗意軒の表情に変化は見られなかった。晴信には宗意軒と甚兵衛の二人から、

――わずか八歳の少年に重い宿命を課すのは自分達なのだ――

という罪の意識と重責、そして覚悟を背負っている雰囲気が伝わってきた。

「確かに今のままでいても、いずれは切支丹であることが露見して我ら家族も殺される。四郎が真に希望の光たる存在になれるとよいのですが」

このやりとりで一番動揺しているのは、晴信であった。

「晴信には解せぬところがまだございます。先生は、徳川に合戦で勝利し暁には、徳川の人間を皆殺しにして四郎に天下を治めさせようとお考えなのですか」

宗意軒は一言一句、丁寧に噛み分けて語を続ける。

「いや、徳川を滅ぼすつもりはない。それをやれば、全国の親徳川の面々が黙ってはいない。敵をせん滅させる戦略は愚の愚。憎しみの連鎖が続くだけだ」

「ではどのようなまつりごとを？」

「四郎にはそのまま豊臣家の末裔として秀綱を名乗らせ関白に就かせる。徳川幕府は存続させて現将軍家光公には隠居してもらおう」

「秀綱、ですか。豊臣秀吉、豊臣秀頼、そして豊臣秀綱……ご落胤としてありそうな名ではありますが」

「秀綱という名には、豊臣家の血筋が綱（繋）がっている、という意味もある」

「うむ。よい名ですな」

幾分、柔らかくなった顔つきで甚兵衛はそう返事したが、晴信はまだこわばった面持ちが崩れてはいない。

「して先生。その際、徳川の新将軍には誰を」

「松平忠直公がよい。というか忠直公以外に適役はおらぬ。家康の直系ゆえ、親徳川の大名も認めよう」

「松平忠直公……先生が真田勢として直接戦った敵ですな。なぜそのような敵であった仁を」

「忠直公は我ら真田の軍勢を打ち破り、大坂の陣にて東軍の最大の功労者であったにも関わらず、論功行賞が少ないことに不満を持ち、時の将軍家（二代目秀忠）に反発なされた。今の忠直公ならばこちらに与してくれるのではないか」

――我は、徳川家康が次男、結城秀康の長子であるぞ――

松平忠直は大坂の陣で真田幸村を討ち取る大手柄をたて、祖父の大御所家康からも、

「よくやった！　さすが我が孫。大坂の陣、随一の戦功じゃ」

と、最高の評価を受けて天下の名物「初花」の茶入を与えられた。

当然、越前七十五万石から大幅加増となることを期待していたが、二代将軍は忠直に対して冷遇した。

「既に越前松平家は制外の家（別格の大名）。領土加増の必要はない」

これに忠直は大いに不満を抱いたのである。

そもそも二代将軍秀忠は忠直の父である結城秀康の弟。本多正純を筆頭に幕臣にも、

「二代将軍は三男秀忠様ではなく、次男の秀康様が妥当である」

と、主張する者が少なくなく、家康の次に誰が将軍に就くべきかの論争が徳川家内で起こったことがある。

「豪胆無比な秀康よりも温和な秀忠の方が、泰平の世には統治者として相応しいのではないか」

お家騒動への発展を危惧した家康は、即座に自身の意向を表明し、二代将軍は秀忠になった。

家康の次男結城秀康は秀吉に差し出した人質。三男秀忠は自ら教育した愛息子。同じ子供でも、家康の情愛の注ぎ方が違った。

当然のことながら、兄の秀康にしてみれば面白くない。家康の長男信康がこの世にいない以上、本来ならば次男結城秀康が二代将軍、その嫡子松平忠直が三代将軍に就任しておかしくはない立場である。

さらに将軍になった秀忠は、弟の義直（家康の九男）と義宣（家康の十男）を参議の忠直よりも上位の中納言へ昇進させた。

（自分に従順な弟達ばかり出世させおって。どこまでわしを蔑ろに扱うつもりか）

怒りを爆発させた忠直は、将軍家は、参勤交代の命令に応じなくなった。

当然ながらこれを捨て置けないことと判断した秀忠は、忠直を半端強引に隠居させた。忠直は出家して豊後国萩原に蟄居処分となった。

豊後では五千石の領土があてがわれたが、三十歳にも満たない若さで強制隠居させられて内心は勿論、穏やかではない。

しかし、このような徳川政権に強い影響力を持つ家康の孫が「獅子身中の虫」として九州にいることが、宗意軒の立てる構想に具体的なイメージをもたらせた。

──公家の頭領として豊臣秀綱、武家の頭領として徳川（松平）忠直──

これが、宗意軒が抱く合戦後の統治体制の核である。

「甚兵衛、四郎はしばらく長崎にて修行を積んでもらいたい。今、切支丹に何が起こっているか、徳川のまつりごとはいかなるものか、世の中で起こっている様々なことを直に見て学び、そして奇術を会得してもらいたいのだ」

「長崎は共に商売をしている兄がおりますゆえ、そこに預けることはできますが、幕府直轄領の長崎にあえて滞在は危険すぎませぬか。それに奇術……ですか」

「ああ。それも四郎に総大将になってもらうために必要な修行だ。晴信を伴わせるゆえ、長崎での面倒を頼む」

そこで宗意軒は晴信に懇願する。

「わしが凪塾時代からお前に教えてきた学問、そして南蛮直伝の奇術を四郎に伝授してくれ。お前にしか頼めないことだ」

「教えることは何も差支えありませぬが、私も長崎に行け、ということですか」

「そうだ。晴信が長崎に滞在している間に間諜としても働いてもらう。そして機を見て戻ってきてもらわなければならない。しばらくの間だ」

徳川政権と戦う軍勢は、大半が即席の兵士だ。彼らの士気を高めるためには絶対的なカリスマ性を有する人物が総大将を務めなければならない。そのための演出に「奇術＝マジック」が有効だと宗意軒は考えている。そして長崎に晴信がいれば、今後、頻繁になるであろう、平戸のオランダ商館との交渉も、宗意軒自身が足長に往来するよりも効率がよい。

しかし、その話を宗意軒に聞かされた晴信は、今まで意識することのなかった感情に気付かされた。

(長崎か……しばらく紅と離れ離れだな)

晴信はその時初めて、自分が紅に恋心を抱いていることをはっきりと自覚した。

「頼まれてくれるか」

「は、はい。勿論です」

「よし。では甚兵衛、四郎に言い聞かせてなるべく早く行動してくれ」

合戦後のあるべき統治体制について、徳川と豊臣家の両立を目指す宗意軒の理想と自分の理想には大きな隔たりがあることを甚兵衛は確信したが、現徳川政権の打倒が最優先と、納得した表情であった。

一方、帰路の晴信は気が重かった。今までも間諜の仕事で家を空けることは宗意軒同様にあったが、今度は少なくとも数年に及ぶだろう。

これほど寂しく切ない感情に襲われたことに自身が動揺していた。

帰宅すると何も知らない紅が、屈託のない笑顔で迎えた。

「お帰りなさい」

普段となんら変わりのない宗意軒に比べて、明らかに落胆した様子の晴信を見てすぐに紅が尋ねた。

「あんちゃん、どうしたの？」

「いや……何でもないよ」

作り笑いをしてそれ以上の言葉が出なかった。代わりに宗意軒が紅に伝えた。

「紅、晴信はまた修行でしばらく家からいなくなる。しかし、滞在先は長崎だ。何かあれば、いつでも帰ってこられる」

「そっかあ。父ちゃんもあんちゃんもいつも忙しい。三人でゆっくりすることがないよね」

すねたように口をとがらせながらも少し寂しげな紅の表情を見た晴信は、いつになくとても幼気《いたいけ》に感じた。

「確かにそうだな。晴信が長崎に行く前夜は三人でゆるりと夕餉の囲炉裏を囲むとしよう」

「うん、分かった」

「では森療庵、久しぶりに開くか」

四　激動

（一）

寛永七年（１６３０年）初秋。

有明海では初夏から半年ほど、ガザミと呼ばれるワタリガニが収穫される。

医師として地元で慕われている宗意軒は、港でそのカニを漁民より譲ってもらって帰宅した。庭では数日前から小麦粉と米粉を混ぜて練ったものが縄のようにねじられて日干しにされている。

島原に行く頻度が高い宗意軒は、度々そこで作られた素麺の美味しさに魅かれて自分でも時折作っていた。火山による伏流水と有明の塩を用いて作る「島原そうめん」は、九州の温暖な気候に適していた。

「今夜、紅と晴信に食させよう」

翌日から晴信は長崎へ行くことになった。益田四郎は先に父甚兵衛の引率で長崎へ向かっている。

普段は食事や掃除など家事全般を紅が担っていたが、その日の夕餉の用意はすべて宗意軒が行っていた。束の間の休息をこの日一日だけは家族のために費やそうとしていた。

晴信は、早朝より有明の無人島で忍術の修行に明け暮れていた。

静粛な森の中、木の皮の一部を削り、そこを標的として遠方よりクナイ、手裏剣を的確に投げ当てる。

藁人形を複数体、距離を変えて置き、刀で切り裂く。

さらに晴信は一端、的を凝視してのち、目を瞑って刀を下ろした。的確に藁人形の首が落ちる。実戦では敵に斬られながら攻撃することも想定されるので、五感を研ぎ澄ますための訓練も必要だ。

木漏れ日が射しこんでくる地で刀を振り続け、大量の汗が頬を伝わる。

体をいじめ抜いて一休みするべく、近くの切り株に腰を下ろす。持参したのは紅の手作りの握り飯。修行時は毎度のことであったが、あの夜以来、紅の手作りには特別な感慨があった。

一口一口、味わいながら食べる。

(思えば、初めて出会った時もわずか五歳の紅から握り飯を作ってもらったなあ)

抑え込もうとすればするほど、情念が燃え上がってくる。

(いかん。どうやらわしは、本気で紅に惚れてしまったようだ)

青年晴信、初めての恋であった。しかし、相手は我が師の娘。禁断の恋だと、罪悪感も同時に抱いた。

(これより離れ離れの生活になるのはかえって良かったかもな)

自身の感情を肯定的に持っていく。一切の邪念を払うべく、武芸を磨き、体を鍛え上げる。

日没が近付いてくる。今日は陽が落ちる前に帰ってこいと、宗意軒から言われている。

ふと晴信はその場で佇んだ。聞こえてくるのは野鳥のさえずりと穏やかな波の音だけであった。

晴信は、小舟を漕いで帰宅、そこにはいつになく豪勢な料理が並んでいた。イワシ、カジキなどの焼き魚にカニ、そして手延べそうめん等々。

「あんちゃん、お帰り！　今夜のご飯はすべて父ちゃんが作ってくれたよ」

弾けるような声を出して無邪気にはしゃいで近寄る紅に晴信は一瞬、戸惑った。

「おおい、ちょっと近付き過ぎだぞ」

それはいつもの紅の行動であったが、既に異性として意識している晴信は緊張した。

「今夜はすべてわしの賄いじゃ。弟子へのささやかな送別の夕餉よ。酒も用意した」

普段粗食で倹約に努めてきた森家の食事としては極めて珍しいご馳走だったので、紅はとても嬉しそうだ。三人で囲炉裏を囲んだ。

「あんちゃんがいなくなるのは寂しいけど、しばらくの間だもんね。いただきましょ」

無邪気にそう言う紅の言葉も晴信は素直に頷けなかったが、師の心づくしの膳に、

「そうだね。とても美味しそうです。先生、本当にありがとうございます」

と宗意軒に一礼し、箸を持った。

「熱燗の加減がいい具合じゃ。晴信、まずは一献」

宗意軒が盃を晴信に渡して酒を注ぐ。

「晴信、四郎のことや諸々、頼んだぞ」

「はい」

「わしも足長にまた遠出するから紅には寂しい思いをさせるのう」

「病で苦しんでいる人を助けることが、父ちゃんの仕事だもんね。うちは甚兵衛叔父さんが近くにいるから寂しくなんかないよ。留守番はまかせて」

紅はにこやかにそう言うが、最近は微笑む時の方が寂しく見える。

（……わしは寂しいぞ、紅）

心の中でそう呟きながら、紅を見つめる晴信であったが、その深刻そうな表情は宗意軒の目にも留まった。

「晴信、長崎行きが不安か」

「いいえ、大丈夫です。四郎のことも間諜の仕事も先生のご期待に応えてみせます」

「おう、それは頼もしい返事じゃ。さあ、もう一献いけ」

「はい、今宵は飲みますよ」

「よいよい。しばらくは三人で飯は食えぬからのう。思いっきり食べて飲め」

宗意軒はさらに酒を勧める。晴信はやけ気味に一気に盃の酒を飲み干して焼き魚にかぶりついた。ぽろぽろと魚の身が皿からこぼれ落ちる。それを見て紅がクスッと笑った。

「あんちゃん、子供みたい。こぼさないように食べないと行儀悪いよ」

晴信は構わない。

「して、先生、こたび足長に赴かれる場所はどこですか」

「四国だが、いつ出立するかは忍びの知らせ次第だ。それまでは療庵で大人しくしていよう」

「そろそろ、紅にも今後の我らのことを聞かせておいた方がよいかと思います」

晴信にそう言われて、盃を片手に宗意軒は向かって右に座る紅を見た。

「……いや、まだ早い。子供じゃ」

宗意軒は手ずから酒を注ぎながらそう答えた。

「先生、紅はもう子供ではありませぬ」

「世間のことを何も知らぬ。まだ早い」

「ゆえに、世間のことを少しずつでも教えてやるべきかと」

軽く首を傾げながら紅は二人の会話を聞いていた。

「今後の我らのことって何のこと？」

紅は率直に思った疑問を二人にぶつけてみる。

宗意軒は意味深な言葉を吐いた。

「紅はわしにとって特別な子なのだ。今後のことは折り入って話す機会がいずれ来る」

首を傾げる紅は、宗意軒の言葉の意味が分からない。

「それよりも晴信、お前こそ紅に対しての振る舞い、最近少しおかしくないか」

「そ、それは……」

宗意軒にそう突っ込まれた晴信は、発する言葉を見つけられない。

その時、入り口の戸を叩く音がした。

「森先生はいらっしゃいますか。腹がとても痛いんです」

男の苦しそうな声がした。

「急患か？」

すくっと立ち上がり、宗意軒は戸を開けた。

「大丈夫か。中に入るがよい」

「失礼いたします」

中に入ってきた男は、強い磯の香りがした。瞬時に距離をおき、宗意軒は懐剣を握った。

「……近隣のものではないな。今、海を渡ってきたばかりであろう。何者だ」

「さすがです。されど決して怪しい者ではございませぬ」

戸を閉めて即、その男は膝をついて被っていた笠を脱いだ。

「おぬし、密使か」

「島原藩、山田右衛門作様よりの使者でございます」

「右衛門作の。使者の口上を聞こう」

「書状を預かってきております」

使者は笠の緒に巻き込んでいた密書を宗意軒に渡した。

――松倉重政様、ご危篤。重政様ご本人が至急、森宗意軒先生に会いたいと申され候。即刻、島原へおこし頂きたくお願い申し候――

「何、重政様はそんなに重病なのか」

「小浜温泉にて倒れられ、今は城に戻りご養生なされていますが、かなり重病のようでございます」

宗意軒はその密書を読んで少し考えた。

(これより呂宋に向かうべく意気軒高だった重政様が重病だと。自分に会いたいとは、医師としてなのか、それとも……)

「ご使者、これより早急にか」

「重政様の病状は一刻を争うご様子。それがしが島原城までお連れいたします」

「そうか……よし、分かった。すぐに支度をする。しばし待たれよ」

心配そうにこちらを見る晴信と紅に、ふと目がいった。

「急なことだが、これより島原へ行く。三人の歓談の時間を持てなくてすまぬ」

立ち上がる宗意軒を晴信が止めようとする。

「お待ちくだされ。松倉重政がご病気ならば、呂宋征伐などという無謀な計画が中止される。これは朗報です。なにゆえ右衛門作殿が、先生に至急島原城に来て殿に会え、などと言うのですか」

「右衛門作というより、重政様の真意が分からぬ。分からぬゆえ行ってくる」

しかし晴信は以前、宗意軒が重政から、

「今度、島原に来れば刀で迎える――」

と、警告を受けていることを知っていた。

「先生、島原城へ行くのは危険ではありませぬか」

会話しながらも宗意軒は既に支度を始めている。

「右衛門作経由の懇請ゆえ、大丈夫であろう。とにかく重政様に会《お》うてみる」

夜の突然の密使に紅は、驚いてしばらく声が出なかったが、忍びが深夜問わず、宗意軒の元を訪れるのは初めてではない。

「父ちゃん、仕事なのね。くれぐれも気をつけてね」

「ああ。そして晴信、まことにすまぬ。長崎へはまた連絡するゆえ、しばらくのお別れだ。あとは二人で夕餉を楽しんでくれ」

そう言うと、宗意軒は右衛門作の使者と共に外出した。あっという間の出来事で宗意軒が不在になり、二人きりとなった。

送別の夕餉を催された晴信本人よりも紅の方が寂しげであった。

(あれだけ紅は、今夜の三人の食事を楽しみにしていたのにのう)

同情した晴信が紅を見つめると、紅も晴信を見て、

「仕方ないよね。藩主様に招かれる医師って、父ちゃんは偉いんだよね。あんちゃん二人で食べよう」

と、言った。

「あ、ああ。そうだな」

「父ちゃんみたいにお酒の相手ができなくてごめんね」

二人で食事も日常の事である。しかし、紅の作り笑いは今の晴信には余りにも愛くるしくて切なすぎた。取り皿を一度床に置き、

「紅」

と、声をかけ、真剣な眼差しで見つめる。二十五歳ながらこれが初恋の晴信は、この時、うぶな一青年に過ぎなかった。

（お前のことが好きだ）

と出かけた言葉が、どうしても喉の奥に引き返してしまう。

「あんちゃん、何？」

晴信は左腕で一気に抱き込みたいという衝動にもかられたが、寸前で抑えた。

「あ、あんちゃんは紅と離れるのは寂しいなあ」

「うん、うちも。でもすぐ帰ってくるんでしょう？」

「分からないな。短くても一年、長ければ数年は会えないかもしれぬ」

「え、そんなに！」

思わず、紅は箸を落とした。

「今回は本当にいつ帰ってこられるのか分からない。益田甚兵衛殿がお子の四郎も連れての長崎行きだからな」

「四郎……ジェロニモを連れての修行なの」

「修行、そうだな。そんなところだ」

紅は益田甚兵衛、山田右衛門作同様、父親の森宗意軒が切支丹であることを知っていたし、徳川政権から切支丹が徐々に追い詰められていく世情もさすがに感じている。

そして父親の仕事がどうも医業だけではなさそうなこと、自分が知らない世の中のこと……色々と気になりだしている。そこに先ほどの宗意軒と晴信の会話があった。

「ねえ、あんちゃん。紅にも教えておいた方がよいという、今後のことって何？」

率直に晴信に訊いた。

「いや、それは先生から直に聞いた方がよい。なんせわしもすべてを知っているわけではないしな」

「じゃあ、あんちゃんが知っていることだけでも教えて。ねえ」

紅は懇願しながら両手で晴信の左手を握り、軽く揺さぶる。

実の妹のように無邪気に振る舞う、そんな甘えた紅の仕草は今までと変わりがない。しかし、晴信の受け取り方が以前とは違う。

いきなり紅の顔が近付いて晴信は焦った。

「さ、酒が回ってきたようだ。少し酔ったな。厠へ行ってくる」

と、さりげなく紅の両手を放した。

「あんちゃん、ずるい」

「お前はまだ子供だ。もう少し時が経てば先生自らお話になるだろう」

「さっき父ちゃんに紅はもう大人だ、って言ったのに」

「まあまあ。大したことではない。いずれ知ることだ」

そう言うと晴信は、囲炉裏の間から席を立ち厠方向へ歩いていった。

（危うく、紅を抱きしめるところであった。どうせ数年は会えないんだ。冷静になればまた、紅を妹として見られるだろう）

そんなことを考えながら厠の手前で宗意軒が医療道具や薬を置いている板間の障子が外れているのに目がいった。

この障子の敷居の板の部分は三尺（約九十センチ）ほどずらすことができ、床下にクナイや手裏剣など武術訓練で使用する武器が隠されていることは晴信も知っている。

（やはり飛び道具も持っていかれたか。先生らしい用心だが、慌てて出ていかれたので板が完全にしまっておらぬ。抜けたところがおありじゃの）

そんなことを考えながら、敷居の板を閉めようとした瞬間、床下に武具ではないものが目に入った。

（ん……これはなんだ）

暗い床下から取り出して月明りに照らして見た。

（こ、これはどういうことだ？　なぜ先生がこんなものを――）

（二）

急ぎ島原へ赴いた宗意軒は、予定通り山田右衛門作屋敷に入った。

「先生、火急のお呼びだて、申し訳ありませぬ」

「いや、それよりも重政様が私に用事とは何事だ」

「それが、誰にも知らされておりませぬ」

「他言はばかる用事なのか……陽が昇ればすぐさま登城しよう」

少しだけ仮眠をとり、夜が明けると、医師の身なりに着替えた。右衛門作に連れられて島原城内に入る。

(再びこの城に登城するとはのう)

多賀主水はじめ、松倉家家臣達の鋭い視線を浴びながら宗意軒は二の丸で床につく重政に会った。その重政はもはや上体も起こせないほどの弱りようであった。

(黄疸が出ている。肝の臓がやられているな)

宗意軒は初見で確信した。

「おお、宗意軒、来てくれたか」

「重政様、なんというおやつれよう。以前の姿とあまりにも見違えるご様子に驚きました」

「わしは宗意軒と二人で話がしたい。他の者は席を外せ」

重政がそう命じると、家臣達はぞろぞろと部屋を出ていったが、多賀主水と山田右衛門作だけは動かなかった。

「重政様、またお会いできるとは思いませなんだ。もう島原には来るなと仰せられたのにこたびのお呼び出しは一体何事で」

「わしの身体はこの通りじゃ。重病は自覚しているが、名医のおぬしに診てもらいたくてな」

「ご家老殿、温湯のご用意をお願いいたします」

宗意軒はそう主水に伝えたが、警戒している主水は主君の傍から離れない。

「右衛門作、そなたが用意いたせ。わしはここにいる」

宗意軒は持参した医療道具を脇に置き、体の細部を触診していく。

「わしは呂宋の陸地に立った自分の姿を毎日想像しておったが、かくあいなった」

「……」

触診を続ける宗意軒の横に右衛門作が温湯を持ってくる。

「多賀に山田、おぬしらも部屋の外に出ろ」

重政は二人にも退席を命じ、部屋には宗意軒と二人きりになった。

「わしは紀州にいる時代からずっと戦い続けてきた。我が家のため、太閤殿下のため、大権現様のため……戦いの連続であった」

「……」

「呂宋出征は長い長い戦国の最後の戦いのつもりであった」

無言で触診をしていた宗意軒の両手が重政の腹部で止まった。

「宗意軒、やはり、おぬしは分かるようだな」

「肝の臓です。しこりも感じられます」

「して余命いかばかりか」

「……もって一、二カ月かと」

「そうか。もうずいぶん前より体の芯に重しが入っているかのように歩くのもきつかった」

「相当ご無理なされましたな」

「以前、おぬしに背伸びしていると指摘されたが、背伸びどころか宙に跳ねておった。足が地についておらなんだ」

「ようやく重政様らしさが戻ってきましたな」

「宗意軒、本件は実は診療ではない」

「……でしょうな」

「さすが、分かっていたか」

「本日、拝顔してすぐに死をお覚悟の様子は分かりました。その本件、伺いましょう」

病床で天井を見つめたまま、重政は声を落として口を開く。

「おぬしは切支丹であったな」

「……はい」

「天草も弾圧は厳しい筈。転んだのか」

「いえ」

「ならばこの辺りに住んでいることは危険じゃ。遠国へ去った方がよい」

宗意軒は重政の自分を思いやる言葉にいささか面食らった。

「何を申されます」

「昨年より長崎奉行になった府内藩主、竹中重義という人物を知っておるか」

「はい。切支丹に『穴吊り』なる過酷な拷問をしていると」

穴吊りとは、一メートルほどの穴の中に信者を逆さに吊す処刑方法である。逆さにすると頭に血がのぼるので、こめかみに小さな穴を開けて出血させ、なるべく長く苦しませて殺す。当時のキリシタンへの拷問でも最も残酷と言われた。

「それだけではない。切支丹かどうか見極めるために『絵踏み』なるものを長崎で実施しており、それを九州全域に広げるつもりじゃ」

絵踏みとは聖母マリアや、イエスキリストが描かれた絵を踏ませて切支丹か否かを調べる手法で、長崎奉行水野守信が考案した。竹中重義はその長崎奉行職を引き継いで寛永六年（１６２９年）に江戸幕府の許可を得て、全国で初めて実施した。

キリシタンせん滅のために呂宋へ出征する予定だった重政が、そのキリシタンの宗意軒の命を救うべく、幕政の大事を明かしたのだ。

「それを伝えるために私を島原へお呼びになったのですか」

「そうだ。死を前にしたわしにはもう、何の欲もない。徳川のために尽くす必要もない。おぬしは旧友だからのう」

「……」

「処世のために大義名分を掲げながら随分と人を殺め、罪業を積み重ねてしまった。わしはただ地獄に堕ちるのみ」

その重政の言葉に宗意軒は、胸が詰まった。

(重政様はかつて「五条の名君」と呼ばれた方。やはり本当は心根のよい方であった。罪深いのは幕政か)

うつろな目で天井を仰ぐ重政をしばし宗意軒は見入った後、薬篭から薬を出した。

「重政様、この薬は肝の臓の病に効きます。私がセリの根茎や半夏《はんげ》など、様々な薬草を配合して作った生薬にござりますれば白湯でお飲まれくださいい。幾分体が楽になりましょう」

もはや薬で回復できない病状であることは二人共分かっている。しかし、重政の思いやりは、宗意軒に貴重な薬を与えさせた。

ずっと天井を見ていた重政はその時、宗意軒の顔を改めて見た。

「森宗意軒、すまぬのう。もう一度だけ友として酒が飲みたかった」

「私もです」

「最後にその言葉を聞けてよかった。達者で暮らせ……」

そう言うと重政は目を閉じた。

(長くはない)

宗意軒はそう確信して重政の寝床をあとにした。

右衛門作がついているとはいえ、城内の殺伐とした雰囲気の中で緊張感は抜けなかった。

しかし、宗意軒は藩主から招かれた医師である。ゆえに城を出ることも家臣達から咎められることはない。案内役の右衛門作もいる。

その右衛門作の屋敷に戻ったところで、宗意軒はようやく一息ついた。

右衛門作の武家屋敷は一般的な生垣でなく、上級武士が設置を許されている板塀だったので、外から中の様子は見えなかった。

「先生、やはり殿は、不治の病ですか」

「ああ。今年いっぱいもたないであろうな」

「そうですか。これで殿の呂宋出征は不可能。当座、安堵ですな」

「……うむ」

しかし、宗意軒は複雑な表情をしていた。

仁政から苛政へ。人が変わったような政治をした松倉重政という人物の本質は何も変わっていなかった。ならば、そのような大名の処世を求める徳川幕府こそが、改めるべき政治を行っているのではないか。大規模な一揆を起こして局地戦で勝利したところで世の中は何も変わらない。

「殿は先生に何をお話に？」

「わしに詫びを言いたかったらしい。重政様も旧誼に思うところあったようじゃ」

「そうですか」

「重政様の跡継ぎは如何じゃ。どのような仁か」

「嫡男は勝家様。これはもう、ご当主の器ではありませぬ。領民を慕う思いが微塵も感じられない人物にございます。父のやり方をそのまま踏襲して悪政を敷くに違いありませぬ」

「それはまずいな。人が変われど、まつりごとが変わらなければ領民の苦しみは続く。勝家公は呂宋を狙うか」

「いいえ、そのような大きなことを成し得る仁ではありませぬ」

「海外出征を断念すれば、重税や過酷な労役の必要性が説けない。改めてくれればよいが」

「……」

「島原藩はここ数カ月で藩主交代もある。しばらくは様子見だのう」

「先生、以前の湯島での談議の件、聞かれておりましょう。信者はいつまで忍従を強いられるのでしょうか」

右衛門作は語尾を強めた。次の藩主が誰になろうとキリシタンへの弾圧は国策なので変わりはしない。

「打倒徳川を果たす力を持てばただちに動く。しかし、まだそこには至らぬ」

宗意軒は右衛門作にもオランダとの交渉や自身が考える今後の戦略を打ち明かした。

右衛門作も三人が協力し合って現徳川政権を倒すことで初めて、希望の道が開けることは分かっている。しかし、天草で宗意軒宅の近くに住み、日常から家族ぐるみで懇意にしている甚兵衛とは違い、島原在住で頻繁に顔を合わすことがない右衛門作は宗意軒に対して不信感が払しょくできない。何よりも宗意軒はキリスト教に従順な言動が少ない。熱心な信者の右衛門作にはその不満が強く根底にある。

「ところで先生は、紅を入信させましたか」

「唐突だな。いや、していない」

「弟子の晴信殿は」

「いや勧めてもいないな。なにゆえそのようなことを尋ねる」

「先生は世直しに南蛮国をあてにはしていないように見受けられますが、我らは切支丹。南蛮国の協力なしに天下を覆せますか」

「かの国はもはや昔の力はないとみておる。が、おぬしが担っている鉛の輸入など、きたる大きな戦の準備には必要な通商相手じゃ」

「通商相手……それだけですか。南蛮国と共闘せず、むしろ南蛮国と敵対しているオランダに協力を乞うとは、正直、違和感を覚えます」

「わしらが戦うのは世直しのため。強大な徳川幕府を倒すには、いま世界で最も勢いがあるオランダを味方につけるは当然の理というものじゃ」

「しかし、オランダは新教の新興国にて耶蘇教の布教にはまったく力を入れておりませぬ」

「それがよいのだ。それゆえ、徳川幕府も南蛮国を見限り、オランダと手を組んだのであろう」

「それがよいとは、異なことを申される。耶蘇教を熱心に布教しない国の方がよいと？」

「そうだ」

「まさか、先生は自ら棄教なされるおつもりで」

「……」

「悩まれているのですか？　耶蘇の教えを疑っておられるのですか！」

鬱積した感情を吐き出すように、右衛門作の問いかけは怒気を含んでいた。

「耶蘇の教えは素晴らしく、わしは入信したことを微塵も後悔していない。しかし……」

宗意軒はしばし口をつぐんだ。言葉を選んで話さないと要らない誤解を受けかねない。

右衛門作は厳しい表情を崩さず宗意軒の次の言葉を待った。

「疑っているのは、耶蘇教ではなく、南蛮国だ。わしは南蛮国に行き、目の前で日本人が物のように売買され、奴隷として働かされているのを見た。帰路で立ち寄ったマカオや呂宋でもそうであった」

「……」

「天草でも、足弱《あしよわ》と呼ばれる女子供がわずか二十文で宣教師商人に売買されていた。このようなことを平気で行う南蛮国を神がお許しになる筈がない」

「耶蘇教は信じるが、南蛮国は信じられぬと」

「そうだな。少なくとも耶蘇教の『神の下の平等』は、南蛮国のまつりごとでは行われておらなんだ。その旨、豊臣秀吉も徳川家康も南蛮国の目的が、進出した領土の植民地化にあり、その先鋒役を担っている宣教師を警戒されたのも無理ないこと」

――植民地化は手段か目的か――

当時、ローマ教皇はイスパニア、ポルトガルの南蛮両国の世界征服計画を容認している。領土を広げれば信者も増えるから二国の領土拡大はローマ教皇にとっては「手段」であり、それに伴うキリスト教信者増加が「目的」となる。しかし南蛮両国は信者増加を「手段」、領土拡大を「目的」としている。

宗意軒は、ヨーロッパ滞在時から耶蘇教布教を唱えながら植民地を増やしては人を、物を搾取していく南蛮国のやり方に強い嫌悪と憤りを感じ、そしてそれは不変の思いとなった。

「私はイエズス会より勧められて入信しました。イエズス会も信じられませぬか」

「イエズス会の宣教師は純粋に布教を目的としている者と、南蛮国の侵略を目的としている者と両方混在していると、みている。しかし、それを一人一人見極めるのは困難だ」

宗意軒の主張に決して首を縦には振らない右衛門作であったが、それを完全否定する言葉も思い浮かばなかった。

さらに宗意軒は自分でも解決できない心の中の葛藤を正直に吐露する。

「耶蘇の教えでは人を憎まず、人を殺さず、隣人を愛し、復讐してはならない、と教わった。わしは南蛮で受洗したが、イエズス会宣教師から洗礼を受けた右衛門作も同じであろう」

「はい」

「人に復讐せず、人を害さず、人を傷つけず、これらのことを他人になすことを望まず……じゃ」

「耶蘇の教えはその通りで。慈愛に満ち溢れた宗教だと思います」

「その耶蘇の教えを我らは守れない。今後、間違いなく人を害し、人を傷つけ、人を殺めることになる。右衛門作は心に自己矛盾はないか」

そう言われた右衛門作はかつて宣教師から聞いたイエス・キリストの「ガリラヤの山上の説教」を思い出した。

——復讐してはならない。誰かがあなたの右の頰を打つならば、左の頰を向けなさい。敵を愛しなさい——

例え相手が暴力を振るってきても、決して暴力で対抗せず、愛情を注ぎなさい、という教えである。

「……」

右衛門作は首を垂れて何も答えられなかった。その様子をみた宗意軒は言葉を続けた。

「そうであろう。わしもそなたも同じ疾苦、葛藤を抱えている。しかし、わしは必ず世直しをやる。今後も教えを破る。自分は切支丹だと胸を張ってはおれぬ」

右衛門作はようやく、彼なりに腑に落ちた気がした。

「……誠に。疑って申し訳ありませんでした」

右衛門作は深々と宗意軒に頭を下げた。

宗意軒も右衛門作とのわだかまりが少し解けたように感じた。

「罪悪感を抱きつつ、必然に追われて教義を破るも、教義を遵守して栄誉の殉教を選ぶも、神を信じていることに違いはありませぬかな」

「そのことだが、今後、信者を発見するために絵踏みなるものを各地で行うらしい。重政様より聞いた」

「私は初耳です。そのような大事を殿が先生に……」

「マリア様やイエス・キリストが描かれた絵を踏めるかどうかを民に漏れなく実施し、それで判断するという。踏めない者は信者とみなし、転ばなければ即獄門にかけていたぶるだけいたぶって殺される」

「何という惨たらしいことを……」

右衛門作は怒りで手が震える。

「長崎では既に奉行の竹中重義が始めている。そこで右衛門作に頼みたいことがある」

「何でしょうか」

「島原藩で絵踏みが始まる前に隠れ切支丹には絵を踏め、と秘密裏に声かけして欲しい。ここで我らの仲間が減らされてしまっては戦どころではなくなる」

「絵は躊躇なく踏め、と」

「熱心な信者ほど教えを守り、藩主も代官も憎まず、殉教していくであろう。この世で必ず希望の光は射してくるゆえ、今はそれをしてはならぬと。転んだ元切支丹の信頼できる庄屋に伝えて欲しい」

「元切支丹の庄屋に」

「そうだ。勿論、藩寄りの庄屋は接触しない方がよい。無理矢理転ばされた切支丹の庄屋、そして明らかに藩政に不満を持つ庄屋だけでよい」

「なるほど。信頼できる庄屋から他地区の情報をも得ることができそうですな。その内にどこの村が敵になるのか味方になるのか、自ずと分かってくるでしょうし」

「ああ。それで我らの勢力もいかほどのものか大方見当がつく。需要な情報収集だ」

当時の庄屋は組頭、百姓代と共に「村三役」と呼ばれ、その筆頭である。主には年貢の徴収、道路普請、戸籍事務など、村全体の管理にあたる。村内にはその配下に「五人組」と呼ばれる家長で組織されるグループがあり、納める年貢や病人の世話など相互扶助している。

しかし、この自治組織は連帯責任があり、特に禁教令後の徳川政権では相互監視の役割も果たしていた。特に九州では隠れ切支丹がいないかどうかを検察する役割こそが重要であった。各村の自治組織の最高責任者が庄屋であり、領主に従順な庄屋ならば、行政の役割を果たしてくれるが、中には反抗的な者もいる。

島原や天草などの庄屋の意向は、配下の村民達の行動も決まるほどに影響力があった。しかもご当地の庄屋は、隠れキリシタンや転びキリシタンが多い上、財力もある。それらを把握した上で組織的に味方につけようという戦略である。

殉教は現世に対して絶望した行為ともいえるが、改宗は現世にまだ希望の光を求めている行為だ。戦国の世の日本人は信じれば、現世利益を享受できる宗教と思ったからこそ、キリスト教に傾倒した。

（生きる希望がある、と説けば殉教する者は減るだろう）

そんな目論見も宗意軒にはあった。

そして庄屋を説得するには、戦に参加して勝利する確信を持たせなければならない。その戦略も宗意軒は右衛門作に耳打ちした。

「そ、そんな大役を四郎に。まだ賢愚も分からぬ少年ではございませぬか」

小声で反応しながらも右衛門作は驚きを隠せなかった。

「いや、四郎は父親の甚兵衛も認める天才じゃ。彼には酷な役割を演じてもらうことになるが、上手くいけば切支丹だけでなく、元武士も重税に苦しむ百姓も味方にできる。さらには徳川の天下を内心よく思っていない大名の中にも与する者が出てこよう」

「まことに妙案なれど、うまくいくでしょうか……」

「その下ごしらえを早速始める。右衛門作も協力してくれ。我らが悲願は打倒徳川幕府じゃ」

「分かりました。切支丹は、今はとにかく忍耐ですな」

「信じる者はいずれ必ず立ち帰らせる。それゆえ決して殉教するな、島原でも絵踏みが始まれば一端転べと、促して欲しい」

「どこまでやれるか分かりませぬが、やってみます。もしも……」

「もしも、ことが藩に露見したらそなたは島原にはおれぬであろう。身の危険を感じればすぐに同志と天草に来い。天草で共に蜂起しよう」

「はい」

ようやく笑みがこぼれた右衛門作の安堵感が宗意軒にも伝わった。

（三）

寛永七年（１６３０年）十一月十六日、松倉重政が死去。跡を継いだ勝家は父親のような呂宋征服などという壮大な計画を実行できうる器ではなかった。しかし、領民から重税を徴し、過酷な労役を課す政治手法はそのまま踏襲した。

家には「いろり銭」「窓銭」「戸口《ここう》銭」、そして子供が生まれると「頭銭」、死去すれば「穴銭」など多くの租税をかけた。

キリシタン弾圧も引き続き行われ、発覚した切支丹は、雲仙地獄と呼ばれた火山の火口へ投げ捨てられた。それまでの父親も凌ぐ過酷な収奪を行って領民を苦しめていた。

「こんな時代に生きるなら畜生に生まれた方がましだった」

そんな農民らの慟哭が聞こえてくる。

そして勝家は、多賀主水を重用し、山田右衛門作を徐々に遠ざけていた。

（殿〈重政〉は病死ではなく、森宗意軒が渡した薬によって毒殺されたのでは）

という疑惑を多賀主水が度々口にしていたので、勝家はそれを信じ込み、宗意軒と交流がある右衛門作を敬遠し始めていたのだ。

一方、その頃から天草、島原を中心に奇妙な噂が広まっていた。

かつて天草河津浦に設立されたコレジョ（神学の大学院）の教授をしていたが、禁教令により、国外追放となったマルコス・フェラーロ宣教師が以下のような予言を残して出国したという。

――近い将来、この国に大乱が起こりし時、善人が登場する。その者は習わず字が書ける天童である。天にも徴《しるし》が現れて人々の頭に十字架が立つ。野も山も草木も焼けはて、再び切支丹の時代になる。

――

また、大坂の陣後、豊臣秀頼が薩摩へ逃亡して島津家が庇護しているという流言は当時から飛び交っていたが、それが真実味を帯びて九州一帯に拡大していた。

――豊臣秀頼公は、薩摩藩大根占《おおねじめ》に一端匿われたが、幕府の隠密の動きを警戒し、その後旧姓の木下の姓を名乗って同藩谷山に隠棲していた。庇護している島津家が付けた侍女との間に一人の男子をもうけた。名を木下天四郎秀綱という――

どちらの噂も宗意軒が間諜を放って広げている流言である。噂の当人である益田四郎は現在、長崎にて岡村晴信と一緒に生活している。

四郎の叔父で益田甚兵衛の兄喜三郎は貿易業務のため、大坂銭座と長崎外町に居を構えていた。

海沿いで三方は山で囲まれており、強風を受けにくい長崎は、元亀二年（１５７１年）に大村純忠が南蛮国との交易の拠点として開港した。

その後、受洗して日本初のキリシタン大名となった純忠がイエズス会に土地を寄進、イエズス会はその地で文明化を進めて、豊臣秀吉から強制没収されるまで自治都市の機能を有した町をつくっていた。

徳川幕府の直轄領の時代になっても、外国との交易拠点という位置付けは変わらず、大変な賑わいであった。禁教令後も幕府の監視の下ではあるが、ポルトガルや明などの外国人商人も雑居していた。

そのような環境で四郎は、朝六時から夜の九時まで読書、手習い、晴信から学ぶ奇術、武術に励んだ。仮名漢字も九歳までには覚え、中国の兵法書「武経七書」も読破するほどの天才であった。

四郎の生活様式は、武士の子が元服まで行うそれとさほど変わりはなかったが、キリシタンなので、自宅内での朝夕の礼拝は欠かさない。懐にメダイを常に隠し持っていた。

「――天にましますわれらの父よ。み名の貴まれんことを。み国の来たらんことを。み旨の天に行わる如く、地にも行われんことを。我らの日用の糧を今日我らに与え給え。我らが人に赦す如く、我らの罪を赦し給え。我らを試みに引き給わざれ。我らを悪より救い給え。アーメン――」

そして社会情勢を知るため、晴信に連れられて長崎の街中を時折散策する。長崎では宣教師は既に国外追放されていた。が、数十年間の布教の根を枯らされることを恐れた宣教師は、ある者は潜伏残留し、また、ある者は表向き商人を装いながら密かに布教活動を行った。

そんな状況下にあり、隠れキリシタンらは一層結束を強め、夜中に信者の家で密かに集会を開いていたが、役人から現場を取り押さえられることも絶えなかった。

長崎奉行竹中重義の手により宣教師、信者と共に捕縛され、市中を引き回しに晒されているところを四郎も目にした。

「晴信殿、彼らはこれからどうなるの？」

少年四郎が、不安な予感を抱いて尋ねる。

「棄教を求められるだろうが、おそらく皆それを拒んで殉教するであろうな」

「殉教って殺されるってこと？」

「ああ、そうだ」

「お奉行様は何でそんなひどいことをするの。耶蘇教って他人を愛せよ、という教えなのにそれがいけないの？」

「いや、耶蘇教が悪いのではなく、耶蘇教を利用して日本を侵略しようとする南蛮国のやり方が悪いのだ。森宗意軒先生はそう仰っている」

「ならば日本人信者は悪くないよね。どうして信者が殺されないといけないの？」

四郎は賢明だがまだ純朴な少年だ。抱いた疑問をストレートにぶつけてくる。

その答えには少し間を置いたが、晴信はこう返事した。

「徳川幕府は万民へ注ぐべき愛が欠けているんだろうな」

「……」

四郎はしばらく口をつぐんだままだったが、同じキリシタン信者が連行されていくのを見ながら両手は握り拳を作っていた。

無言でいる四郎が何を感じているか、晴信は察している。

「よく目に焼き付けておけ。世の中、不条理なことだらけだ。我々が今の世を改める。四郎、おぬしの父、宗意軒先生やわし……皆が力を合わせてな」

「うん」

「よし、帰宅してこれより奇術の訓練だ」

このような四郎の長崎における修行の日々は、寛永七年（１６３０年）末から四年ほど続くことになる。

四郎の叔父である益田喜三郎か、その息子で四郎の従兄に当たる庄三郎が長崎に滞在している時は四郎の世話を任せて、晴信は宗意軒の命によりオランダ商館に秘密裏の交渉に出向いていた。

この数年間は徳川幕府とオランダの間で色々な事件が起こった。宗意軒が初めてオランダ商館に来館した寛永七年（１６３０年）にタイオワン事件の張本人末次平蔵が急逝している。

オランダ側にとってタイオワン事件で憎むべきは末次平蔵だったので、溜飲を下げた。これは、これ以上オランダとの摩擦を避けたかった徳川家光による暗殺だという噂も立った。

そしてオランダ側もタイオワン事件を起こしたもう一方の首謀者であるピーテル・ノイツを幕府側に人質として差し渡した。

「事件の非はノイツにもあり、彼を幕府で裁いてもらって結構だ」

と急遽、態度を軟化させて幕府に歩み寄った。

このようなオランダ側の低頭な姿勢を幕府も評価した。ノイツを預かり、その代わりに閉館させていたオランダ商館を、寛永九年（１６３２年）に再開させた。

打倒徳川を目指す森宗意軒の雄図にこの幕府とオランダの再接近は、影を落とすものである。何よりも戦略の最大のキーマンはオランダなのだ。

しかし、ナイエンローデ商館長は、度々商館を訪れる宗意軒や晴信を歓待した。彼らには率直に徳川嫌いを口にしていた。ナイエンローデ自身が商館長を務めている間にタイオワン事件が発生し、商館を一時閉鎖されたことで、東インド総督ヤックス・スペックスからひどく叱責を受けていたのだ。

相手の顔色を窺うご機嫌取りな政略よりも、直に顔を突き合わせて交わすコミュニケーションの方が信頼関係は築ける。商館再開に及んでもナイエンローデは、宗意軒側に与する意向を強めていた。

とはいえ、商館長としての務めはあくまでも「日本との交易復活」であり、宗意軒側に勝算はない、と見極めればやはり徳川方につくであろうことは宗意軒もよく承知している。

(オランダに渡す一万両を早く用意せねば)

宗意軒はその思いを強くするばかりであった。

戦への準備は周到に進んでいた。しかし、戦費三万両が必要と試算している宗意軒は、この資金繰りに最も時間と労力を要していた。

島原では右衛門作が宗意軒に受けた指示通り庄屋巡りを実行してそこで一部の庄屋と懇意になり、寄付も募っていた。

戦いはそう遠くない将来いよいよ始まる……そんな予感を皆が強くし、緊張感も増していく中、このタイミングで青天の霹靂とも言うべき出来事が起こってしまう。

『オランダ商館長ナイエンローデ急死』

これまで密談を重ねて相互信頼を築いてきたオランダのキーマンが突如としてこの世からいなくなってしまった。

この知らせに宗意軒は大きなショックを受けた。病死という噂が立ったが、江戸に放っている忍びから、

「幕臣の中でも随一の知恵者で今回、老中に抜擢された出世頭、松平伊豆守《いずのかみ》信綱という人物が、オランダ商館に刺客を放って暗殺したようです」

との密報を受けた。

大坂の陣の敗戦よりはや十八年が経つ。その間、様々なことがあったが、決して情動に駆られず、あくまでも冷静に大戦略を練り、そのために労力をかけてきた。

（わしはつい先日も商館長と会ったが至って息災であった。これは病死などではない。幕府の陰謀じゃ。末次平蔵を殺した幕府が、ナイエンローデも消さないとオランダ母国との関係は修復できないと判断したのか。それにしても松平伊豆守信綱……一生忘れぬ名前になりそうじゃ）

彼が老中となった年から状況が大きく変化する。

寛永十年（１６３３年）二月、幕府は奉書船以外の海外渡航及び、五年以上海外に滞在する日本人の帰国を禁じた。

それまでは歴代徳川将軍が発行した朱印状を持っていれば、大名でも商人でも貿易取引が公にでき、特に九州の大名が巨額の富を築いていた。

――戦争から経済活動へ――

長い戦国の世が終わり、大名達が戦いではなく、海外との貿易によって財を成すことは、幕府自体が推奨してきた。しかし、禁教令発布以降は、海外貿易の促進＝日本人キリシタンの増加に繋がるとの懸念から幕府が統制する必要が生じた。

朱印状は将軍が発行するものだが、それに加えて老中が連署した奉書を携行していないと貿易を行うことができなくなった。

鎖国の序章が始まったのだ。

また日本人でも五年以上海外に滞在している者は、キリスト教に既に染まっている可能性が高く、国内に戻らせるのは危険であるという疑念から、かの禁止令を出した。

幕府の意図としていないところだったが、宗意軒にはこの「日本人の帰国禁止」は、大変都合の悪い政策であった。

プロテスタント系のオランダは南蛮国とは異なり、キリスト教布教に熱心ではない。雇った日本人傭兵に受洗した者は多くはなかった。

しかし、幕府側がこれだけ毅然と日本人帰国禁止を謳うと、宗意軒のために二万人もの日本人傭兵を帰国させるオランダは、その時点で完全に徳川幕府を敵に回す覚悟が必要となる。戦いが勃発してどちらが優勢か、などと日和見をやっている余裕はもうない。

五代目商館長ナイエンローデ死去に伴い、六代目商館長にはピーテル・ファン・サンテンという人物が急遽就任した。

サンテン新商館長はナイエンローデの考えを踏襲し、宗意軒には引き続き友好的な対応をとっていた。話し合いを重ねて懇意な関係を築いてきた宗意軒としては、何としてもオランダを味方に付けておかねばならない。

（幕府は次から次へと手を打ってくる。あの仁に会うより外はなさそうだ）

年明け、すぐにその機会は訪れた。寛永十一年（１６３４年）新春。宗意軒は、自宅で旅の準備をしていた。いつものように徒歩医師の装いである。

紅は十九歳になった。宗意軒に、

「父ちゃん、あんちゃんはいつ帰ってくるの？」

と、頻繁に尋ねるようになった。晴信が長崎に行って既に三年以上経過している。

晴信が長崎へ行った直後から紅の様子はおかしかった。毎日が元気なく寂しそうな表情をしている。

（今回は晴信の不在が長いゆえ、紅も寂しいんだな。しばらくすれば元気になろう）

そう思っていた宗意軒であったが、半年、一年経過しても紅の様子は変わらない。

「ふう」

と、いつも嘆息ばかりついている。その頃から宗意軒もさすがに訝しんだ。

（紅も年頃の娘。もしかしたら――）

それまでも晴信が間諜の仕事で二、三カ月ほど家に戻らないことはあった。しかし、一年以上の長期間不在は初めてで、これほど憂いだ表情をする紅もまた、初めてである。

「父ちゃんはまた少し足長に仕事に赴く。甚兵衛の叔父さんには伝えているので、留守を頼む」

宗意軒の言葉にも黙って頷くだけで返事はない。

「ずっと元気ないな。紅、何かあったのか」

「長崎……」

か細い声で紅が呟いた。

「うん？　なんと言った？」

紅は珍しく感情的に言い放った。

「だから、あんちゃんはいつ戻ってくるのか知りたいの！」

その言葉には長崎へ行かせた宗意軒への反抗心も表れていた。

「そんなに晴信に会いたいのか」

「会いたいよ！　もう三年だよ。長崎は近いのに一度も戻ってこないし。ひょっとして駿河に帰ったのかって……」

そこまで言うと、紅は今まで堪えていた涙をぽろぽろと流した。

「会いたい……あんちゃんに会いたい……」

と呟いた。その一言で宗意軒は気付かされた。

（紅は晴信に惚れている）

それまで家族のように日々を三人で暮らしてきた。実の兄妹のような二人であったが、いつ異性として意識し始めたのか。宗意軒も常に今後の戦いのことが頭の中を占めて、娘の心の推移に気付いてやれないでいた。

（そうか……父親として余りにも鈍感であった。しかし、いつから紅は晴信のことを好きになってい

たのだ）

　自然とそう疑問を抱いた。

「紅、お前はあんちゃんのことが好きなのか」

「……」

　紅は頬を伝わる涙を拭いながら黙っている。しかし顔は口ほどにものを言う。

「晴信との最後の夜は、わしが島原へ行った日だったな。あのあと二人だけで何かあったか」

　その質問には紅も動作が止まった。

「別に……何もないよ。家族同然だからね、会えないのが寂しいだけ」

　そう答えた紅だったが、宗意軒は彼女の小さな動揺を見逃さなかった。気遣うように優しい口調で言った。

「晴信は今年中に長崎から戻ってくる。もう少しだけ待ってくれ」

「え、いつ？　それはいつ？」

　即座に反応する紅であったが、宗意軒は、

「はっきりいつとは言えないが、半年後かな。また三人の生活に戻れるから元気を出しなさい」

と、慰めるように返事した。

「半年……まだ長いような気もするけど、今までのことを思えば短いよね。うん、分かった」

　涙目の紅の瞳が笑顔で細くなった。

（恋をしている女子の目だ。こんなに晴信のことを……）

宗意軒は紅への気配りが足りなかったことを痛く反省したが、また一つ疑念がわいた。

（晴信は紅をどう思っているのだろうか……いずれにせよ、いよいよ告げるべき時が来たようだな——）

外では北風が枯れ葉を宙に舞わせていた。黙々と宗意軒は旅支度を進めた。

（四）

かつて大坂から九州へ落ち延びてきたルートをそのまま豊後まで戻りそこから海路、四国の伊予宇和島に渡った。

伊予宇和島城城主は「独眼竜」と異名をとった仙台藩主伊達政宗の庶子の伊達秀宗。側室の子であったため、仙台藩の後継者にはなれない立場であった。

当時、大坂冬の陣前後ということもあって野心家政宗への配慮として徳川家康が十万石の大名として伊予宇和島藩主に取り立てた。

家康は、大坂の陣において伊達政宗が反旗を翻すことを恐れていたのである。

宇和島藩主となった秀宗は、異母弟忠宗が正室の子という理由で仙台藩の後継者となったことをよくは思わず、父政宗と一時期、疎遠であった。しかし、幕府の老中土井利勝のとりなしにより、二人は江戸で対面して和解。それ以降は和歌を交歓したり、名物茶器を互いに寄贈したりと仲睦まじい親子に戻っている。

その政宗が、軽い中風を発症して体調が優れない息子秀宗の見舞いにと、自ら足を運び宇和島城へ来ているという。

宇和島城へ着いた森宗意軒は、

「仙台藩家老、片倉小十郎重綱様よりの急使にて至急、殿（伊達政宗）にお伝えしたいことがござります」

と、偽って政宗に近付いた。その政宗は宇和島城で秀宗を見舞い、三の丸にいた。

（小十郎の使者だと。仙台で何か起こったか）

と、政宗は宗意軒と三の丸御殿の庭にて非公式に対面した。

政宗は宗意軒の顔を見たが、顔に記憶がない。医師の姿をしているが、政宗自身が組織した「黒脛巾組《くろはばきぐみ》」という忍びの集団も医師や薬師の恰好をして全国で間諜の働きをしているのでさほどの警戒心は抱かなかった。

宗意軒は跪くと、頭を下げて言った。

「伊達の殿様、お久しゅうございます」

「小十郎の忍びとな。用件を聞こう」

「実はそれがし、片倉小十郎様の忍びではなく」

「……何者だ」

政宗が刀の柄に手をかけた。

「大坂夏の陣の際に一度だけご接見賜ったことがございます」

「大坂で……記憶にないな」

「それがし、片倉小十郎様の継室、阿梅《おうめ》様のお父上の配下の者でございました」

「何、阿梅の父……ということは真田幸村殿の配下の者か」

伊達政宗の家老片倉小十郎重綱（のちに重長に改名）は「伊達政宗の右腕」と呼ばれた伊達家の重臣片倉小十郎景綱の嫡子。出世した父の家督を受け継ぎ、子の重綱の代になっても家老として政宗の側近第一であった。

大坂夏の陣の際、真田幸村と激戦を交わした伊達政宗は、戦国武将としての意地をかけて戦った相手に畏敬の念を抱いた。幸村も、

――娘を託すならばこの仁――

と、政宗に娘の阿梅を預け、この片倉小十郎重綱の側室（のちに正室）として迎え入れられている。

伊達政宗も真田幸村を敵ながら、

『日の本一の兵《つわもの》』

とその武勇を称え、彼の娘を預かるのは光栄なことと喜んだ。

「それがしは大坂夏の陣の決戦前夜、阿梅様を連れて伊達本陣に伺った森宗意軒という者です」

それで政宗は思い出した。

「おお。明日は決戦ゆえ今夜しかないと、幸村殿の命で阿梅を引率してきた武将がおぬしだった」

「はい。本日は偽りを申して突然の参上、どうかご容赦くださいませ」

「あの時は敵味方でしかも合戦中ゆえ、おぬしとも殆ど話すゆとりはなかったな。幸村殿とは随分懇

意の仲であったのか」

「はい。九度山にて十数年のお付き合いをしていただいておりました」

「そうか。今日は何処から参った」

「九州天草よりまかり越しました」

「天草……唐津藩か。島原藩同様、重税そして過酷な切支丹弾圧に領民があえいでいることは耳にしておる」

「その通りでございます。ちなみに私も切支丹です」

「それをわしに公言するとは……」

——不埒者としてこの場で斬られても致し方ないことだぞ——

と、二の句を告げようとした政宗は宗意軒の顔を見て、死を覚悟の上での訴えがあることを瞬時に察した。

政宗は自身が興味を惹かれる人物であれば、身分に関係なく耳を傾ける性分である。

「……よし、本件を申せ」

「伊達の殿様と幸村様との揺るぎない友情にすがり、無心したく」

「何、無心じゃと。いくら必要なのじゃ」

「金一万両ほど」

一瞬、政宗は驚嘆の表情を露わにしたが、豪快に笑いだした。

「わっはは！　一落ち武者が殆ど面識もない仙台の太守に一万両無心したいなどとほざくのか」

宗意軒は真剣な眼差しで政宗を黙って見つめている。

「これは退屈しのぎになりそうじゃのう。詳しくその理由を話せ」

「それがし、万民に平和をもたらす世を作りたい、という真田幸村様の志に深い感銘を受けて主従の関係を結び、大坂城へ入城いたしました」

――万民に平和をもたらす世を作りたい――

一浪人が口にする言葉ではない。普通ならば一笑に付す話であるがその時、政宗は笑わなかった。

「幸村殿の統率力、真田勢の武勇は敵味方に比類なきものであった。おぬしのような者が配下にいるならさもあらん」

宗意軒は膝を乗り出した。

「幸村様の志、それがしが受け継ぎ、村正の刀を授かりました。何としても世直しをしたいのでございます」

「徳川幕府と戦うというのか。それを徳川方の大名であるわしに告げて何とする」

「伊達の殿様はかつてイスパニアに最強艦隊の援軍を密かに乞い、あわよくば大坂の陣にて徳川家も豊臣家も滅ぼして自ら天下を取ろうとなされた。そんな途方もない野望を抱かれた殿様をそれがしはずっと敬慕しておりました」

政宗の左目が鋭くなった。

「大坂の陣当時、そのような噂が世間に広まったのはわしも知っている。その真偽はわしの口からは言わぬ。されど、おぬしが幸村殿の遺志を継ぐ思い、この政宗には分かる。わしもかつては途方もない夢を追いかけていたものだ」

「伊達の殿様ほど、世界情勢を知る武将はこの国にはいないと確信しております。それがし、オランダの援助を借りて世直しを行おうと考えております」

「何、オランダだと。オランダの艦隊に援軍を乞うのか」

「いえ、オランダが雇っている日本人傭兵を一部帰国させていただきたい、という懇請にございます」

「なるほど。それにかかる費用が莫大なわけだな」

「御意にございます」

「とは言え、家康、秀忠、家光公と将軍も世襲で継承され、その政権は盤石なものとなった。これを覆す力はわしには無い」

「殿様に蜂起していただこうとは露にも考えておりませぬ。ただ無心を頼みたい。それだけでございます」

そこから政宗はしばらく沈思黙考に入った。

確かにかつて政宗は、宣教師ソテロとイスパニア（スペイン）のビスカイノ将軍との人脈を利用し、家臣の支倉常長に命じてイスパニア艦隊の派遣要請をしたことがある。フェリペ国王への書状には「奥州王」といかにも独立国の統治者であるかのように名乗り、ソテロも、

「家康公亡き後、日本の天下人となるのは伊達政宗」

と、確信していることを国王に伝えている。

しかし、その時点で既にイスパニアはオランダやイギリスとの戦いで弱体化し、艦隊を日本に派遣

する余裕はなかったのだ。

さらには、使者としてヨーロッパに向かった支倉常長はキリシタンであったが、政宗自身は受洗していなかった。それも国王を動かすことができなかった要因である。

(自分の夢は支倉常長に預け、そしてイスパニアに置いてきた。独眼竜と異名を取ったわしもはや六十八歳。この森宗意軒という男も外見六十歳くらいか。わしとさほど変わらぬ年齢でまだ見果てぬ夢を追っている)

ここで政宗はぼそっと独り言を呟いた。

「現実《うつつ》は所詮夢物語。その物語も幕を閉じようとしている……そう思っていたがのう」

宗意軒は虚空を見上げる政宗の顔を上目使いに見る。

「森宗意軒とやら。わしは外様大名とはいえ、将軍家より信頼厚く官位も今や中納言。天下を覆そうとする企みに協力はできぬ」

「……左様でございますか」

「それにおぬしには何の義理もない」

「……」

宗意軒は少し首を垂れた。

「されど、あの真田幸村の志がどのようなものであったか、それに興味をそそられる。おぬしは切支丹と言ったな」

「はい」

「幸村殿の志は、大村純忠や高山右近のような『この国を切支丹の国にする』というものではなかった筈じゃ。万民の泰平の世を望んだゆえ、立てた志」

「御意にございます。それがしも万民の世のために世直しを……」

宗意軒の返事を故意に遮り、政宗が大きな声をあげた。

「森宗意軒！」

「……はっ」

「その懐に十字架を潜ませているならば、わしの目の前でその十字架を捨てよ！」

突然の迫力ある政宗の口調に宗意軒は一瞬たじろいだ。

（そうか……蜂起は切支丹のためなのか、本当に天下万民のためなのか。それを確かめているのだ）

宗意軒は咄嗟に悟り、懐に手を入れた。

数秒間ためらったが、意を決して十字架を取り出し、投げ捨てた。

政宗は一つ大きく頷き、フフフと口元がほころんだ。

「捨ててみせたか。それでおぬしの覚悟は分かった。十字架は拾ってよいぞ」

政宗は打って変わり、今度は澄ましてそう言った。

「はっ？」

「わしも洒落者じゃ。おぬしは日の本一の兵、真田幸村の遺臣。幸村殿が考え、おぬしが演じる夢物語の芝居、仙台より観劇しよう」

「……」

「観劇にはお代がいるであろう。聞けば大がかりな芝居のようゆえ、相応のお代は払わないといかんな」

そう言う政宗の笑顔には、もはや緊張感は無かった。宗意軒もそこで初めて表情が緩んだ。伊達政宗という男は、いちいち相手の度肝を抜くことをやってのけるのが好きな人物なのだ。

「あ、あり難き幸せ！」

「そのお代だが、さすがに直に渡すわけにはちといかぬ。博多か堺商人あたりで仲介してくれる適当な人物がおればよいが」

「大坂銭座に投銀（朱印船貿易家への高利貸し）をしている益田喜三郎という商人がおります。喜三郎に渡していただければそれがしまで届きます」

「そうか、ならばその益田喜三郎という商人に送ろう」

「かたじけのうございます」

「どうなろうと伊達家は安泰であろうな」

「殿様には我が志、成就し暁には天下の執権になっていただきたく存じます」

「待て。わしはもう七十近い爺じゃ。そのような大役は果たせぬ。ただ、仙台藩と宇和島藩が安泰ならばそれでよい」

「それはお約束いたします」

「そうか、それだけ聞ければよい。新しい地平を拓く大芝居、観させてもらうぞ」

「伊達の殿様、それがしの志は幸村様の志。万民のために動きます。十字架はやはり捨て置きます」

宗意軒は断言した。

「ほう、信仰より天下泰平の世作りか。その是非は語るまい。おぬしの本気度はよう分かった」

「一縷《いちる》の望みに賭けて四国まで来た甲斐がございました。このご恩は生涯忘れませぬ」

「礼などよい。ここに長居は危険じゃ。さっさと去れ」

政宗がそう言うと、宗意軒は改めて深々と頭を下げて足早に城外へ去っていった。

伊達政宗はその二年後に病気で亡くなる。天草島原一揆勃発の前年であった。享年七十歳。彼の辞世の句は、

馬上少年過　世平白髪多　残躯天所赦　不楽是如何

(若い頃は戦場を馬に乗り駆け巡った。世の中は平和になり、気付けば自分も白髪が増えてきた。残りの人生、天が許す限り、楽しまないでどうする)

この漢詩の「不楽是如何（楽しまずしてこれ如何に）」とは、徳川の天下になり、自身も天下取りの野望を捨て、余生は能や茶など趣味に興じる意思を示唆したと一般的には言われているが、宗意軒が起こす「世直しの戦い」も興味深く観てみようという意味も包含されているのかもしれない。

結局、政宗は楽しみにしていた観劇はできずにこの世を去った。

五　開戦前夜

（一）

寛永十一年（１６３４年）五月より江戸幕府は出島の建設を始めた。ポルトガル人を漏れなく移住させることで、布教と貿易を監視するのが目的であった。

ポルトガル人は移住を強制されることで自由行動ができず、

「広い牢獄に入れられるようなものだ」

と、嘆いていた。

しかし、この出島建設はポルトガル人を不安に陥れただけではなく、オランダ人をも同様の危機感を抱かせた。ナイエンローデのあと第六代オランダ商館長に就任したピーテル・ファン・サンテンは、商館内でも、

――前商館長は幕府の隠密に暗殺されたのでは――

という噂が絶えないことに不安を募らせて結局、一年も経たずして商館長を辞任した。次の第七代

商館長にはニコラス・クーケバッケルが就任した。

五代、六代と交渉を続けてきた宗意軒であったが、また商館長が代わったことに一抹の不安を覚える。

(こう人が変わっては……信頼関係を築くべく、続けてきた話し合いが無駄にならないだろうな)

例え立場や業務が同じであっても、人や取り巻く環境が変われば状況は好転することも悪化することもあり得るのは、現代と相違ない。

第五代オランダ商館長ナイエンローデの急逝、六代目サンテンの早すぎる辞任、老中となった松平伊豆守信綱の暗躍……宗意軒の頭上には暗雲が立ち込めつつあった。

七代目のオランダ商館長クーケバッケルは、宗意軒の使者として訪れた晴信に対し、

「二万ノ日本人傭兵ヲ、タイオワンニ集結サセテイル」

と密約に応えるべく行動している反面、容易に日本に近付けない問題が生じていることを打ち明けた。

「幕府ノ監視船ガ呂宋、タイオワン付近ヲ航海シテオリ、マカオニハ、滞在スル幕臣モイル」

そして、タイオワンから日本への航路で幕府軍と海戦となる可能性も示唆し、

「アト五千両、アワセテ一万五千両早急ニイタダキタイ」

と、さらに増額要求してきた。

(一万両でも用意するのにこれだけ長い日数がかかっている。その上、五千両上乗せとは)

確かにオランダが徳川幕府を敵に回すリスクは日に日に高まっている。金額の上乗せ要求も交渉の

駆け引きと言えるが、宗意軒側としてはその条件を呑まなければ勝算はない。

オランダは日本との交易を再開しており、表向きは徳川政権との緊張関係は緩和状態にある。ゆえにオランダとの交渉は宗意軒側が不利な立場にあった。

しかし、幕府に預かりの身となったタイオワン事件の首謀者の一人であるピーテル・ノイツの解放を、オランダ側が要求しても幕府はこれを拒否した。

タイオワン事件に関わった人物である末次平蔵（長崎代官で事件の首謀者）、ウィリアム・ヤンセン（オランダ東インド会社からの特使）、ナイエンローデ（第五代オランダ商館長）の三人が日本で謎の死を遂げていることから、

（幕府にとって都合の悪い人物は皆、消されたのでは）

という懐疑心を払拭することができずにいる。

平戸のオランダ商館から長崎に戻った晴信は、落胆した様子で帰宅した。

（オランダ側の要求をどう先生に伝えればよいか）

中に入ると、四郎のほか、天草より甚兵衛も来ていた。

「おう、甚兵衛殿。天草より出てこられていましたか」

「は、晴信殿、大変なことが起こった！」

慌てて早口に話す甚兵衛の興奮ぶりとは対照的に落ち込み気味の晴信は、

「甚兵衛殿、興奮されて一体、如何なされました」

と、冷静に返した。

「陸奥の伊達政宗公より大坂の兄（喜三郎）へ金が送られ、それが今日、長崎に届いたのじゃ」

「陸奥の伊達？　我らとどういう関係が」

「宗意軒先生が伊予宇和島で伊達の殿と会われ、一万両無心したらしい」

「先生が……そう言えば、天草を出立する際に近々四国に行く、と申されていた。よもや伊達政宗公にお会いになられたとはのう」

「真田幸村様との誼から頼ったのであろう」

「それにしても一万両の無心など、先生も無謀なことをされたものじゃ」

「それが伊達の殿から届いたお金は二万両の大金だ」

「何、二万両！」

「わしは先生から兄（喜三郎）経由で長崎外町の家に伊達の殿からお金が届くからよしなに、ということだけ伝えられていた。先生もいくら送金されるかはご存じなかったようで」

「先生の無心された倍の金を伊達の殿は送られてきましたか！」

「そのようですな。先生も伊達の殿も、やること、考えていることが大きい」

次回、宗意軒と会う時は絶望的な報告をしなければならないと腹を括っていた晴信は、一気に晴れやかな気持ちになった。

「実はオランダ商館より、五千両を上乗せして計一万五千両を早く欲しいとの要求を受けてきた。陰鬱な思いでどう先生に伝えればよいかを悩んでいた」

「商館へ一万五千両支払っても、まだ五千両余る。これを兵糧武具に充てよう」

「よかった……本当によかった」

「そして晴信殿、このお金を商館側に渡したら、四郎と晴信殿も天草へ戻ってこいとの先生のお達しじゃ」

「おお、天草へ帰れますのか！」

晴信の顔色がたちまち明るくなった。

「そうだ。先生も紅も首を長くして待っているぞ」

（紅……今わしのことをどう思っているのであろうか……いずれにせよ、早く会いたいのう）

（二）

寛永十一年（１６３４年）秋。

オランダ商館と諸々の取引を終えて、四郎より一足先に晴信は天草に戻ってきた。

澄み渡る秋空に白波がよせる紺碧。銀に光る有明海の水面に跳ねる魚の遊泳。その景観は何も変わっていなかった。家が近付いてくるほど、晴信は胸の高鳴りを覚えた。

（会える、ようやく会える。紅）

家の前にはいつもの「森療庵」の小さな看板が見える。一歩一歩家に近付くたび、高鳴る鼓動に、

（落ち着け、落ち着け）

と、自分自身に言い聞かせた。

「岡村晴信！　ただいま帰りました！」

大声で叫びながら戸を開けて入ると、そこには目鼻立ちが整い、より一段と女性っぽくなった紅が土間に立っていた。

紅は何の躊躇もなく晴信に飛びついた。

「お帰り！　あんちゃん！」

「紅！」

「今日帰ってくるって聞いて、ずっと家で待ってた。会いたかった」

「ああ、わしもだ。ずっとお前のことを考えていたよ」

晴信も強く抱き返した。その抱擁は約四年の時の隔たりを急速に埋めてくれた。

紅は晴信の顔を見上げて、

「あんちゃん、変わっていないね」

と、涙目で笑った。

「紅、お前は一段と綺麗になった。背も少しだけ伸びたな」

「うちが訊かないと父ちゃんはあんちゃんのこと、何も話さないし、実は駿河へ帰ったんじゃないかって不安だった。もうこの家には戻っては来ないんじゃないかって」

「先生の命で長崎にいたんだ。わしは駿河には戻らないよ」

「長崎って近いのにうち達には遠かったね」

「あの日の夜のことがあって、ずっと紅のことが頭から離れなかったよ」

あの日の夜のこと――

晴信が長崎へ出立する前夜、宗意軒が島原へ赴き、予期せぬところに二人きりの夜を過ごした。

「数年会えないかも」

と言った晴信の言葉に紅は寂しさのあまり、

「今夜はあんちゃんと一緒に寝たい」

と、望んだ。悩んだ晴信であったが、紅の望みを叶えた。

板間に数枚重ねたむしろを敷布団として使用していた紅の部屋で、晴信も添うように横になった。

晴信が、仰向けになった紅にかいまき布団を掛けてあげると、紅は自分の方から晴信の左手を握った。

「ありがとう」

晴信はより紅に体を寄せて、右手で彼女の額を優しく撫でる。紅は戸惑いと嬉しさを併せて感じていた。

彼女の瞳に自分の顔が映っている。これほど近くで紅の顔を見るのは初めてだ。男盛りの晴信は、紅の体の上に重なりたいという衝動に駆られたが、

(先生の部屋の床下で見たものは……あれは一体何なんだ)

と脳裏をよぎり、どうしても理性が働く。

「あんちゃん、考えごとしてる?」

女性らしく、人の表情に鋭敏な紅はそう晴信に尋ねた。

「いや……なんでもないよ」

「あんちゃん」

「なんだい」

「ここにあんちゃんが帰ってくるのをうち、ずっと待ってるよ」

紅は、自分にも淡い恋心が宿っていることに気付いた。

「紅……」

様々な感情が交錯する中、晴信は揺らぐことのない思いだけは伝えておこうと決心した。

「紅、わしはお前が好きだ。心底惚れている」

そう言うと、晴信は紅にそっと口づけをした。

紅はそれを待っていたように目を瞑り受け入れた。

「今はこれが精いっぱいだ。お休み。紅」

紅は笑顔で黙って頷いた。その瞬間を心に焼き付けて、晴信と手を繋いで眠りについた――

あの夜からこの四年弱、二人は一度も会ってはいなかった。晴信と別れてからの紅は、日に日に寂しさと恋心を募らせていた。次いつ会えるのか。それが分からないので辛さが増していく。

一緒に住んでいた晴信を長崎へ赴かせたのは宗意軒である。父にはばかって、しばらくは口にするのも控えていた紅であったが、一年経過した頃から「あんちゃん」の近況を宗意軒に頻繁に尋ねるようになり、二年経つと、率直に「会いたい」と公言するようになった。

日常生活でも晴信のことを思い出しては、はらはらと涙を流しながら宗意軒に恨み節も言った。

一方の晴信は、師匠の娘とは「禁断の恋」と考え、遠距離生活によって、ほとぼりが冷める方がよいと思っていたのだが、添い寝したあの日の夜がずっと忘れられずにいた。

長崎では四郎の指導や間諜の仕事もあり、多忙な日々を送っていたので、

（いずれ忘れるさ）

と考えていたが、やはり紅のことが脳裏からずっと離れないまま時は過ぎ、遂に天草に帰ってくることとなった。

紅は無邪気に喜んでいるが、晴信は抱きしめるとやはり、「あのこと」を思い出す。

「紅、先生はご在宅か」

「今、甚兵衛の叔父さんと湯島に行ってるよ」

「そうか……ならば山田右衛門作殿も来ているであろうな」

「あんちゃん、帰宅早々、湯島になんか行かないで」

「ああ、行かないよ。それよりも紅」

「なあに」

「紅はわしのことが好きかい？」

紅はコクリと恥ずかしそうに頷いた。

「大好きだよ。もう離れて暮らすのは絶対にいや」

「そうか……ならば先生が戻られたら、話すとしよう」

「何を？」

「わし達を夫婦にさせてください、と」

お互いの心を確かめ合ったばかりで、紅は晴信の言葉に目を丸くしたが、すぐに満面の笑顔になった。

「もう離れることはない。紅、お前と一生添い遂げたい」

「あんちゃん……」

晴信は今後の苦難も紅と一緒なら乗り越えられる……そんな確信を胸に抱いた。

その頃、湯島では宗意軒、甚兵衛、右衛門作の三人で密議を開いていた。

その湯島には切支丹の鉄砲鍛冶が予定通り三十人揃い、秘密裏に鉄砲の製造を進めている。オランダとの約束も果たした。タイオワンに集結した日本人傭兵は二万を超えた。軍資金として集めたお金で全国の商人から兵糧、武具も購入中である。

伊達政宗への無心が叶い、合戦の準備は一気に加速して進んでいる。

だが、鉄砲の玉となる鉛が足りない。ポルトガル商人との通商は既に江戸幕府にて水一滴も漏らさぬほど、厳しく管理されていたので、右衛門作も輸入ができなくなっていた。

「イスパニアからの来航は数年前に既に禁止、ポルトガルからの貿易船も幕府が睨んでおりますゆえ、これ以上、鉛を海外から手に入れることは難儀なことにあいなりました」

悔しそうに右衛門作が報告する。

宗意軒は、右衛門作をなだめるように言った。

「いやいや、よくやってくれた。これまで無事に輸入できたことでよし、としなければなるまい。今後は、鍛冶職人に作らせる鉄砲にちと細工をする。それで凌ぐとしよう」

天草周辺では多くの農民が狩猟用に銃を使っていた。猟銃は銃身が細長くて威力は通常の火縄銃より劣るが、発砲時の衝撃が小さく、命中率が高い。銃身が細いので鉄砲玉も小さくてすみ、鉛の節約になる。

のちに「天草筒」と呼ばれるこの猟銃のアレンジを宗意軒は考案していた。狩猟を行っている普通の農民でも銃を使いこなせるというメリットもある。

「戦いが始まれば島原藩や唐津藩の武器蔵を即座に襲うことも考えておかねばなるまい。それと右衛門作、庄屋への働きかけはどうじゃ」

「藩内の庄屋で切支丹であった者に説諭しておりますが、敵味方の判別が分かっているのはまだ三割ほどでしょうか」

「三割か。厳しく弾圧にあたっている藩政の中で、右衛門作も神経を使いながら動いている。それは致し方ないな」

「はい。いかんせん極秘裏の行動ゆえ、時間がかかります。それと最近、殿（勝家）が少し、私を敬遠しているような態度にございます。多賀主水あたりが色々と吹聴しているのでござりましょう」

「多賀主水……奴は明らかにわしに敵意を抱いているゆえ、それはありそうだな。いずれにせよ、藩政に不満がある者は我らが仲間となる。引き続き、庄屋の件は注意深く進めてくれ。いざとなったらすぐに天草へ来い。富岡城から攻めかかる。ところで、島原では絵踏みはどうじゃ」

「始まりました。長崎奉行竹中重義が増長して『絵踏みを全国で行い、切支丹どもを一掃いたしましょう』と幕府に提案している由」

「遂に……ならば天草でも間もなくですな」

甚兵衛が不安げな表情を示すが、宗意軒は、

「これは長崎にいた晴信からの情報だが、竹中重義は幕府が厳禁にしている密貿易で莫大な富を築いているようだ。これをおぬしから長崎か江戸の幕臣へ密告すれば奴は終わりだ」

と、右衛門作に言った。

「そうですか！　その知らせが真実ならば、重義は切腹ものですな」

「ああ、無辜の民を拷問にかけて悦に浸るような奴は決して許されぬ」

そう言う宗意軒は怒りみなぎる口調だ。

そして右衛門作が、近頃の風評の広がり方を報告した。

「マルコス・フェラーロ宣教師の予言は、島原でも知れ渡っております」

この頃、噂に上がる天童の名は「天草四郎」という名で広まっていた。その噂では、四郎は元和八年（１６２２年）に天草大矢野で誕生、生まれながらに読み書きができ、盲目の女の子の視力を回復させる、海上を歩く、などの奇跡を起こしたという。

「噂の流布はよい感じじゃ。もっと豊臣秀頼様のご落胤が生存しているとの噂も広がるとよいが……江戸から疑いの目をかけられた薩摩の島津家が『根も葉もない噂』と、火消しに躍起なそうな」

宗意軒はほくそ笑んだ。そして甚兵衛にも尋ねる。

「当の四郎はいつ天草に戻らせられる」

「建造中の出島の様子を見て明後日には帰ってきます」

「そうか。帰ってくれれば、四郎はこれよりずっと『天草四郎』を演じてもらわねばならぬ。晴信も今頃帰宅している頃であろう」

　今後は、島原藩内だけでなく、天草の庄屋にも声かけし、戦う仲間を秘密裏に集めて総勢でどれだけの戦力になるのかを把握すること、侍大将の役目を担う浪人衆及び農民で組織する鉄砲衆を離島で軍事訓練させること、豊臣家の落胤が存在していると、積極的に流布すること、そして右衛門作はポルトガルに、宗意軒はオランダに助勢を乞う努力を引き続き行うことなどの情報を共有してその口の密議は終わった。

　宗意軒が帰宅すると、紅と晴信が座って並んで迎えた。

「先生、お帰りなさいませ。晴信、先ほど長崎より戻ってまいりました」

「おお、晴信。長い間、お疲れであった。色々と助かったぞ。礼を言う」

「いえ、礼なんて。勿体ないお言葉にございます」

「数年離れていたんで、この家も懐かしかろう」

「はい。長崎滞在時は長く感じておりましたが、戻ってくればあっという間だったような気もします」

　そして、三人は囲炉裏を囲んだ。以前は三方に各々が座っていたが、今日は宗意軒と向かい合って晴信と紅が並んで座る。

「紅、酒を持ってきてくれ。晴信と一献汲む」

　しかし、紅はすぐには動かずに晴信の顔に目をやった。

「ん？　どうした。二人かしこまって」

「その前に先生、大切な話がございます。私は先生に謝らなければなりませぬ」

晴信のその言葉で、何事かは大方察した宗意軒であったが、

「聞こう」

と、言った。

「先生、私と紅は恋仲になりました」

「……そうか」

「師である森宗意軒先生の愛娘に惚れてしまいました。まことに申し訳ござりませぬ」

「いや、紅の乙女心を察することができなかったわしが父親失格なのじゃ。それでもう、まぐわったか」

宗意軒はまったく驚かずに冷静に訊いた。むしろ意外な表情は晴信の方である。

「い、いや、まだそちらの方は……それよりも先生、驚きませぬか」

「晴信が長崎へ行ってからというもの、紅の様子はずっとおかしかった。わしは鈍かった。数年経っても変わらない恋心をお前に抱いていた。お前も紅に惚れているならば相思相愛」

二人の感情を肯定する発言に、晴信と紅は笑って顔を見合わせた。

「それでは先生、私と紅が夫婦となることをお認めくださりますか」

しかし、それには宗意軒は返事しない。眉をひそめて険しい表情をしている。

「父ちゃん！　うち、もうあんちゃんと離れるの嫌だよ！　ずっと一緒にいたいの」

焦れる紅もそう懇願する。

ふうっと、一呼吸おいて意を決した宗意軒は立ち上がり、

「……打ち明ける時がきたな。しばし待っておれ」

と、言い、自身の部屋から色褪せた布を持って戻ってきた。

「紅、これはお前の赤ん坊の頃使っていたおくるみだ」

「うん。見たことあるよ。まだ持っていたんだ」

「これには結城巴の家紋が入っておる」

「越前松平家の家紋ですな。長崎に出立する前夜、私も偶然、見ました」

「知っておったのか」

「はい。なにゆえ、先生が松平家の家紋が入ったおくるみを持っているのかと、ずっと不思議に思っておりました」

「これは大坂夏の陣の際、松平忠直勢が守っていた赤子のおくるみだ。わしは敵を倒した際、地に置かれた赤子に気付き、拾って九州まで連れてきた」

「なんですと！」

「父ちゃん、それは……」

「そうだ。紅、お前は松平忠直公のお子なのだ。わしはまことの父ではない」

覚悟を決めて真相を打ち明ける宗意軒の話に晴信も紅も顔色が変わった。あまりにも衝撃的過ぎて、二人とも絶句して声が出ない。

宗意軒も語が続けられない。緊張した雰囲気が三人を包む。

「うちの実の父親が松平忠直様……」

紅はいまだに信じられない様子だ。

「……なんで父ちゃんはうちを拾ったの」

「理由はわし自身も分からぬ。ただ、赤子を見捨ててはいけなかった」

一方、晴信はくるみを見つけた時からもしや、と思うところもあった。疑心から自制心が働いて紅と交合に至れなかった。

「先生は紅が大きくなって、いかがなされるつもりでしたか」

「紅はわしの元から離れて幸せに暮らしてもらいたい。わしの元にいては、いつか命を落とす」

「父ちゃんの傍にいたら命がなくなるって……父ちゃん、戦でも始めるつもり？」

「その通りだ。なので、上田正信殿にお願いして、紅の嫁ぎ先を見つけて父ちゃんはお前を手離すつもりであった」

「そんな！　あんちゃんが長崎に行ってからずっと三人で昔の生活に戻れることだけを願ってここまで我慢してきたのに」

そう訴えながら紅は瞳を濡らしている。

「紅、今まで黙っていたことは本当にすまないと思っている。わしは、表向き医師だが、心はずっと武士。真田幸村様の志を継ぐ者だ。これよりこの天草・島原で大きな戦を行うつもりだ。お前は晴信と遠くへ行け」

動揺激しい紅は、下唇を強く噛みしめるだけで返事ができない。

そして宗意軒は晴信にも告げる。

「晴信」

「はい」

「紅と夫婦になりたいのであれば、ここを二人して去れ。ならば許す」

「それはできませぬ。私の揺るがぬ意思は先生もようご存じの筈」

「ならば紅と夫婦の契りは交わせぬぞ」

「それは……」

「これから戦場に行く父ちゃんを一人になんかできないよ！　うちの父ちゃんは森宗意軒、これからも傍にいる！」

紅が両目から溢れる涙を拭おうともせず訴える。

「父ちゃんはお前を騙し続けてきた人間だ。父親を語る資格はない」

「ここまで育ててくれたのは父ちゃんなのに、うちのことを愛していなかったの」

「いや、わしはお前のことを本当の娘のように愛している。愛しているがゆえにわしと一緒に死ぬことはない。幸せになって欲しいと思っている」

二人の会話に晴信が割って入る。

「先生、わしと一緒に死ぬとは、先生は負ける戦をなされるおつもりですか！」

「そんなことはない。現体制の幕府を倒して万民の泰平の世作りをなす」

「ならば、先生の傍にいても死ぬことはありませぬな。紅と私は、これからも先生の傍にて、お手伝いをしとうございます」

「うちは三人で暮らせるのが一番幸せ……それ以外は何も望まないよ」

二人の主張は揺るぎがなかった。

宗意軒は、悩んだ。嘆息交じりにうーんと、低く唸るだけであった。紅と晴信の二人は、息をのんで宗意軒の顔から目をそむけない。

沈黙を破ったのは宗意軒であった。

「……紅、こんなわしをこれからも父ちゃんと思ってくれるのか」

「うん。いまさら松平なんとかって言われたって……うちの父ちゃんは一人だけだよ」

「戦になれば、三人の生活もそれまでの穏やかなものではなくなるぞ。それでもよいのか」

「うちは父ちゃんとあんちゃんの傍にいれればいいの」

「……そうか、そうなのか……」

しばし、宗意軒は大坂夏の陣の時のことを思い出した。

宗意軒が殺めた敵は、松平忠直の生まれたばかりの子を必死に守っていたのだろう。

（わしがあの時、松平忠直勢の武士を斬らなかったら、この子は救われてもっと幸せになっていたかもしれぬ。これもわしが犯した罪業じゃ）

罪償いのつもりで血のつながらない子を「我が娘」として十九年間育ててきた。

徳川の血筋を引いたその子から「父ちゃん」と呼ばれて親子の情愛を抱き、そして「反徳川」を叩き込んできた愛弟子とその子が夫婦となる。宗意軒は複雑な感情のうねりに全身を包まれていた。

（人生とはかくも数奇なものか）

と、しばし感慨にふけた。

紅と晴信の恋愛は決して手放しに喜べるものではない。しかし二人の断ち難き愛染も強く感じ入った。

そして意図的ではなかったとはいえ、紅と晴信の縁も宗意軒が結んだもの。紅も戦乱に翻弄された半生だったが、本人が自分と自分の弟子と三人で暮らすのが最も幸せだと考えている。彼女の願いを叶えることも罪償いになるのではないか、と考えた。

「先生、いかがなされました」

「あ、いや。ちと考えごとをな……引き続き、この家にて三人で生活するか。お前達を今日より夫婦と認めよう」

「せ、先生。ありがとうございます！」

宗意軒は、紅と晴信の純愛に触れてそれまでのこだわりを捨てた。弟子の晴信に深々と頭を下げた。

「晴信、お前なら任せられる。紅をよろしく頼む」

「は、はい！」

「よかった、あんちゃん！　うち達もう夫婦なんだね」

安堵した二人は満面の笑みを称えた。紅は立ち上がって、

「父ちゃん、遅くなってごめん。すぐにお酒の用意をするね」

と言うと、宗意軒が即座に制止した。

「待て。今宵は祝杯だ。わしが用意いたす。お前達は本来ならば姫と武士。祝言の一つも挙げてやりたいところだが、このようにうちには何もない。酒で夫婦の契りを交わしてくれ。それを婚礼の儀といたそう」

ようやく表情が緩んだ宗意軒を見て晴信は喜んだ。

「先生、いや、お義父上。ありがとうございます！」

「義父上か……意外と悪くない響きだ」

「されど今宵だけ。まだ晴信は若輩者ゆえ、明日からは今まで通りまた先生と、呼ばせてください」

「そちらの方が呼ばれ慣れていてよいかな」

宗意軒は笑いながら、紅にも訊いてみる。

「紅は晴信のことをこれより何と呼ぶのだ」

「うーん、やっぱり、あんちゃんかな」

「夫にあんちゃんはおかしくないか。『晴信様』はどうだ？」

宗意軒がからかい気味にそう言うと、紅は赤面した。

「そんなの……恥ずかしくて言えないよ」

晴信も、

「今まで通り、あんちゃんでいいよ。紅から愛情が伝わる呼ばれ方だ」

と、紅に助け船を出す。

「本当にあんちゃんでいいの？」

「ああ。それより外はむしろ違和感があって嫌だな」

「分かった、あんちゃん！」

紅が甘えた口調で晴信に声をかけると、宗意軒は苦笑いした。

「おやおや、もう仲睦まじい恋人……いや夫婦だな。ご両人、お似合いだ」

こうして久しぶりに果たした三人の再会の日は、紅と晴信の記念すべき「祝言」の日となった。

(三)

寛永十二年（1635年）は慌ただしい一年であった。

前年に「絵踏み」を実施、全国の隠れキリシタン発見の手段として採用され、一気に暗躍した竹中重義であったが、密貿易を行い莫大な利益を得ていたことが幕府に露見し罷免、そしてのちに切腹させられた。この件を幕府へ密告したのが山田右衛門作であったことは言うまでもない。

しかし、重義が亡くなり、年も変われど、切支丹弾圧は徹底的に厳しく執り行われることに何の変わりもなかった。加えて「寺請制度」も実施され、全国の民衆は何らかの仏教寺院の檀家にならなければいけなくなった。

絵踏みも長崎から島原、そして唐津藩の飛び地天草でも行われ始めた。

宗意軒らの説諭により、仏教へ改宗した転びキリシタンもいたが、やはり多くのキリシタンが殉教していった。戦力たる仲間を失う中、右衛門作や甚兵衛は戦う機会を失わないか、不安に駆られるこ

とが多かったが、宗意軒は、

「まだ忍耐の時。耐え忍ぶしかない」

と、迷いなく言い、蜂起には至らなかった。

そして奉書船も渡航禁止、外国船の入港も長崎・平戸のみとなり大名独自の貿易取引もできなくなってしまった。

「――異国へ日本の船遣はし、候義、堅く停止の事。日本人異国へ遣はす可からず候条、忍び候て乗渡り候者これ有るに於いては、其の身は死罪、其の船並びに船主とも、留置き言上す可き事――」

さらに島原、天草は干ばつに台風も直撃して凶作の年となった。前年も同様で二年続きの干ばつは、宗意軒の戦略に多大な悪影響を及ぼした。

宗意軒は苛政に喘ぐ百姓も味方に取り込むべく懐柔していたが、蜂起するタイミングとして稲刈りの作業時期が終わった秋頃を考えていたのだ。

脱穀し、収穫した米を年貢として藩には収めず、自軍の兵糧として利用する狙いがあった。それが少なくともその年は難しくなった。

さらにもう一つ、宗意軒が感じる不安があった。天文を見る「観天望気」も軍師の仕事だが、西方に輝いていた宿星の光芒が最近弱く、

「干ばつは二年連続、最悪三年続くやもしれぬ」

と、周囲に漏らしていた。天草、島原地方に運気が無いことから蜂起のタイミングにはより慎重になっていた。

このような天災は宗意軒側にとって不利な要因となる。事態が悪化していく現況に、晴信からもその機を尋ねられた。

「先生、いつ兵を挙げますか。我々が早く動かねば、取り返しのつかないことになります」

しかし、焦る晴信にもこう諭した。

「晴信、おぬしは武田信玄公の生まれ変わりだったな。紀州九度山で真田の親父殿（昌幸）からよく聞かされていた。武田信玄公は戦略で相手に勝つ。戦う前に既に勝負は決している状況を作り、初めて兵を動かした。だから戦えば連戦連勝、日本最強とまで呼ばれる戦国武将になったのじゃ。機は必ず熟す。だが、今はその時ではない」

宗意軒は真田昌幸から聞かされていた「武田の軍法」を噛み締めており、大坂の陣敗北の反省からも勝算が立った時こそ蜂起すると、そのタイミングを計っていた。

しかし、信玄は盤石の体制を整えて満を持して上洛戦を開始したが、準備に余りにも時間をかけ過ぎた。結果的にその途上で病死、遂には天下を取ることはできなかった。忍耐や慎重さは、時として大機を逸してしまうこともある。

一方、情報戦は宗意軒の想定以上にことは上手く運んでいた。

益田四郎は、キリシタンだけでなく、万民の救世主たる存在として名を馳せていた。長崎から天草大矢野に戻った四郎は、「ジェロニモ」ではなく「フランシスコ」と受洗名も変更し、既に別人を演じていた。

もはや外国人宣教師は島原や天草にはおらず、立ち帰りを望むキリシタンが藩の目を潜り抜けて四郎の元に集まってきた。彼はパードレ（宣教師）役を担い、入信希望者に洗礼の儀式を執り行っていた。そこで四郎は長崎で晴信より教わり会得した奇術を披露した。

四郎がしばらく目を瞑って祈祷していたかと思うと、左手に鳩が出てきた。

見入る者達がおっと驚く。その鳩が空に舞っていったあとには、卵が一つ、四郎の掌に残っていた。

「皆の者、鳩は耶蘇の精霊、その精霊が残していった卵の中身を見るとしよう。瞬きせずに見よ」

四郎がそう言い、卵を割ると中からキリスト教の経文が出てきた。

その奇術を目の当たりにした観衆はおおっと声を出さずにはおれなかった。

「天草四郎様！　天童四郎様！」

と、受洗者は思わず手を組んで祈り、内心眉唾物では、と興味本位で集った者達も目を見張った。

「我の受洗名はフランシスコ。戦国の世で天下一統を果たした豊臣秀吉の孫、豊臣天四郎秀綱である！」

四郎は力みなぎる声でそう叫び、観衆の中に混じっていた旧豊臣家浪人衆の度肝も抜いた。

（この方が太閤殿下のご令孫、秀頼様のご落胤か――）

先に天童との風評が広がっていた四郎が披露する奇術の影響力は、近辺の隠れ切支丹や百姓達だけでなく、藩の下士達にも大きかった。しかし、影響力が大きかった原因は、決して奇術の衝撃だけではない。

四郎の正義を貫く意志、少年らしい愚直さと迷いのなさ……世俗にまみれていない純粋なキャラクターが「救世主」たるイメージを民衆の心の中で増幅させていったのだ。

その年の年末十二月、四十七人の島原藩士が集団で脱走、そして翌年の寛永十三年（１６３６年）八月も島原藩、そして唐津藩富岡城の藩士が集団で脱走、四郎の元へ集う。

特に富岡城から脱走した藩士は主に「若衆」と呼ばれる十代の若者が多かった。

宗意軒はかつて真田幸村が八人の影武者をつかい、家康本陣を壊滅状態にまで攻め込んだように、戦では四郎の影武者を用いようと考えていた。

四郎と同年代の少年武士を密かに募ったところ、予想以上の人数が藩を脱走して味方に加わることになった。着実に開戦準備は整いつつある。

しかし、その蜂起のタイミングは、やはり稲の収穫後と、宗意軒は考えている。

前年秋の蜂起も視野に入れていたが、干ばつによる凶作でタイミングを逸した。とはいえ、田植えを終えたのち、即蜂起すれば農民が育てた稲はそのまま敵に利用される。

田植え前に動く選択肢もあるが、何よりも宗意軒の作戦では、近隣の城に籠り、幕府軍の大軍を迎撃しながら、日本人傭兵の加勢が到着するまで忍耐の籠城戦を行う予定だ。そのためにも兵糧の備蓄は極めて重要である。どうしても稲を収穫して秋に蜂起したいのだ。

しかし、結果的に稲作は、寛永十一年（１６３４年）から四年連続の干ばつによる凶作続きとなる。これは一揆勢には運が無かったとしか言いようがない。

寛永十三年（１６３６年）元旦の江戸。

その日は日食が起こった。いにしえより日食は、陰（月）が陽（太陽）を侵す現象から下剋上が起こる前兆と、時の権力者達は怖れていた。

戦国時代、天正十年（１５８２年）六月一日にも日食が起こっているが、その翌日未明に本能寺の変が起こった。

江戸時代に入ってから初めての日食がこの年の元旦であった。

幕府内でめきめきと頭角を現してきた老中松平伊豆守信綱は、この日食に得体の知れない不安を感じた。

（これは不吉な兆しじゃ。近々、天下を覆そうとする反乱が起こるかもしれぬ）

実際に幕府の正月行事は全面的に中止、宮中における節会も信綱の諫言により、延期したほどである。

信綱は日食を機に隠密を最大限に活用して全国で不穏な動きがないか、その動向を探り出していた。鎖国に向かってその整備を進めていたので、特に外国人やキリシタンには注意深く目を向けていた。

（島原藩士、唐津藩士が集団脱走している。長崎のポルトガル人、オランダ人も秘密裏に動いている気配がある。やはり切支丹が多い九州が怪しいな。事が起こるならば九州か）

信綱のその予感は、情報が手元に集まってくるほど、確信へと変わっていった。

そして、この年に出島を完成させ、ポルトガル人を強制移住させた。

さらにはオランダ商館と交渉に入った。その内容は、

――ポルトガルからの輸入品を貴国は、すべて取り扱うことができるのか――

である。

つまり信綱はスペイン同様、キリスト教の布教と商教一致政策を掲げるポルトガルとの交易も止めようと考えているのだ。ヨーロッパからの輸入品目をすべて取り扱うことができるのであれば、オランダとのみ、交易を続ける腹積もりだ。

オランダ商館長ニコラス・クーケバッケルは、

「それは可能だ。我々はポルトガルが日本へ持ち込んでいたすべての交易品を扱っている」

と、返事をした。それを聞いて信綱は迅速に動いた。

寛永九年（1632年）から四年間監禁していたタイオワン事件のオランダ側の首謀者、ピーテル・ノイツを釈放したのである。

これには現商館長であるクーケバッケルは大層喜んだ。オランダ側が最優先で徳川幕府に望んでいたことがピーテル・ノイツの解放だったからだ。

幕府がノイツを殺さなかったのは、オランダとの関係修復の手段として担保していたからに他ならない。タイオワン事件で一度完全に冷え切った日本との関係は、これで表向き回復したといってよい。

しかし、クーケバッケルは約束の一万五千両を宗意軒からもらい受け、日本人傭兵を帰国させるべく動いている。政治的には雪解けとなったように見えるオランダと徳川幕府であったが、商館長クーケバッケルは、感情的にはまだ宗意軒寄りであった。

「二万ノ日本人傭兵ハ、来年末ニ帰国サセル」

と、宗意軒に確約していた。

クーケバッケルの話では、日本人傭兵は、徳川幕府が通達した一片の紙によって今後一切の帰国が禁止されたことに対して大変憤っており、戦意もこの上なく高いという。

元々浪人衆にオランダの傭兵として雇われるよう、推奨したのは徳川幕府である。そのご都合主義な政治に怒り心頭となるのは当然のことであった。

一方で禁教令後、国外追放された宣教師マルコス・フェラーロの予言はいつしか、

「これより二十五年後、乱の時、天人が来臨し、彼は習わずして字の読み書きができる。人々の頭に十字架が立ち、雲が焼け、木に饅頭がなり、野も山も焼けるであろう――」

と、具体的に「二十五年後」と年を限定した風評に変わっていた。さらには、

――天草四郎は通称であり、本当は豊臣秀頼様のご落胤で豊臣天四郎秀綱様という名らしい――

という喧伝もされていた。

大坂の陣以降長い間、忍耐を続けてきたが、ようやくここに宗意軒も確信した。

(時節到来じゃ)

この頃島原藩では、松倉勝家の悪政が残虐を極めており、重税を納められない百姓を、

「この役立たずの切支丹めが」

と、罵声を浴びせて、実際にキリシタンであろうと仏教徒であろうと、すべてキリシタンということにして雲仙地獄で獄門にかけては殺害していた。

父重政の時代とは異なり、朱印船貿易も禁じられ、莫大な富を失った勝家は、その損失を補い、さらに奢侈《しゃし》にふけるべく重税に次ぐ重税で民を苦しめていた。

そのタイミングで勝家は、右衛門作が藩内の庄屋と頻繁に接していることを知る。勝家はすぐさま

右衛門作を呼びつけ、詰問した。

「おぬしはなにゆえ、庄屋宅を回っておる」

右衛門作は、

「百姓から漏れなく年貢を徴しているか、隠れ切支丹はいないか、検閲しております」

と、答えた。それに対して勝家もこう命じた。

「そんなことはこれより下士に任せよ。おぬし自ら動くほどのことではない」

「は、はい。御意のままに」

右衛門作は思わず身を強張らせた。

勝家は以前に増して右衛門作を訝しんでいる。猜疑の的になるような行動をわざわざしているので
それもやむを得ない。

しかし、その後の勝家は、年貢を納められない百姓がいると、当人ではなく連帯責任を負う庄屋を殺害することにした。末端の百姓を殺し過ぎては、耕作する人口に比例して年貢米も減少する。それは行きつくところ、藩財政が破綻する状況に陥ってしまい、自分の首を絞めることに繋がるからだ。

さらには庄屋が抵抗することがないよう、漏れなく妻や娘を人質にとり始めた。

右衛門作の庄屋回りの疑念も重なり、そのような刑罰を庄屋に与えることにした。それは最も信頼している家老多賀主水の進言であった。

(殿のわしへの不信に多賀主水の暗躍……これ以上、藩に留まるのは難しい)

しかし、その右衛門作に有志たりえる縁もできた。

有家《ありえ》監物時次。山田右衛門作と同じキリシタンで元有馬家家臣である。

彼は有馬家の日向延岡への移封後、浪人となって島原に残り隠棲していたが、寛永五年（１６２８年）に藩主松倉重政に転び証文（キリスト教から仏教へ改宗したという誓詞）を返却して欲しいと直訴したほどの熱心なキリシタンであった。

庄屋回りを行っていた右衛門作と偶然再会し、右衛門作の親密な相談相手となっていた。

「悪逆無道な藩主に対してどうしても一矢報いたい。右衛門作殿が挙兵する際はわしも行動を共にいたす」

監物は右衛門作にそう約束していた。

そして、遂に運命の寛永十四年（１６３７年）を迎える。

四囲の事情は刻々と悪くなるばかりであった。近年毎年続く、干ばつで飢饉になっており、百姓にはヒジキやアラメなどの海産物で飢えを凌いでいる者もいた。

兵士となる百姓達が飢えに苦しんでいる。蜂起は待ったなしの状況にあった。

宗意軒、右衛門作、甚兵衛の三人は湯島にて開戦前の最後の軍議に臨んだ。その湯島では鍛冶職人達が鉄砲製造に精を出している。宗意軒は彼らの日当として一人当たり百文と米十升を渡していた。

軍議の前に宗意軒は鉄砲鍛冶に訊いた。

「今、こちらで造った鉄砲はどれほどある」

「五百挺ほどです」

「おう、それだけ造ったか。ありがたい」

購入した鉄砲が既に二千挺以上あり、考えていた最低限の数量は揃えられた。

「百姓達の稲刈り、収穫が終えて今年の秋に蜂起する。合戦の最中、年内にはオランダに頼んだ二万の日本人傭兵が戦闘に加わるであろう。天下分け目の合戦じゃ」

宗意軒の計算では、味方に与する者が現時点で一万から二万人の間だと試算していた。しかし、四郎の元に切支丹に立ち帰りたい者や、四郎を救世主として信じて疑わない民が続々と肥後や薩摩からも集まってくる。少なく見積もってもあと五千人は、味方が増えそうだ。

決起時、島原衆は島原城を、天草衆は富岡城を各々同時に攻撃し、もし落城させることができれば、城内の兵糧武具を奪い取り、現在は廃城となっている島原藩内の原城にて合流するのが、宗意軒の緒戦の作戦であった。籠城する城を原城に決めたのは、有明海沿いの城であり、海から日本人傭兵を容易に迎え入れることが可能だからである。

そして全国に急使を走らせて隠れキリシタンに蜂起を促し、その後は幕府軍を城で迎撃しながらオランダに頼んだ日本人傭兵二万を待つ。

作戦の概要を宗意軒が説明するうちに、普段は穏やかな甚兵衛も意気込んできた。

「いよいよ、徳川と合戦じゃ！　これまでの積年の思いを晴らす時が来た！」

右衛門作も血がたぎり立ち、興奮気味に語る。

「殿（松倉勝家）は年貢の払えない民は咎人が如き扱いをなされております。もはやあれはただの悪鬼です」

そして庄屋の調査で明らかになった詳細を宗意軒に報告した。

「三会村、総家数五百八の内、我が軍に加勢する家二百六十八、人数は千四百二十人。次に深江村、総家数三百十六の内、加勢する家二百七十七、人数は千六百四十人、そして安徳村は……」

すべての報告を受けて、宗意軒は右衛門作を褒め称えた。

「よくそこまで念密に調べ上げたな。藩士でないとできぬ仕事だ。が難しい立場でよくやってくれた。礼を言う」

「なんせ、命を賭けた大戦ですからね」

「城内に有志はいるか」

「城外では有家監物という同じ元有馬家家臣と懇意にしておりますが、城内にはおりませぬ」

「城内に転んだ切支丹はおらぬか」

「おりますが、うかつな誘いはもはや城内では難しゅうございます。城外で浪人衆や庄屋達と共に挙兵する所存です。その時、城兵にも志を同じくする者がいれば、味方に与してくれましょう」

「そうか。島原城を抜くには城内の事情に精通しているおぬしの戦いが鍵だ」

「分かっております。して、島原勢の大将は誰が？」

「合戦経験者でなければその役は務まらぬ。島原衆の指揮は右衛門作がとれ。天草衆と原城で合流した際は、四郎が総大将、軍師はわしが務める」

「分かりました」

「ポルトガルの援軍の方はどうじゃ。頼りになりそうか」

「それは……ポルトガル人と今、接することができないので、何とも」

この点は右衛門作も歯切れが悪い。

「以前、宣教師を通じて幾度もポルトガル艦隊の援軍を懇願しておりますが、それ以降の連絡が取れず……」

「よい、よい。我らがオランダからの援軍と合流すれば、幕府方の攻城軍を敗北せしめ、次は長崎をとる。その際、出島からポルトガル人を解放して改めて援軍を乞うことも考えておこう」

「私はどういたしましょうか」

甚兵衛が宗意軒に訊く。

「惣奉行を担ってもらう。勿論、侍大将兼務だ。我ら天草衆は真っ先に富岡城の城代三宅重利を倒す」

「禁教令を盾に天草を好き勝手に蹂躙した三宅を相手にできるとは、戦意が上がります」

「これよりわしらも総大将である四郎を呼び捨てにはできぬ。四郎様で通す」

「はい」

二人が声を揃える。

「右衛門作、甚兵衛、よく聞け。こたび、島原でも天草でも城攻めに時間をかけてはならぬ。城を囲んでいたずらに時間を過ごせば、他藩の大名達が動き出す。我らが挙兵しても、他藩の大名達は幕命があるまで動けぬゆえ、その間にできる限り戦局を有利に運ばせる」

元和元年（1615年）に幕府より「武家諸法度」が発布されたが、寛永十二年（1635年）に改定され、その条文の中に、

「於江戸并何国、縦何等之事雖在之、在国之輩ハ守其所、可相待下知事」

と、ある。

——江戸やいずれかの国で何か事変が起ころうと、国元にいる者はそこを守り、幕府からの命令を待つこと——

九州での事変は、豊後の目付がまず報告を受け、それを江戸に伝える。そこで将軍と幕臣が談議をして諸大名に下知する。その間は例え、隣国の大名であっても決して軍を動かすことは許されない。

徳川幕府が作った中央集権制度ゆえの盲点を宗意軒は突くつもりでいる。

「不安要素も少なくないが、これ以上は待てない。戦を始めれば、戦況は刻々と変わっていく。あとの作戦はわしの胸にある。心を一つにして動いていこう」

と、宗意軒は揺るぎのない口調で二人に言った。

「分かりました。我々には必ずゼウス様のご加護がありましょう！」

長年の艱難辛苦を乗り越えて、遂に世直しの戦いに挑む宗意軒は、燃え盛る闘志を胸奥に秘めていた。

六　天草島原の乱

（一）

寛永十四年（1637年）の干ばつで民衆には餓死者が続出した。それは天草島原地方だけでなく、隣の肥後藩も同様で、史料『綿考輯録《めんこうしゅうろく》』では、肥後藩主細川忠利が、同年一月二十六日に以下のように述べている。

「去年も一昨年も大飢饉だったから今年はいよいよ下々の者達が飢餓に見舞われるだろう――」

宗意軒は挙兵のタイミングを計るべく、最近、毎晩天文を見ていた。宿星の光は徐々に輝きを戻しつつあった。

そして同年五月十二日夜には赤い火の玉が西から東へと軌跡を描いた。その日の夜空を見上げていた宗意軒は、

（これから起こる戦いの前兆が大空に現れた。いよいよ運命の時じゃのう）

と、感じていた。そして同じこの日の夜空を、江戸の武家屋敷の縁側で見上げる人物がもう一人い

た。老中松平伊豆守信綱である。

（これは……近いな。大きな乱が西方で起こる）

そう確信して屋敷の中へと入っていった。

四年連続の干ばつは、さすがの宗意軒でも予測できなかった。

百姓は日よけ茣蓙《ござ》を背負って猛暑に耐えながら、田植えや肥糧蒔きに精を出していたが、次々と作業中に倒れては回復せずに亡くなっていく。

（これは秋の収穫はもはや期待できまい。兵糧米を商人から購入しておかねば）

宗意軒は動いた。博多、堺から大量の米の購入を甚兵衛に命じた。甚兵衛は、

「博多でも堺でも短期間で大量に購入すると一気に米価が高騰し、それは幕府の目につきやすくなってしまいます」

と、懸念を示したが、それでも宗意軒は早急に動くように指示した。

「仲間たる百姓が飢えて死んでは、元も子もない。幕府に気付かれた時、既に戦は始まっている」

そして十月二十二日、総大将たる四郎らと出陣式を執り行った。

彼の父益田甚兵衛は既に商人であり、その子四郎は、勿論元服もしていない。元服式は通常神社で行うこともあり、キリシタンの彼には無縁のものだった。

しかし、今回の蜂起にあたり四郎は「切支丹の救世主」であると同時に「豊臣家の子孫」も名乗っている。仲間の士気を鼓舞するためにもあえてこの儀式は湯島にて行った。

宗意軒や晴信、甚兵衛の他にも味方となる天草の浪人衆や庄屋達も集わせた。

四郎は鎧を着け、床几に座る。その姿は、いつもの奇術を行う「天童、天草四郎」とはまた異なる威厳を備えている。

打鮑《うちあわび》、勝栗、昆布の三品を食べ、神酒を軽く口につけると立ち上がり、地面に置かれた刀を踏み越えてみせた。

単純な縁起かつぎの儀式だが、当時は「刀を踏み越える」ことが勝利に繋がる、と信じられており、戦国大名は誰もがこの出陣式を行っていた。

「これで我が軍の勝利は間違いなし！　皆の者、大矢野に戻り戦支度じゃ！」

四郎がそう叫ぶと、周囲から歓声が沸き上がった。

（昨日は切支丹の救世主、今日は武士の頭領……四郎は見事に我らの総大将を演じ切っている。本当に神が憑依しているが如き霊気を醸し出している。大した子よ）

四郎のような少年を重要なポジションに置いて、血生臭い戦いを始めることについて、いまだに宗意軒は罪悪感に囚われる時がある。

そんな時はいつも真田幸村から譲り受けた村正の刀を握り、迷いを吹っ切るように空に突き上げる。

（幸村様、万民のための世直しを果たしてみせますぞ――）

甚兵衛は宗意軒に命じられた米の購入を急いでいる。予定通り米を購入して博多や堺から天草に届けば、湯島で狼煙を上げて島原と同時蜂起する手筈になっている。

浪人衆に武具を渡し、天草も島原も戦に備えて動き出した。特に山田右衛門作は島原藩士でありながら反乱軍の責任者でもあり、その動きが活発になるほど、他の藩士にも警戒の目を向けられだした。

翌日十月二十三日、島原藩有馬村の庄北岡の百姓で三吉と角蔵という男二人が、山田右衛門作の進言により、大矢野に行って四郎に帰依し、神父の資格を与えられて夜、隠れキリシタンの会合を開いた。

その会合には、実に七百人余り集まり、彼らは三吉と角蔵より洗礼を受け、キリシタンに立ち帰った。

「立ち帰った者達よ、我らが救世主は大矢野におられる天草四郎様だ。四郎様が切支丹の世にお戻しになる。長い忍耐を経て、ようやく我らは報われるのだ」

しかし、この七百人もの会合は当然、藩士の目についた。二十四日、島原藩家臣松田兵右衛門ら藩士八人が噂を聞いて有馬村に入り、抜き打ちで民家を調査した。

「隠れ切支丹がこの有馬に潜んでいるという噂が入っている。おぬしらは違うであろうな」

「お侍様、わしらは仏教徒です。切支丹じゃありません」

皆、同じ返事をするが、ある軒先でろうそくの火を消したばかりの煙の臭いがした。咄嗟に戸を開けると中には礼拝で集っている切支丹らが数十人いた。奥には受洗式を執り行う三吉と角蔵もいる。

「お前らか！　民を惑わす神父気取りの輩は！」

驚いた松田兵右衛門ら藩士は三吉と角蔵を捕縛、島原城へ連行して首を刎ねた。

城内の二人の処刑は、右衛門作も目の当たりにした。

(わしが受洗を勧めた同志が……我慢の限界じゃ。もはや勘弁ならぬ)

右衛門作は遂に独自の判断で庄屋を動かす。

「明日、有馬村へ島原藩の代官、林兵左衛門が来るので、林を殺害せよ。それを機に立ち上がる！」

城内の動きを事前に有家監物に知らせて、二十五日に有馬村の巡回に来た林兵右衛門を殺害、挙兵させた。

有家監物は挙兵すると藩内の村々に、

――代官、僧侶、神官は皆殺せ。他の民百姓も切支丹に改宗しない輩は殺せ――

と、触状を出した。勿論右衛門作の密命である。

ここに天草島原の戦いは始まった。

監物が出した触れ状に口之津、加津佐、小浜、北岡と各村が呼応し、奉行所を強襲、そして僧侶、神官、さらには旅の者まで切支丹でなければ殺害した。

数十年もの忍耐と屈辱と怒りが遂にマグマの吹き溜まりとなって爆発した。

藩士の松倉勝家は江戸へ参勤していて不在で、対応の指示系統が明らかではなかった。

右衛門作はこの時点でまだ藩士として仮面を被っている。監物経由で一揆勢を扇動していた。

領内各地で一揆が勃発したことで城下町の町人が城内になだれ込み、

「一揆勢と戦うから武具を貸してくれ」

と直訴する者が殺到した。

武器蔵を管理する下士は、判断に迷った。しかし、そこに家老の右衛門作がやって来て、鉄砲、長槍を町人に与えた。

「町人からは人質もとっており、信頼してよい。武具を貸与して共に戦ってもらおう」

右衛門作の行動を不審に思った下士の一人が多賀主水にそれを伝えに行くと、主水は、

「山田右衛門作が武具を町人に与えただと！　武器蔵の管理は岡本新兵衛の役割。奴にそんな権限はない。それは裏切り行為じゃ」

と、驚き、家臣を連れて慌てて武器蔵に向かったが、既に遅かった。山田右衛門作は武器を渡した町人達と一緒に城外へ出て一揆勢と合流したのだ。

(もう耐える必要はなくなった。これで思う存分暴れられる)

藩士の右衛門作が合流したことで、一揆勢の士気も上がった。

右衛門作は有家監物らと有馬村八郎尾という場所に集結し、そこで一揆勢を鼓舞した。

「皆の者、切支丹に立ち帰って藩と戦え！　勇気を持って戦えば必ず神のご加護があり、勝利する。切支丹に転ばない者、立ち帰らない者、仏教徒はこの世から抹殺する。歯向かう奴には、我らが神に代わって天誅を下してくれようぞ！」

有馬村の寺院を焼き払い、十数人の僧侶を捕縛し集めた。有家監物が、並んで僧侶を座らせると、彼らが修行で用いる痛棒を奪い取ってそれを右衛門作に渡した。

「おい、異教徒。僧侶の貴様達は、この痛棒で邪心がある者を打つよな。我ら切支丹を仏教徒に無理矢理転ばせた貴様たちの罪業は深い。この痛棒でその邪心を打つ！」

憎悪を含んだ怒気を醸し出しながらそう叫ぶと、一人ひとり僧侶を痛棒で打った。そして、

「異教徒、これより僧侶をやめ、四郎様より洗礼を受けるならば、命は助けてやるがいかがじゃ」

と、尋ねた。しかし、僧侶は言葉を揃えて言う。

「我々は仏に仕える者。返答するまでもない」

「そうか、異教徒は痛棒より刀でその邪心を斬った方がよいな」

右衛門作は、縄で縛られて動けずに座っている僧侶達の首を次々と斬り落とした。

(我ら切支丹はこのような目に数十年もあってきたのだ。思い知れ)

人は、ひとたび殺すか殺されるかの極限状態に置かれると、感性が麻痺して狂気の行動を促す異常心理に陥ってしまう。

僧侶を殺害したあと、右衛門作は付近に掲げられた高札に目を通した。

「――切支丹宗門者累年御制禁　多り自然不審成もの有之者　申出扁し御褒美登して　伴天連んの訴人　銀五百枚――」

キリスト教の信者らしき者を見つけたら、藩に申し出れば褒美をやる、という禁制である。右衛門作は黙って読みながら徐々に額に青筋を立てる。怒りの感情が全身を貫き、体が震える。そしてその高札を一太刀で割ってみせた。

「こんな邪悪な高札はすべて踏み倒して進め！　今、藩主は配下の武士二百を連れて江戸にいて不在。城内の藩士はわずか三百。島原城を落とすぞ！」

右衛門作が先に挙兵したその頃、宗意軒は天草の療庵を閉じて家の中で真田幸村より譲り受けた銘刀村正を念入りに手入れしていた。

晴信も刀や手裏剣を準備し、黙々と戦の準備をしている。

ただ紅一人、とても不安そうな表情をして、二人に尋ねる。

「……もう、戦が始まるのね。うちらはどこに行くの」

「ここにはもう居れぬ。紅も炊き出しや怪我人の手当などをやってもらうことになる」

宗意軒がそう答えたが、紅の顔は、

（──結婚したばかりなのにもう三人の穏やかな生活は終わるのね──）

という、寂しさを訴えていた。

「短い期間だったけど、楽しかったな」

勿論、夫となった晴信も同じ感情を共有している。しかし、宗意軒との再会以来、師が望んでいる世直しの戦いがようやくできることにも感慨があり、複雑な感情が交錯する。それを表現する言葉はなかった。

晴信は、改めて決死の思いで戦いに臨む師匠の覚悟を背中に見た。

「旧有馬家、小西家家臣の浪人共は隠し持っていた甲冑を各々着用するようですが、先生は、甲冑はいかがなされるのですか」

「わしも六十過ぎた。思う存分、采配はふるうが、甲冑はもう重たかろう」

「先生は真田幸村隊の緋縅の甲冑を揃えるのかと思っていました」

「幸村様の志はこれだ。これがあれば甲冑は不要じゃ」

そう言って宗意軒は村正を見せた。皆焼《ひたつら》と呼ばれる華やかな刃文に晴信も見入る。その村正と向かい合って、宗意軒は盃をかたむけた。

（幸村様。この森宗意軒、全霊を尽くして戦います。ご照覧あれ──）

心の中でそう呟くと、盃を一口で干した。

「先生！　森宗意軒先生！」

突然、入り口の戸を激しく叩く音がする。

「誰じゃ」

「甚兵衛でござる。大変なことになりました」

甚兵衛は全力で走ってきたようで、ひどく息が切れている。宗意軒はすぐに戸を開けると、

「何があった」

と、訊いた。

「今、島原より切支丹の有志が知らせてまいりましたが、右衛門作が島原にて決起しました！」

「何？　まだ購入した兵糧すべては甚兵衛の元へ届いていないであろう。なにゆえじゃ」

「私にも分かりませぬ。右衛門作は一揆勢を率いて既に村々に触れ状を出し、各地で挙兵を促しているとか」

「まことか！　開戦は狼煙で合図すると決めていた筈じゃ」

さすがの宗意軒もこの期に及んで、右衛門作が軍議の決定を無視して動き出したことに一滴の焦りの汗をたらした。

「それだけでなく、民衆へも切支丹への転びを強制しているとか」

「なんと、それはならぬ！　幕府が行ってきたことと変わらないではないか」

「最近、四郎の元で受洗して島原に戻った切支丹がまた殺害されたとかで、感情激して右衛門作は今、

冷静な判断ができなくなっているのではありますまいか」

「むむ……」

確かに右衛門作は衝動的に動いたが、天草の同志を裏切ったわけではない。この勢いで松倉勝家が不在の間に島原城を落とせば、自軍の中で「抜け駆けの功名」となる。そんな思いもあった。

しかし、キリシタンへの強制改宗は、単独行動でかつ勝算ある行動ではなく、個人的感情から見境がつかなくなった暴走行為であった。

『耶蘇天誅記』には、こう記してある。

「――是非トモ宗門ニ成リ候へ、諾ナクハ家内ノ者トモ不残打殺シ申サント大勢ノ者トモ抜刀ヲ提ケ夥ク威シ候故、心ナラス親長助モ彼等ト一味ノ体ニ相見へ――」

百姓全員が一揆に加勢した有馬村の村民でも、首を縦に振る以外に選択肢がなかった様子がうかがえる。

以前から短気で和を乱す雰囲気のあった右衛門作に対して不信感を抱いていた晴信が、興奮気味に訊いた。

「先生、右衛門作殿は先生を見限って単独行動を始めたのでは」

しかし、宗意軒は晴信をなだめるように返答する。

「いや、右衛門作は長年この戦いのために共に忍従してきた友だ。それはないであろうが、これ以上は耐えられぬと、窮鼠猫を噛んだのであろう」

「ならば、なにゆえ、民に対して切支丹への改宗を強要しているのでしょうか」

「それは禁教令発布より続く積年の思いが爆発したのであろうな」

「しかしそれでは、湯島での軍議の決め事が無意味になります」

「うむ……」

宗意軒は腕を組み、しばし考えたが、一刻を争う事態になっている。

「甚兵衛、博多、堺よりまだ届いておらぬ米はいかほどだ？」

「八千石ほどです」

「……やむを得ぬ。その米はもうあきらめよう。どうせ幕府が輸送を止めるであろうしな。右衛門作が動き出したならば、我らもただちに行動を起こさねばならぬ。甚兵衛は浪人衆、庄屋に連絡を取り、至急村人を集結させよ。晴信は物見を四方に散らせ。そしてオランダ商館へ戦が始まったと、急使を送ってくれ」

予期せぬタイミングで開戦となったが遂に村正を帯刀し、宗意軒も立ち上がった。

（二）

寛永十四年（1637年）十月二十七日、島原衆より二日遅れで天草衆も挙兵した。

天草四郎を総大将とし、帷幄に宗意軒もいる。大矢野で軍団を編成中にも四郎挙兵の噂を聞きつけた元切支丹達が続々と集まってきた。

「四郎様、我々もお味方に入れてくだされ」

「切支丹に立ち帰らせてくだされ」

四郎は、その者達をすべて受け入れ、槍や刀を持たせた。中には「郡筒《こおりづつ》」と呼ばれる、百姓でありながら藩命により、銃撃の訓練を受けた者も自軍に加わったので、その者達には鉄砲を預けた。

大矢野の庄屋、渡辺小佐衛門は、百姓五十人ほど連れて栖本郡代石原太郎左衛門のところへ行き、

「我らは漏れなく切支丹に立ち帰る」

と、宣言している。さらには代官石原太郎佐衛門自身にも、

「郡代も切支丹にならぬか。共に徳川幕府と戦おうぞ」

と、誘ったが、あまりのことに石原太郎左衛門は、

「御城代の三宅重利様にそのことは相談してみる上、しばしお待ちを」

と、慌てて富岡城へ戻ったというエピソードも残っており、同じ蜂起でも島原のそれよりは幾分ソフトな印象である。戦闘開始前に「宣戦布告」したようなものだ。

しかし島原で蜂起した一揆勢の見境のない振る舞いは、インパクトが強過ぎた。それは天草にも聞こえ、当地の寺社仏閣は僧侶が自ら「自焼き」し、キリシタンになりたくない民はこぞって肥後藩に逃亡してしまうほど、一揆勢を恐れていた。そのようなことが天草各地でも起こりだした。

天草勢が富岡城に向かって進軍していたところ、物見の知らせがきた。

「宗意軒様、富岡城の城代三宅重利が城内にて急ぎ兵を集結させております」

「そうか、して敵の兵力は」

「城内で編成されている兵卒はおよそ千五百ほどです」

「千五百か。あい分かった」

「されど、城代は唐津の本城へ援軍を既に要請しており、大軍が海路富岡城へ集結する様子」

宗意軒が大矢野で挙兵した時点で天草勢は千ほどの兵数であった。しかし、「総大将は天草四郎」の影響力は殊の外大きく、その後、上津浦、下津浦、今泉、大浦、阿村など近隣の村民たちがこぞって切支丹に立ち帰り、総勢七千まで膨れ上がった。

それでも敵の総勢力とまともにぶつかるのは不利である。宗意軒は、

「うむ。ご苦労であった。敵の唐津からの援軍が到着する前に速攻で富岡城を落とさねばならぬのう」

と、泰然と答えた。だが、物見は緊張感ある表情が崩れない。

「さらに一つ、急報があります。島原で蜂起してすぐに、肥後の細川藩が、天草と隣接している八代及び宇土の警備を固めております。我が軍勢がこのまま西（富岡城方面）へ進みますと、細川軍から背後を襲われる懸念がございます」

しかし、その知らせにも宗意軒は、あくまで冷静沈着であった。

「そうか細川め。さすがに動きが速いな。承知した」

実際に島原での挙兵後、島原藩は肥後藩に救援依頼の書状を速やかに送っている。

「――態一筆啓上せしめ候。然ればここもと百姓ども切支丹俄かに立ち上がり一揆の仕合せにて、村々焼き払い城下の町まで昨日焼き申し候。隣国の儀に御座候間、早速御加勢なされ下さるべく候。頼みに存じ候。下々の儀に御座候えども、凡《およそ》人数五六千程御座候。恐々謹言。

十月二十七日

松倉長門守
多賀主水――」

この時点で松倉勝家はまだ在府であり、家老の多賀主水が代筆して急ぎ救援を依頼したのだ。しかし、宗意軒にはすべてが想定内のようである。物見が不安げに訊いた。

「それでもこのまま西へ軍勢を進めるのですか」

「ああ、肥後藩の動きなど、気にしないでよい」

まったく動揺しない宗意軒の自信の根拠は物見には分からなかった。

一方、富岡城の城代三宅重利は城下の町人からも人質を取り、武器を持たせた。

(敵は城兵より多勢。何としても唐津の援軍が到着するまで持ち応えねばならぬ)

しかしながら、宗意軒がとった作戦は実に人を食ったものであった。

西へ軍を進め、本渡に二千の別動隊を置いた。そこに総大将四郎本人も留まらせて実際の采配は、甚兵衛に任せた。

四郎の影武者と自分のいる本隊は富岡城を狙わず、方向を北に変更、鬼池より島原口之津まで百艘ほどの舟を奪って渡海し、島原藩の領内に侵入した。

この時点で宗意軒の軍勢は八千に届こうとしていた。別動隊二千と合わせて既に一万。その内三千は天草四郎が豊臣秀頼の子、秀綱だという風評を聞いて馳せ参じた旧豊臣家浪人衆であった。

世間は当然、島原の一揆勢と合流すると思った。しかし、なぜか既に島原城を包囲している山田右衛門作の勢力とは合流せず、小浜を通り、日見峠に向かっていた。峠を越えると長崎に入る。

「天草の一揆軍が長崎へ進軍している！」

驚いたのは長崎代官末次平蔵（二代目）である。慌てて、唐津藩に援軍を命じたが、藩主寺沢堅高は島原藩主の松倉勝家同様、江戸に在府中であり、富岡城への援軍準備に時間がかかっていた。

止む無く末次平蔵は、急ぎ長崎の兵を徴して守備を固めた。

（天草四郎の本隊が攻撃してくる。ここは幕府直轄領。我らが長崎を死守している間に近隣の大名の助勢がなければ、もう終わりだ）

しかし、ここで天草勢は日見峠を越えず、軍を返して口之津から本渡まで迅速に戻っていたのである。

宗意軒は、武家諸法度で例え近隣でも幕命が正式に出るまでは、外様大名が容易に軍を寄こせないことを踏まえた上で、軍を天草から小浜まで動かし、敵を翻弄してみせた。

常に本渡に戻る心構えで兵を北上させていたが、そのタイミングで三宅重利が兵千五百を率いて富岡城を出た。その知らせを聞いた宗意軒は、

（ふふ、城代め。罠にかかったか）

と、急ぎ軍を返して甚兵衛の別動隊と本渡で合流したのである。

本渡に到着した時には串山の惣佐衛門、太兵衛門、宗右衛門そして加津佐の三平らの庄屋がこぞって一揆に加担、代官の山内小右衛門と安井三郎右衛門を襲撃して武器を奪った。

そして浪人衆や立ち帰り切支丹らがさらに加わり、天草衆の総勢はその時点で一万二千に膨れ上がった。

宗意軒は武田信玄が徳川家康を破った「三方ヶ原の戦い」の戦術を踏襲したのだ。信玄は家康が籠城する浜松城をわざと素通りしながら、背後を襲ってくることを想定して術中にはめた。

しかも宗意軒は、ただ敵の城を無視し、相手を挑発しただけではない。天草、島原地域で味方になるかどうかを迷っている浪人や民衆に決起を促すべく、本隊にも別動隊にも天草四郎がいることをアピールし、北へ南へ軍勢を動かしたのだ。それだけで味方の加勢が増えることも計算していた。このあたりの知恵と軍の用兵の巧みさは武田信玄に劣らず、真田幸村に勝るといってよい。

富岡城で籠城するつもりだった三宅重利は、唐津からの援兵が到着すると、

「天草四郎の本隊が島原にいる間に別動隊を叩いてやる」

と、本渡に滞在する別動隊に急襲をかけるべく、兵二千を率いて城を出た。

しかし、そこで四方に放っていた物見から入る情報が錯乱していた。

「敵勢は本渡だけでなく島子周辺にも後詰がおり、そこに天草四郎らしき姿が」

「本渡の別動隊に実は天草四郎が潜んでいる様子」

「島原に渡った本隊の先頭に天草四郎がおります」

代官石原太郎佐衛門も、四郎の神がかったイメージが増幅しており、おびえた様子で重利に進言した。

「噂では天草四郎は分身の術が使えるとか。これはうかつに進軍できませぬぞ」

実際、肥後より密かに送りこまれた藩士の道家七左衛門が神格化された天草四郎の評判に驚き、以下のように藩主細川忠利へ報告している。

「四郎殿と申して十七、八の人、天より御ふり候か、この頃は切支丹の葬《とむら》いを仕らず候につき、死人どもうかび申さず候、天竺よりも殊の外御逆鱗にて候、やがて迎えを下され候間、忝く存じ候えと申しふれ、その内に海に火が見え候が、くるす（十字架）これ有候につき、浦々の者拝し候由申候事——」

重利は、

「惑わされるな、分身などという妖術が使える筈がない！　それはきっと影武者であろう。おそらく敵に何か策があるのだ」

と、答え、それからの進軍は慎重に行った。勿論、これらの噂の流布も宗意軒の作戦である。お陰で宗意軒の本隊は口之津から船で渡り、悠々と別動隊と合流した。そして思惑通り、三宅重利を翻弄して城外へおびき出せた。

その三宅重利の子、三宅茂元が千の別動隊で島子へ向かったので、宗意軒も兵二千ほどを割いて甚兵衛に任せ、島子に陣を張らせた。

甚兵衛の出立時に宗意軒は、一枚の紙を折って渡していた。

「島子に布陣したら策を書いているのでこれを読むように」

三宅重利自身は、そのまま四郎本人と宗意軒がいる天草勢本隊に向かって進軍したが、既に十倍近い大軍で迎撃態勢をとられているのを目にして面食らった。

「やはり、敵の策であったたか。それにしても一揆勢でこのような鮮やかな戦術を駆使する輩がいるとは」

重利は地団太を踏んだ。さらには、

（家臣からの知らせでは、一揆勢は三、四千人と聞いたがこのような大軍とは。次々と切支丹が立ち帰り加わっておるようだ）

と、増大を続ける敵の勢力にも圧倒された。しかし、唐津に要請した援軍も率いている手前、一戦も交えず城へ逃げ帰っては面子が立たない。何よりも自軍の士気に関わる。

焦慮にかられる重利の眼前に天草四郎と森宗意軒が姿を現した。

四郎は綾羅錦繍《りょうらきんしゅう》の衣装を装い、十字架の首飾りをかけてその颯爽たる風貌は、敵陣をも飲み込む雰囲気を醸し出していた。その横に宗意軒が立つ。

「富岡城城代、三宅重利殿はおられるか」

と、宗意軒が声をかけると、重利も前面に出てきて即答した。

「おう、ここにいるぞ。お前は誰だ」

「わしの名は森宗意軒。ここにおわす天草四郎様はゼウス様より天命を受けてこの戦いに挑まれている。おぬしらに勝ち目はない。四郎様の威厳はもはや燎原の火の如く九州に知れ渡っている。大人しく降参するがよいぞ」

「切支丹弾圧が幕命じゃ。お前らは天下のまつりごとに逆らう不届き者。わしがここで成敗いたす」

宗意軒は余裕の笑みを浮かべながら、重利を挑発する。

「わしは唐津藩主寺沢堅高という虎を捕まえる罠を仕掛けたつもりであったが、猫がかかってしまった」

「ね、猫と申したな。もはや勘弁ならぬ！」

重利が攻めかかる下知を飛ばそうとした瞬間、宗意軒がそれを遮るように口を開いた。

「城代！　そなたはあの明智日向守光秀の孫であろう！　御祖父光秀公は正義のため、天下泰平のためを思うて主君織田信長を討ったのじゃ。この戦いも正義は我らにある！　切支丹の長年の苦渋の思いもそなたならば分かるであろう。本来、そなたはこちらに与するべき仁。我が軍に降れ。さすれば侍大将として迎える」

三宅重利の父は明智秀満といい、元明智光秀の重臣である。光秀の娘お藤を妻にもらっていた。つまり、重利は光秀の孫であり、かつ、光秀の娘で熱心なキリスト教信者であった細川ガラシャの甥にあたる。

明智家が「主君殺し」の汚名を受けてから一時期は、ガラシャを頼って細川藩の庇護を受けていた。その時に三宅と姓を改め、明智の旧臣安田国継が唐津藩の家臣になっていた縁でこの重利も同藩に仕えるようになっていた。

眼前の敵である宗意軒の言葉は重利の意表を突き、動揺させた。

「い、一揆勢の味方をするほど、わしは愚かではない！」

「第一、なにゆえ暴政を行う寺沢の城代をそなたが務めねばならぬ。幕政、そして藩政が明らかに誤っているのであれば、それに抗え！　その気概は城代にはないのか！」

「わしはご政道が誤っているとは思うておらぬ」

「天下の民がこれだけ辛苦を舐めさせられてきた。幕臣も大名達も皆、将軍に尾を振ってついていくだけの腰抜けか」

「たかが一揆勢の頭の分際でわしに説教する気か。生かしてはおけぬ」

「やはりおぬしに明智家の誇りは無いようだな」

「黙れ、黙れ！　天草四郎とは、豊臣秀頼の落胤と聞く。ならば豊臣秀吉の孫。我が祖父明智光秀を討った敵の血筋じゃ。ここで祖父の無念を晴らしてくれる！」

「そうか、戦うか。されど、やみくもに突っ込んできても我らに勝てはせぬ。おぬしのような奴を匹夫の勇という」

「ひ、匹夫の勇じゃと」

重利は怒りのあまり、わなわなと両手が震える。もはや冷静ではいられない。

「所詮、敵は百姓や浪人の烏合の衆、者どもかかれっ！」

血気にはやった重利は全軍に突撃を命じた。

「よし。四郎様、軍配を」

宗意軒がそう言うと、四郎は軍配を振った。前面に鉄砲隊が出てくる。それは重利の度肝を抜くには十分すぎる圧倒的な銃の数であった。

「何！　一揆勢に鉄砲隊だと！　優に千挺はあるぞ」

藩士は騎馬に乗っており、既に侍大将格が最前線に出てしまっている。一揆勢の射程距離に入ってきたところで四郎が叫んだ。

「よし、鉄砲隊、放て！」

銃手は元郡筒、猟銃を使い慣れた熟練者ばかりであった。銃撃音は雷鳴の響きの如く本渡一帯に鳴り響いた。戦国時代とは違い、馬は銃声に慣れていない。轟音に驚いて立ち止まり、馬上の侍を振り落とした。

算を乱した三宅勢に対して間髪入れず、天草勢は一気に槍隊が襲う。

大坂の陣以降二十二年経過しており、藩士といっても実戦経験がない。一方の一揆勢は、侍大将クラスの軍団統率者は戦国の合戦を知る浪人衆である。

下士には目もくれず、ひたすら上級武士と思われる敵に的を絞って攻撃をしかけた。どちらが武士でどちらが一揆勢なのか、分からないほど用兵の術に差が大きく出ていた。

そもそも、唐津本城から来た援軍は、飛び地天草の支城のために命を賭けるほどの覚悟がある武士はいなかった。また相手は百姓と、はなから油断していたことも敗因の一つである。

さらには前藩主寺沢広高がそうであったように、藩士の中には元キリシタンも多く、最初から同朋たるキリシタン相手に戦意は低かったのだ。

本渡の戦いは、大将の三宅重利が銃弾の雨に撃たれ討ち死に、総崩れとなった。天草一揆勢の緒戦は大勝利である。唐津藩の軍勢が富岡城へ敗退し、陣場に放棄した兵糧、武器、軍馬など一揆勢が戦利品として手に入れた。

寛永十四年（１６３７年）十一月十三日深夜。

一方の島子においては闇夜の中、三宅茂元の陣に白旗を掲げながら一人の侍が降参してきた。

「それがしは加藤清正の旧臣、高山源太夫と申します。天草口之津にいて、一揆勢に巻き込まれ止む無く加担しておりました。どうかお助けください」

と、助命嘆願した。

三宅茂元は、

「おお、加藤清正公の家臣か。それは難儀であったのう。どうだ、我が軍の兵にならぬか」

と勧誘した。高山源太夫は感激した様子で返答する。

「有難き幸せ！　一揆勢にはそれがしと同じく止む無く加担している旧加藤武士が十人ほどおります。その者達もお味方に付かせてやりとうございます」

「それはよい。ならば、おぬしは一度一揆勢の中へ戻り、それらの者を連れて再びわしの元へ来い。皆、ご当家配下の武士として戦え」

「ははっ！　こちらへ逃げてくる際には一揆勢本陣に火を放ってまいります」

「それはよい策じゃ。敵陣から火が出て、おぬしらが自軍に加わって即座に一揆勢をせん滅する」

思いがけない朗報に三宅茂元は喜んだ。高山源太夫は、

「これより一揆勢の陣営に戻って他の武士らに密かに伝え回り、本陣に火を放ちます。それから早急に三宅様の元へ戻ってまいりますので、失火で混乱中の一揆軍を打ち負かしましょう」

と、言った。日付は十四日に変わっている。

「分かった。敵陣に放火しておぬしらがここに戻ってくるのはいつ頃か」

「本日（十四日）巳の刻（午前十時）までには」

「巳の刻か……よし、今すぐ一揆勢の元へ戻れ。決して敵陣営にばれないようにな」

高山源太夫はそのまま一揆勢が布陣する場所へと消えていった。

（これは父上によい戦果を報告できそうじゃ）

それから三宅茂元は、兵卒に食事を与えて休息をとるように命じた。

「本日、巳の刻が開戦となる。今の内に食事と休息をとり、戦いに備えよ」

三宅陣営から炊煙が上がる。物見の知らせでそれを聞いた甚兵衛は、白い歯を見せた。

（敵は完全に宗意軒先生の術策にはまっておる。今じゃ）

益田甚兵衛率いる二千が行動に出た。暗闇の霧で視界不良の中、急襲をかけた。戦いが始まったところで、それまで中立だった村民の殆どが一揆勢に加勢した。

「何、敵の襲撃か？」

一瞬、何事かと思った茂元であったが、一揆勢の鬨の声に、状況を理解した。

「しまった、敵の罠だったか！」

甚兵衛は、味方を鼓舞する。

「城代は、この戦いの直前も我が切支丹の仲間を簀巻きにして殺したそうだ。我らの怒り、いかほどのものか見せつけてやれ！」

島子の戦いは一方的なものとなった。

唐津藩の武者奉行である並河九兵衛が大怪我を負ってあえなく死亡。三宅勢は総崩れとなったが、甚兵衛が率いた別動隊は、無理押しせずに宗意軒のいる本隊と合流した。

「甚兵衛、見事な働きであった」

「いえ、先生の策のお陰です」

士気もこの上なく高く、勢いに乗って富岡城を包囲した。この戦いの六日前にようやく江戸幕府に島原での一揆の報告が届いた。島原藩や唐津藩から早急の援軍要請を受けた豊後府内目付の牧野成純、林勝正らはこれに対応できず、ただ、九州の諸大名らに、

――幕命があるまで断じて動くな。武家諸法度を遵守せよ――

とだけ伝令を飛ばし、大坂城代の阿部正次へ早船で報告した。その阿部正次は京都所司代の板倉重宗に報告。阿部と板倉、さらには大坂定番の稲垣重綱と目付の曾我又左衛門四人で軍議を開いたが、

「我らで決断してよいのか。江戸の将軍家へ早くお伝えし、下知を待った方がよいのでは」

と、結局江戸幕府へ早馬を走らせた。そこでようやく江戸幕府の知れるところとなった。

有事が起こった際、その対応の決断に時間がかかり過ぎる……ここに中央集権システムの欠陥をさらけ出してしまった。

将軍徳川家光は、この頃、激しい気鬱病に罹患しており、朝廷からの使者の見舞いにも対面できないほどであった。家光はこの件に関して、老中に政務を委任する。

知らせを受けた老中の一人に「知恵伊豆」と評された松平伊豆守信綱がいたことは徳川幕府にとっては幸運であった。隠密の情報は一括して信綱の元に集められた。島原での蜂起の直後に松山藩、山形藩、庄内藩、今治藩などの隠れキリシタンが多いと噂される地域に天草から密使が送られていることも掴んだ。

(一揆勢がここまで緻密に動いているとは。元武士が黒幕に潜んでいるようだな)

信綱は、即座に動いた。まず、出陣命令を出す九州の各大名及びキリシタンが多い地域の大名は、

直ちに藩に戻らせ、領内の監視を命じた。そして家康時代からの近習で三河深溝《ふこうず》藩主板倉重昌、老中土井利勝らと密談を交わす。この時点で幕府に届いている情報では、島原藩からも唐津藩からも、

――キリシタンの一揆――

だということで一致している。

実際は、島原藩も唐津藩もキリシタンだけではなく、過酷な労役や年貢徴収を行う暴君に対して不満を持つ百姓らが一揆に加担していたが、それを幕府に伝えると、苛政を行った責任を藩主も問われることになる。

キリシタンの反乱として幕府も扱い、土井利勝の進言もあって、上司として板倉重昌、副使として石谷貞清を派遣し、九州の大名に出陣命令を出すことと決定した。

そして松平信綱は独自にも動き出す。

(切支丹の蜂起ならば、やはりポルトガルの動向が気になる。いや、ポルトガルだけではない――)

十一月十七日、板倉重昌は息子の重矩、旗本の石谷貞清らと共に江戸から伏見に入った。翌日には伏見を出立し大坂湾から瀬戸内海を渡って九州へ上陸する予定である。しかし、黒田、鍋島、立花、細川いう錚々たる大名の大軍の総指揮を行うのに板倉重昌では器量不足で不安があると、幕府の大目付柳生宗矩が家光に、

「総大将は改めて松平伊豆守信綱にご命じなされた方がよろしいかと思います」

と、進言し、板倉重昌が既に征西に向かったあと、松平信綱が正式に総大将と決定した。

天草勢は五方から富岡城を囲んで一端我攻め(力攻め)に及び、二の丸、三の丸をも抜いて、本丸

も落城寸前まで追い込んだが、城内からの必死の反撃に味方も三百の死傷者を出した。これ以上犠牲を出すことは、今後に響くと宗意軒は即座に判断した。

「もう、城方に追撃してくる力はない。我らは島原の原城へ向かう」

と、下知を飛ばして四郎本隊、宗意軒隊、甚兵衛隊と三隊に分かれ、迅速に軍を動かした。

そして晴信にも命じた。

「女子供らは大矢野に留め置いている。間もなく肥後勢が大矢野まで侵入してくるであろう。おまえが皆を引率し、原城へ連れてきてくれ」

晴信の動きは早く、大矢野にいた兵の家族らをまとめて湯島経由で原城まで引き連れた。その中には勿論、紅もいた。

この時、肥後藩主細川忠利はまだ江戸に在府で、嫡男の光尚が軍勢を率いて大矢野まで進軍したが、藩主不在で行動が遅れたことが一揆勢には幸運であった。肥後藩の軍勢が到着した時には既に大矢野はもぬけの殻となっていた。軍を動かした細川光尚は直感的に確信した。

(完全にこちらの動きを読まれている。敵には聡明な軍師がいるようだ)

一方、山田右衛門作の島原一揆勢は、領民にことごとく、

「切支丹に転べ。我らに加わるのだ」

と、改宗と加担を強制していたが、反抗する者、宮司僧侶は容赦なく殺害し、寺社を焼き、兵を進めて島原城を囲んでいた。

島原藩の領民は、南目《みなみめ》と呼ばれる雲仙岳以南は一揆勢に与する者が多かったが、雲仙岳以北の北目《きため》

では藩が鎮圧軍を動かし始めたこともあって、殆ど加わらなかった。

城方は、留守家老多賀主水が城を堅固な構え立てに急ぎ改築し、同じ家老の岡本新兵衛と田中宗夫は軍勢を率いて深江村に集結した。一揆勢と小競り合いをしたが、敵の勢力は戦いながらさらに大きくなっていく。そこで急ぎ城に戻り、籠城戦と決したのである。

島原城を包囲した時点で既に一揆勢は一万八千もの大軍となっていた。右衛門作は、気勢を上げて城へ攻撃を開始した。

「城方は既に我らの大軍の威圧に気後れしておる！　我攻めじゃ！」

一揆勢は銃を放ったあと、斧で門扉を打ち破り大手門までなだれ込んだが、なかなか落とすことはできない。一端囲みを解いて城下町にある寺社を焼き、僧侶を殺害した。

城方は寄せ手が一端囲みを解いた隙を突いて、隣接する大名に助勢を乞うたが、

「幕命が出るまで動けぬ」

の一点張り。豊後目付の牧野成純、林勝正にも急使を送り窮状を訴えたが、つれない返事であった。

「幕命が出るまでしばし耐え忍ばれよ」

この間にも島原一揆勢は救世主天草四郎を喧伝し、その勢力は増大する一方であった。城兵の中にも藩を見限って一揆軍に加担する元キリシタン武士も続出し、遂に二万以上の大軍となった。但しこれは老人子供も含めての総数である。

右衛門作は再び島原城を包囲したが、そこで宗意軒から使者が来た。

――至急、原城へ軍勢を引き連れて集結せよ――

右衛門作は使者に確認した。

「宗意軒先生は、富岡城を落とされたのか？」

「いえ、落城寸前まで攻めこみましたが、城方の必死の反撃により、これ以上時間はかけられぬと。今は囲みを解かれ原城へ向かっております」

城攻めに時間がかかりそうならば、ただちに原城へ軍勢を移動し、籠城準備を行うという当初の作戦どおりの行動である。

「ご使者、我らはもう少しで城を落とせる。我らは城を落としてのち、原城へ向かう」

「それが幕府より九州の大名に出陣の下知があり、我らは急ぎ結集して籠城準備にとりかからねば、取り返しがつかぬこととあいなります」

「何、幕府軍はもう動いているのか！　総大将は誰だ？」

「幕臣の板倉重昌のようです。副使には大坂の夏の陣にも将軍家（二代目秀忠）の旗本として参戦した石谷貞清という者が」

「そこまで決まっておるのか……分かった、すぐに原城へ移動する」

（もう一息なのにここで陣を退くのか。やむを得ぬな）

右衛門作は悔しがったが、確かに本丸まで力攻めで落とそうと思えば、時間もかかるし、自軍にも多数の犠牲者が出る。

「よし、全軍原城へ向かおう」

その後、口之津の米蔵を襲い、十二月一日に島原勢と宗意軒率いる天草勢が合流した。

甚兵衛と四郎は別行動をとり、四郎はさらなる加勢を促すべく、遅足行軍で原城へ向かっており、甚兵衛は湯島に所蔵している武具類を原城へ運送する役目を担った。

かくして蜂起以降、初めて天草と島原一揆勢が合流、宗意軒も右衛門作と顔を合わせることとなった。

右衛門作は誇らしげな顔で開口一番、

「先生、我ら島原衆、領内に触れ状を出して結集を呼び掛けた結果、二万三千の大軍となりました。天草衆も既に一万二千を超えているとか。総勢三万五千以上の大変な勢力となりましたな」

と、興奮気味に話した。

だが、いつもは鷹揚に構えている宗意軒が珍しく怒声を上げた。

「右衛門作！　なにゆえ狼煙を上げる前に蜂起した！　おかげで甚兵衛が買った兵糧が無駄になったわ。戦略は一つのほころびが致命傷に繋がる。最初からこうでは先が思いやられる！」

「そ、それは我慢の限界を超えまして……」

右衛門作の反論も宗意軒は遮った。

「分かっておる。しかし、こたびは二十年以上耐え忍んでようやくできる世直しの戦ぞ。怒りに任せて動いていては徳川幕府には勝てぬ！　大体、なにゆえ民衆に切支丹へ転ぶように無理強いさせた。幕府が切支丹を仏教徒に改宗させ、苦しませたことと何ら変わらないではないか」

「これは異なことを。仏教徒でも立ち帰りたいと考えていた切支丹は数多おりました。皆、天草四郎様を救世主と信じて集まった者達にございます」

「立ち帰り切支丹はいいだろう。だが、元より仏教徒でも藩の苛政に苦しんでいる者達は仲間だ。彼らに切支丹の仮面を無理矢理被らせても、心まで切支丹になるわけではない。恐怖で従わせていては、いずれ裏切り行為に走る者も出るであろう。いざという時に我らの団結にひびが入りかねない」

右衛門作は二万三千もの同志を集めたことを評価されこそすれ、叱責を受けるとは思わなかったので、宗意軒の反応にいささか面食らった。

「されど、幕府軍は十万を超える軍勢を島原に寄せるとのこと。我らは多く集ったとはいえ、女子供もいて実際は二万ほどの兵卒。これ以上寡兵であったならば、十万以上の幕府軍には到底かないませぬ」

「戦は兵数ではなく士気、そして戦略じゃ。幕府軍といえども戦の経験のない兵士ばかり。倒幕を果たしたあかつきには、天下の万民が泰平を実感できる世にしなければ意味がない。以後、そのような愚行は慎め」

宗意軒は、あくまでも右衛門作の強引なやり方を非難する。

(愚行……か)

右衛門作はしばし黙った。納得はしていないが、もう反論もしない。話を変えるべく横にいた部下を宗意軒に紹介した。

「ここにいるは私の島原の同志、有家監物時次です。切支丹浪人で私と同じく有馬晴信様に仕えておりました」

「有馬様の……これで合戦を知る浪人が五十人ほど集まったな。有家殿、よろしゅう頼む」

「有家監物でござります。一揆に加えていただき嬉しゅうございます」

丁寧なあいさつをする有家監物だが、目は鷹のように鋭く、元武士らしい緊張感と殺気を醸し出している。

（これは陣場の大将を任せられる仁じゃ）

宗意軒はすぐに察した。そして右衛門作は、その有家監物に持たせていた大きな白い包を宗意軒に渡した。

「先生、これをご覧くだされ」

「なんだ」

渡された包を開いた瞬間、驚きの声を上げた。

「む、これは！」

それは自軍のシンボルたる綸子の布で作られた軍旗であった。

旗の中央部に葡萄酒が入ったカリス（聖杯）を配してその上に十字架をつけたオスチア（聖餅）が描かれている。羽根を付けたアンジョという二人の天使がそれを拝んでおり、ポルトガル語で、

——いとも尊き聖体の秘蹟ほめ尊まれ給え（LOVVADO SEIA O SANCTISSIMO SACRAMENTO）

——

という意味の言葉があった。

キリシタン復活の聖戦である、という右衛門作の強い願いがこもっている旗で、のちにこの軍旗は西ヨーロッパの十字軍、十五世紀フランス王国のジャンヌ・ダルクの旗と並び「世界三大聖旗」の一

つとも称される。

　そしてさらに金色に塗った瓢箪もあった。

「これらは、右衛門作が描き、作ったのか」

「はい。こたびは、長い間幕府に虐げられてきた切支丹の聖なる戦であり、また豊臣家再興のための戦であります。金の瓢箪は、四郎様の馬印としてお使いいただきたく」

　金の瓢箪の馬印は、豊臣秀吉、そして豊臣秀頼の象徴だ。つまり総大将天草四郎は豊臣家の血筋である、ということを内外にアピールするための馬印でもある。

　一向一揆は別として、戦国時代の通常の一揆では、むしろ旗を掲げる。そこに特定の主張を行う文字や絵などは入っていない。今回のこの戦いが、真に為政者の悪を正す聖戦であることを敵味方に知らしめるには十分すぎる説得力を持った旗指物であった。

　松平信綱の家臣長谷川源右衛門の「高来郡一揆籠城之刻々日記」には天草四郎の馬印についてこう言及している。

「――城中四郎指物、有馬左衛門手へ取る。同人、馬印、金のひょうたん不忠に候――」

「不忠に候」とは、徳川家が滅ぼした豊臣家の馬印「千成瓢箪」を模した馬印を掲げていたからにほかならず、幕府軍が原城に攻め寄せた時には、かなり動揺したものと思われる。

　宗意軒は、その陣中旗に目を見張った。

「素晴らしい出来栄え、さすが絵画師じゃ。右衛門作、よく作った」

「はい」

「右衛門作が描いてくれたこの旗の下、切支丹、百姓、浪人衆……皆が士気を高めて戦うことができよう。礼をいう」

先程までの剣幕がおさまり、宗意軒は旗を見て喜んだ。右衛門作も表情が緩んだ。

「気に入っていただき嬉しゅうございます」

「よし、幕府軍も動き始めたようだ。あまり時間が無い。城普請に取りかかるぞ」

その後、甚兵衛や四郎の別動隊も到着し、早速、昼夜兼行の突貫工事を開始した。

『耶蘇天誅記』によると原城は、

「――南北十余町東西二町（約二百十八メートル）余周廻り二十七八町（原文ママ・約四キロメートル）と言々其要害等南北の三方は海を帯び水岸高く聳《そび》へて恰《あたか》も屏風を立てたるが如しと言へども峻岸数丈にして其下に深田塩浜の足入あり実に自然の堅固を備えたる名城なるに言々――」

と、記されており、天然の要害であったことが分かる。

元々有馬晴信の支城であり、松倉家入封後、石垣は殆ど島原城へ移されてしまっていたが、残存している場所も数カ所あった。二の丸、三の丸などの曲輪も残っており、それを活かすことができた。城主だった有馬晴信は、朝鮮出兵時に肥前名護屋に集結した全国の大名から城普請の様々なノウハウを学んでいる。それらの最新の技術をもとに築城されたのがこの原城であった。

駒崎鼻と呼ばれる島原湾に突き出た丘陵地全体を城とし、北、南、東の三方は有明海沿いの断崖で海から攻めることは不可能である。陸続きの西側は湿地帯が広がり、さらに空堀を作った。空堀は水堀よりも板塀をよじ登ってきた時、落下すると死傷度合いが大きく城手には有効である。

兵数にものを言わせて力攻めされないよう、木柵も二重三重で設けた。寄せ手が容易に攻め込めないように徹底的に防御力を高めた。石垣の上には板塀を築き、二歩（約三・六メートル）ごとに鉄砲狭間を設けた。一揆勢は三千挺もの銃を保有しており、寄せ手が容易に近付けば大打撃を与えられる。

さらに大きな櫓門を造り、枡形虎口《ますがたこぐち》という迷路のような武者溜まりを設けた。仮に寄せ手が門を打ち破り、城内に侵入してきても次の門を突破するまでにここで城兵の銃撃の的となる。また、家族単位で生活できるよう大きな堀窪みを作り、そこに竪穴住居を整然と築いた。厨房小屋も建てて、長期戦を見据えての兵卒の生活環境にも配慮した。

ちなみに原城内で井戸は掘らなかった。原城の地質は上下で異なっており、下層部は水を通しにくい泥岩層で、上層部は九万年ほど前の阿蘇山の大噴火により流れてきた火砕流の構成になっている。泥岩層を避けて本丸の傍に伏流水が流れ込み、城内に蓮池を作っていた。飲み水には困らない環境が既にあったのである。

度々島原へ赴いていた宗意軒は、当時、同じく廃城となっていた日野江城と原城の周囲を丹念に踏査していたのだ。その上で原城を選んだ。

宗意軒の最重要戦略である「オランダからの援軍と城で合流する」ために本丸の裏手に池尻口を、天草丸付近に大江口を設けた。本丸には陣幕を張り、小屋を建て、そこに総大将四郎は籠った。富岡の戦いで奪取した馬を計十頭ほど連れてきており、城内各地に情報を伝える早馬として、備えさせた。実際の采配をふるう森宗意軒は軍師として本陣に常在する。

これらの改築工事や準備をわずか七日間で完了した。

四郎の遅足行軍の効果もあってその間にも二千の人数が加わり、籠城軍は総勢三万七千もの大軍となった。息つく間もなく、家族で生活する堀を定めて薪に鍋や、地元海産物等の食糧を揃える。油は山茶花《さざんか》の種子から採って利用した。

米は甚兵衛が毎日、人数に応じて支給する手筈となっている。

手の空いている者は、鴨や鷹、雁の羽で弓矢の羽根を作り、背中で担げるよう、藤で弓矢入れをこしらえた。

原城では、強く冷たい海風が吹き付けていたが、それを感じさせないほどの熱気に包まれていた。

宗意軒は、「評定衆」と呼ばれた侍大将格の浪人衆を二十人ほど呼集して軍議を開いた。

「いよいよ、戦を始める。ここにいるのは、戦国の合戦を経験した強者ばかり。各々の村民は庄屋を長として行動するゆえ、その庄屋達をおぬしらが侍大将として統括し、指示を出してくれ。まず本丸に総大将の天草四郎様、副将に山田右衛門作、惣奉行に益田甚兵衛、軍師にはわしが就く。鉄砲大将には柳瀬茂右衛門、鹿子木《かのこぎ》右馬助、時枝隼人。三の丸大将に有家監物、二の丸大将には……」

軍の部隊も緻密に宗意軒は編成していた。原城は本丸、二の丸、三の丸、出丸、備中丸、天草丸で構成されている。各陣場の大将を決め、さらには大将が戦死した時に部隊が混乱しないように「検使」を置いた。

「検使」とは、大将が討ち死にした際に大将に代わって軍勢を指揮する役目を担う、いわば大将代理である。

軍議が終わったあと、城内の三万七千人すべてが本丸付近に集められた。浪人衆は自ら武士時代の甲冑を着けている者もいたが、三万七千もの籠城兵すべてに甲冑を揃える余裕はなかった。百姓の兵士や大人には漏れなく白木綿の服を渡した。

——曇りなき純粋な心でこの大きな戦に挑む——

という証として皆がこの衣装に腕を通した。

さらに少年には繻子《しゅす》の小袖に緞子《どんす》の立付袴を着させて、少女にはきらびやかな縫箔《ぬいはく》の着物を羽織らせた。一揆の軍装としては、あまりにも絢爛ないでたちであったが、伊達政宗からの支援のお陰でこのように買い揃えることができた。

——藩政に不満を持つ民衆が結集した単なる一揆ではないぞ——

宗意軒には、大坂の陣時、緋縅の甲冑で揃えた真田勢のように外観で敵を威圧する目論見もあった。

そこで天草四郎が士気を鼓舞する。

「ここにいる者達は皆、同じ人間でありながら、畜生に劣る扱いを幕政より受けてきた。人間の平等を訴え、万民の泰平を望む我らこそが正義！　ここで徳川幕府と戦うは、神がお与えになられた我らの使命なのだ。ただ勝利あるのみ！」

四郎を拝み見る籠城兵には、十字架やメダイを握っている者が多くいる。

（これは聖戦。神のご加護がきっとある）

身震いしながら彼らはそういう思いを一層強くした。また、四郎の傍に立ててある千成瓢箪の馬印を見て涙する浪人衆もいた。

（秀頼様のご子息と共に戦えるとは……今度こそ豊臣対徳川の最終決着をつける）

旧懐の思いと徳川の世で忍従を強いられてきた怒り、そして風雲を求める野心……籠城兵が一つになった瞬間であった。

（三）

幕府側は、総大将となった板倉重昌が十二月五日に島原へ到着。翌日から二日間は松倉勝家の案内で現地を偵察した。

（これが一揆勢の籠城する城か……まるで戦国大名の城のような構えではないか）

本格的に防御能力を高めた要塞。原城を初めて偵察に来た時、呆然と立ちすくんだ板倉重昌の最初の印象であった。

「今日より敵城を取巻き、城門にはくるすの印を立てたり。要害莫大の体なれば、寄衆大いに仰天す――」

戦がなくなって久しい。

幕府軍は足軽まで甲冑を揃え、大将クラスは皆騎乗し、部隊を引き連れて堂々たる威勢で原城を包囲した。しかし、その兵卒の大半が、徳川政権が作り出した武断政治による泰平に胡坐をかき、日々行ってきた軍事訓練も緊張感はなかった。原城の本格的な籠城戦の備えを見て初めて、

（我々は命を賭けて今から戦うのか――）

と、現実を直視したのだ。

原城を包囲した主な幕府軍は、

・上使板倉重昌軍八百人
・筑前福岡藩黒田忠之一万八千人
・筑後久留米藩有馬豊氏八千三百人
・同柳河藩立花忠茂五千五百人
・肥前佐賀藩鍋島勝茂三万五千人
・肥後熊本藩細川忠利二万三千五百人
・日向延岡藩有馬直純三千三百人
・豊前小倉藩小笠原忠真六千人
・同中津藩小笠原長次二千五百人
・豊後高田藩松平重直千五百人
・薩摩鹿児島藩鵜山田有栄（島津家家臣）千人

そして一揆が勃発した当の島原藩松倉勝家が二千五百人、唐津藩寺沢堅高は七千五百七十人の兵を動員した。他にも旗本勢八百人など合わせて総勢約十二万五千八百人もの大軍勢であった。

余りの大軍の移動に、絶えず砂塵が舞い上がっている。宗意軒は原城を囲む徳川幕府軍の威容を見て大坂の陣を思い出していた。

（この大軍の集結……真田丸から眺めていた情景と似ている。懐かしいのう。我らは老婦女も多いゆえ、実際の敵兵力は自軍の五、六倍ほどか。幕府軍と言えど、あの時も関ケ原合戦より十四年経ち、戦を知らない若武者が多かった。こたびも同様じゃ）

物見櫓より敵を眺めながら改めて必勝を期す宗意軒であった。

十二月十日、遂に幕府軍の攻撃が始まった。板倉重昌は、先陣を鍋島勢と決めていたが、島原藩主の松倉勝家が、

「我が領地のいざこざなれば、先陣はそれがしにもお申し付けください」

と直訴、結局、山手の先陣を鍋島勢に、浜手の先陣を松倉勢に変更した。しかし、出陣命令が出された九州の大名の中で最も多い軍勢を率いてきた鍋島勢としては納得がいかない。

藩主鍋島勝茂は、この時点でまだ江戸から肥前に戻ってきておらず、勝茂の娘婿にあたる諫早茂敬が、勝茂が戻ってくるまでの大将代理としてその任務にあたっていた。

勝茂当人が不在の中の軍議にて、代理とはいえ大軍を預かっている茂敬が、重昌のような小身の上使の命令変更をまともに受ける筈がなかった。

「敵は百姓らが集っているに過ぎない。主たる武器も鍬《くわ》や鋤《すき》、鎌であろう。恐れるに足りず。皆の者、かかれーっ！」

鍋島勢は松倉勢よりも先に抜け駆けして原城に攻めかかる。

慌てたのは勝家だ。鍋島勢が攻撃を開始しているのを見て焦った。重昌の下知を待たずして突撃命令を下した。

「おお、鍋島勢が攻めかかっているのに我らは後塵を拝するわけにはいかぬ、進め！」

この二人の軍勢が既に攻撃を開始したことを聞いた板倉重昌は、

「まだわしは下知しておらぬぞ！　早まったことをするな！」

と、伝令を飛ばしたが、時すでに遅かった。

松倉勝家は自身の領内の反乱なので、自分が鎮圧しなければいけないという義務感に囚われ、諫早茂敬は幕府軍で最大勢力を束ねる大将代理として功名を立てることが必須だと考えていた。両者は、もはや幕府から送られてきたわずか八百の兵を率いる板倉重昌の存在など気にも留めていなかったのだ。そこには戦略も何もなかった。

「おうおう、幕府軍はひたすら猛進してくる。勇ましいことよ」

宗意軒は寄せ手が迫ってきてもしばらく静観した。鍋島勢三万五千と松倉勢二千五百が二方向から近付いてくる。木柵の手前まで十分敵をひきつけて、

「よし、いいだろう、銃手放て！」

と、声を張り上げた。

ここで城方による十字砲火が開始された。敵は射程距離内にひしめき合っており、撃てば必ず当たる状況で、あまりの銃撃音に寄せ手は混乱の極みに達した。城方の銃手は耐えず打ち続け、すさまじい轟音が絶え間なく鳴り響く。

（この銃撃音、城方は、どれだけの銃を持っているというのだ）

大軍で城に攻撃をしかけた鍋島勢も、意気軒高に突撃した松倉勢も、ことごとく銃弾の雨に打たれ

て倒れていく。重昌は驚愕した。

（これは単なる一揆ではない）

それを確信してただちに下知を飛ばした。

「両軍とも一端、退けー、退けーっ」

その後、立花、有馬勢計二万も前線に着陣、重昌は再度、軍議を開いた。味方は既に数百人の死者が出ている。

「諫早殿に松倉殿、わしの下知を待たずになにゆえ突撃なされた！　わしを小身と侮っているのか！」

重昌は上司として徳川幕府の威勢を誇示しようとするが、松倉勝家、そして諫早茂敬は馬耳東風、まったく聞く耳を持たない。上司と言っても所詮は三河深溝藩一万五千石。小身の苦衷が顔ににじみ出ていた。

さらに寄せ手が漏れなく驚いたのは城方の銃の多さである。城方が何挺、保有しているのか、幕府軍には情報がない。取りあえず、竹束を前線の兵に持たせて再度攻撃を試みたが、やはり城からの凄まじい銃撃で寄せ手は死傷者が増えるばかりであった。

板倉重昌は自身の陣場に再度大名達を呼び集めて軍議を開く。

上司の板倉重昌に代わって副使の石谷貞清が提案する。

「敵がどれほどの鉄砲や他の武器を有しているのか、不明な今の時点で愚直な我攻めは危険すぎます。三の丸大手に有馬勢、松倉勢、立花勢が攻め寄せるふりをして鬨の声を上げると、城手はそちらに動きましょう。そこで裏をかき、天草丸を鍋島勢が攻めると城を抜けると思案いたしますが、いかがでしょうか」

しかし、大名は賛同の声を出さない。

（――副使の分際で――）

という蔑んだ思いがあり、また、一揆勢と舐めてかかった緒戦で痛い目にあっている。

そこで上司の板倉重昌が発言した。

「副使の提案の逆がよいのではないか。天草丸は足場が悪く、攻め込むのは難儀。ゆえに天草丸で鍋島勢が擬勢を張り、実は三の丸大手で本隊が突撃するというのはいかがじゃ」

一応、各大名が重政の提案に賛同し、翌日の十二月二十日に攻撃と決定した。

しかし、この重昌の提案にも諫早茂敬は内心面白くない。自軍はただ鬨の声を張り上げるだけで、実際は、三の丸大手で戦う陣営が手柄を立てることになる。

（これでは何のために三万以上の大軍勢を率いてきたのか。殿〈鍋島勝茂〉にも申し訳が立たぬ。上使の命令など聞いてはおれぬ）

軍議があった十九日亥の刻（午後十時頃）、鍋島勢は、若手勢が別動隊として分かれ、小川瀬を越えて、寄せ手本隊が明朝攻撃予定の三の丸付近まで密かに近付いた。

十二月二十日、予定通り、天草丸付近から鍋島本隊の鬨の声が上がった。その声が聞こえた城内も慌て出す。物見櫓から敵を偵察していた晴信が急ぎ宗意軒に知らせる。

「鍋島の大軍勢が天草丸から攻めてきます。兵数は三万以上。いかがいたしましょう」

しかし、宗意軒は泰然としていた。

「これは『東に声して西を撃つ』の兵法じゃ。寄せ手は単純な戦術を用いるものよ」

と、微笑すら浮かべている。

「三の丸の守兵部隊にはわしが伝令を飛ばす。他の陣営は持ち場を離れるなと晴信から伝えよ」

宗意軒は、即座に対応策を行動に移す。

寄せ手は鍋島勢の鬨の声を合図に三の丸大手に攻撃を開始した。しかし、ここでも命令違反が起こる。立花忠茂勢が有馬、松倉勢より先に攻撃を仕掛け、抜け駆けを行ったのだ。これに命令を受けていない鍋島の若手勢が加わり、有馬、松倉勢は後手に回った。

「また鍋島が！　それに立花勢も！　わしの命に従っておらぬ！」

本陣では、板倉重昌が味方に軽視されていることに憤慨していた。

寄せ手は柵を越えても城方から何も反撃が無いので策が上手くいったと信じ込み、遂に城門まで近付いて積極的に石垣を上り始めた。そこで初めて宗意軒が下知する。

「寄せ手はがむしゃらに突進してくるだけの猪武者ばかりじゃ。わざわざ銃や弓矢を用いるのはもったいない。これをつかわす」

石垣をよじ登る城方が頭上を見上げると、あらかじめ用意されていた大きな石や衝木が雨のように降りかかってきた。さらに宗意軒は、城から落とす衝木にある工夫をしていた。無数の五寸釘を付けていたのだ。

三の丸に集中して数万の兵がひしめきあっているため、大木で多くの兵士が圧死、或いは五寸釘が体に突き刺さり死傷者が続出した。

大木を落とすというゲリラ戦法は楠木正成の考案である。そして戦国時代にもこの戦法は、真田昌幸・幸村親子が徳川の大軍を相手に勝利した上田城合戦で用いられた。

特に第二次上田城合戦では真田勢二千に対し、寄せ手の徳川勢は三万八千の大軍であった。真田親子が実戦で駆使した戦術を、宗意軒は再現して見せた。

(幸村様は、上田城合戦で十倍以上の敵兵相手に勝利している。わしも負けられぬ)

そんな気概を持って宗意軒は籠城戦に臨んでいた。

城方のゲリラ戦法で既に立花勢は、立花三左衛門、十時吉兵衛、依田清兵衛、岡田久右衛門ら名だたる武将が討ち死に、雑兵合わせて計三百八十もの死者を出した。

焦った重昌は、慌てて松倉勝家に後詰を命令したが、勝家も、

「立花勢の損害は、立花勢の命令無視によるもの。我らが援軍を出し、犠牲を出すことには納得いきませぬ」

と、従わなかった。自軍の采配をとっていた立花忠茂も、自らの脇差に鉄砲玉がかすめたことをきっかけに陣を退いた。

結局、この第一次攻城戦は寄せ手が二千以上の死傷者を出し、城方は二名怪我しただけであった。一揆勢の大勝利である。

城内のキリシタンは大声で、南蛮国軍と同じ鬨の声を上げた。

「サンチャゴ!」

997年、イスラム軍に占領されたスペインを救った、国土回復戦争『キスタ』の若き指導者、軍

神・聖ヤコブのスペイン名である。この聖ヤコブに一揆軍の総大将天草四郎が擬せられていることはいうまでもない。

負傷兵には、紅が療庵から持ってきた薬を使って手当てを行った。流血している傷口は縫わず、動物の骨、皮、腱などから抽出したゼラチンを主成分とする軟膏薬を塗り、上からヤシの油と卵白を混ぜた即席の止血剤を使用して治療した。

「お嬢ちゃん、ありがとう。手際がいいのう」

怪我をした城兵が礼を言うと、紅は笑顔で返した。

「医師の娘だからね。それにうちはもう夫のある身。お嬢ちゃんじゃないんだ」

一方幕府軍では、一揆の責任者である島原藩主松倉勝家が最も焦慮にかられていた。

(我が領内の一揆。なんとしてもわしが戦功をあげねば。今夜は敵も油断している筈、やってやる)

松倉勢の精鋭三百ほどが深夜に奇襲をかけるべく、城に近付く。城壁まであと八間(約十四メートル)まで接近したところで、城壁の上に一人の男の影が月の光に照らされて悠然と現れた。

「こんな深夜に。寄せ手はご苦労なことである」

声の主は総大将、天草四郎であった。

「おお、敵の総大将!　大手柄首じゃ。者ども、突っ込め!」

奇襲隊の最後方で指揮をとる勝家は、いきなり出現した四郎の姿に驚きながらも、これ好機と、突撃命令を出した。

次の瞬間、どさっという音と共に前衛の寄せ手数百人が忽然と姿を消した。勝家には暗闇の中、何が起こったのか一瞬、分からなかった。

「先鋒隊、いかがした！」

宗意軒は原城の周りに大きな塁壕を掘ってそこを落とし穴にしていたのだ。

「うわっ」

「なんだ！　これは」

寄せ手が這い上がろうと慌てふためく。

「ふふ、こんな単純な罠にかかるとはな。いかにも戦の経験がない武士らしいのう」

物見櫓に悠然と立っていたのは宗意軒であった。

次の瞬間、城内から無数の弓矢が飛んできたが、暗闇で避けられずここでも奇襲隊はいいように討ち取られた。

松倉勝家が独断で行った奇襲策の失敗に、板倉重昌は怒り心頭であった。

「またか！　わしが下知する前の勝手な行動は慎め！」

その後、板倉重昌は参陣している各大名に石谷貞清と連署で文書を渡した。

「一、今度切支丹徒党御誅伐のため、島原表発向せられ、家中の面々指図仕る可き事。
一、両人の下知無く掛られ、候義堅く停止。もし猥りに先駆の輩これ有るに於いては、者頭越度たる可き事（中略）附《つけたり》、自然味方討ちこれ有るに於ては、急度申し付けらる可き事。此の旨を相守る可き条件の如し。
十二月二十七日

今後は上使の言うことにきちんと従い、仲間割れなどしないように、という幼稚な下知をあえてしなければならないほど統率がとれていない軍団であった。

石谷十蔵

板倉内膳正」

それから七日間ほど膠着状態が続く。

手痛い目にあった幕府軍にとっては、城内にどれほどの武器、食糧があるのか、軍の指揮をとっている人物は誰なのか、不明なことが多すぎて以降は慎重にならざるを得なかった。

小競り合いはあったが、本格的な戦いに及ぶことはできなかった。為す術なしの上司板倉重昌の元に江戸より急使が来た。

「上使として松平伊豆守信綱様、兵千五百を率いてご当地に向かっております」

「上使？　それはわしが正式に家光様より仰せつかっておる。信綱殿は何の役割だ？」

「総大将……とのことにございます。京、大坂に立ち寄られ、現在海路、下関に間もなくご到着。副使として戸田氏鉄様が兵二千五百を引き連れ、ご同行されておられます」

「何と！　上使がすなわち総大将。それではわしはお役御免ということか！」

重昌は焦った。京大坂経由で下関に到着するならば、遡って江戸を出立したのは遅くとも十二月三日になる。つまり、家光は重昌では心許ないと、重昌が島原で戦う前から信綱へ派遣を命じたことになる。

（家光様は、はなからわしを頼りないと思われていたか）

松平信綱は、家光から一揆討伐の命を受けて江戸を出立する前から動いていた。東海、関西、山陽地方の大名から関船六十艘、載馬船十四余隻を出すよう命じ、紀州藩からも関船八十艘を借用した。自身は大坂城へ立ち寄り、城代の阿部正次に命じて十万両もの大金を持って西へ向かった。

十二月二十八日、信綱の軍勢は小倉に入ったが、信綱自身はわずかな供を連れて平戸へ向かった。

その頃、オランダ商館は慌ただしかった。宗意軒と約束した日本人用傭兵が、タイオワンで幕府の関船に足止めをくらい、日本への派遣ができなかったのだ。商館長クーケバッケルは、岡村晴信から送られた使者より開戦の知らせを既に聞いている。

一万五千両の金も宗意軒から受け取っており、早急に援軍を日本へ届けなければ、一揆勢が幕府軍に勝利した時に裏切り者とみなされるだろう。しかし、その幕府軍の監視は松平信綱の命で行われていた。長崎の近海にも警備船を巡回させており、容易には動けなかった。信綱はポルトガル、オランダ共に一揆勢と共闘できないように迅速に手を打っていたのである。

(幕府メ、コチラノ思惑ニ気付イテイルノカ……)

商館長室で苛立つクーケバッケルの耳に騒ぎ声が聞こえた。何やら館の入り口で押し問答があっている。

「ココデオ待チ下サレ!」

「御免、中に入らせていただく!」

館長室のドアを開けて、突如現れたのは、なんと幕府側の松平信綱であった。

「商館長、江戸より参った老中松平伊豆守信綱じゃ」

「イ、伊豆守ドノ！」

信綱は慌てふためくクーケバッケルみて、眼光鋭く、言い放った。

「わしが突如来館して驚いているようですな。商館長、今、切支丹らが島原にて乱を起こしておるが、万が一にも邪《よこしま》な気持ちを持たれぬよう、釘を刺しておこうと思いまして。平戸に寄った次第でござる」

クーケバッケルは宗意軒との密約を見抜かれているのではと、冷や汗を流す。

「ソ、ソンナコトハ何モナイ」

「ならばよいが。呂宋やタイオワンからも多くのオランダ船が集結していると、知らせを受けておりますのでな」

「……」

「徳川幕府は、今後の交易をオランダとのみ、続けていくと決めた。乱鎮定後、正式に使者を送る」

「……本当カ？　ポルトガルハ、ドウスルノダ？」

「ポルトガルは旧教の国なれば、今後も布教と貿易を一体として交易を望むだろうが、もうそれは受け入れられぬのだ」

「キリスト教ノ布教ハ絶対ニ許サナイトイウコトカ」

「左様。貴国とのみ交易を続け、日本国は鎖国を行う。それゆえ、貴国とは今後もよしなに頼む。これはその手付金だ」

そう言うと信綱は、万両箱、計十箱をクーケバッケルに渡した。信綱が大坂城より持参した十万両である。

　クーケバッケルはバタヴィア（オランダのインドネシア植民地）総督宛の書簡で、一揆に及んだ島原の状況を詳細に伝えている。

「――此の騒動の起り、何の故ぞと尋ねれば今の領主（松倉氏）は元より爰《ここ》の主にはあらざりけり。其の父有馬を拝領し、始めて来し時故の領主家臣の面々居残て此に在しを、一向に扶持を離し、情けなく禄地を取上げ、我召仕ふ家臣共に、十分に取らせ候間、爰に於いて彼者共本意ならねど、詮方なく農民となり下りたる～（中略）～彼暴君の心には猶足らずとや思ひけん。彼等（農民）が妻子も引出し、赤裸々にして逆さまにつり、苛刑の限りを極めらる～（中略）～定の如く租税を出せば我死より外に道なし、又聊《いささか》も不納せば、暴虐の刑罰其身を殺すのみあらず、妻子にも憂きめを見せん、兎も角死ぬべきものならば、存分の事をなし、一旦に決せんと、頼みの綱の切れしより、謀て決せし事なり――」

　この書簡は寛永十四年（１６３７年）十一月朔日頃、書かれた書簡であり、その内容から少なくとも一揆勃発当初、オランダは島原藩政を非難し、蜂起した一揆勢に肩入れしていたのは明らかである。

しかし――

　あまりの大金に言葉がないクーケバッケルであったが、気持ちの変化の推移が、信綱には見て取れた。信綱は、威圧的な口調で依頼した。

「商館長、頼みごとがござる。引き受けてくださいますな」

（四）

十二月晦日、上司板倉重昌の元に、

――伊豆守様島原に御着陣は正月三日のご予定――

と、井伊直孝の使者より連絡が入り、決断した。

（ここで為す術なく、総大将を信綱に代わるのは板倉家にとって、この上ない恥辱。信綱が到着する前に城を落とさねば）

その日、各大名がまた招集され、軍議が開かれた。

「城方は、明日元旦はさすがに攻撃を仕掛けられるとは考えておらぬであろう。正月気分で多少なりとも気が緩んでいる筈じゃ。明日総攻撃をかける」

年明けて寛永十五年（1638年）元旦。明け七つ（午前四時頃）幕府軍は総攻撃を開始した。寄せ手はまず石火矢を城へ放ち、その後空砲を鳴らして突撃の合図とした。しかし、ここでまたしても「命令無視」が起こった。

有馬忠頼は辰の刻（朝八時頃）の進撃命令を受けていたが、四時間ほど早く移動を開始。露骨な有馬勢の移動は、城方に素早く察知されて三の丸方面の迎撃態勢を取らせてしまった。

宗意軒は、元旦の総攻撃に備えて鉄砲隊、弓隊に迎撃の準備をさせていた。有馬勢が三の丸前にて陣形を整えている途中で城内から銃撃音がなる。

「寄せ手は性懲りもなく我攻めできおった。大軍がひしめきあっているゆえ、狙わなくとも当たる。鉄砲隊放て！」

城方は数千挺の鉄砲の威力を如何なく発揮、最前線の有馬勢はたちまち千人以上の死者を出した。

（よもや一揆勢の我らが三千挺もの鉄砲を持っているとは露にも思うまい。伊達の殿のお陰じゃ。前代未聞の大舞台、観劇して欲しかったのう）

島原で一揆が勃発してのち、細川忠利が伊達政宗の死去に伴い、二代目仙台藩主となった伊達忠宗に以下のような書状を送っている。

「――松倉も一昨日（寛永十四年十一月十日）国へ遣はされ候。上使として板倉内膳（重昌）、石谷十蔵（貞清）遣はさる。国切りの儀に候間、其の内近き衆と仰せられ、松倉知行の島原へは、鍋島人数寺澤人数遣はされ、右両人に見計らひ申す可由仰せ出され、両人参られ候。其の以後天草一揆おこり候間、此の儀又いかが仰せ付けらる可きも存ぜず候。鍋島、寺澤も自身は江戸に居られ候――」

現場に近い肥後藩から遠い東北の仙台藩になぜこのように一揆の詳細を知らせていたのかは明らかではないが、これは藩主になりたての忠宗ではなく、一揆勃発の前年に亡くなった生前の政宗が、――仙台から森宗意軒の大舞台を観劇する――べく、肥後藩に何らかの情報提供の依頼をしていたのでないかと推量される。

一方、板倉重昌は、

「わしの下知など歯牙にもかけておらぬ！　どの大名もわしを舐めきっておる！」

と、度重なる大名達の命令無視と打ち続く敗報に怒り心頭であった。そして松倉勝家に下知した。

「そなたの領内の乱じゃ。そなたが有馬勢の助勢にまわれ！」

しかし、あまりの城内からの銃撃の凄まじさに、勝家は命令に従わない。

「城方はどれだけの鉄砲や弓を持っているのか、分からないゆえ、やみ雲に突撃してもいたずらに兵を損なうだけでございます」

その間に有馬忠頼は自軍に撤退命令を勝手に出し、それが重昌の怒髪天を衝いた。限界を超えた怒りは、まともな判断力を奪う。

重昌は自ら槍を持ち、自身が最前線に乗り出した。

「腰抜け大名共は当てにならぬ！　板倉勢、突撃じゃ！」

「総大将が自ら突撃するなど以ての外！　お留まりなされ」

という副使の石谷貞清の制止も聞かず、重昌は乾の寒風が吹き荒ぶ中、三の丸へ突撃していった。

彼は敗軍の将として生きながらえることを恥と思い、この戦地を死に場所と決心したのだ。

宗意軒が毎日見上げる夜空には、自身の宿星が煌々と輝いている。

（こたびは勝ちだな）

板倉勢が迫る三の丸の城門の上に、千成瓢箪の馬印を持つ右衛門作と、純白の装束に十字架の首飾りをした天草四郎の姿があった。

四郎の神々しさは城壁の下から拝み見る形の板倉勢を狼狽させる迫力を備えていた。

「徳川の兵達よ！　そなた達の中にも切支丹に立ち帰りたい者や豊臣家の家臣だった者もいるであろう。ここで我と戦うのが本意ではないのならば、武器を捨てよ」

四郎の姿を目の当たりにして、寄せ手全体に動揺が走る。確かに幕府軍には元キリシタンや旧豊臣家の武士が多数参加していたので、重昌は焦った。

「迷うな！　今の天下人は将軍徳川家光様じゃ！　我らは乱鎮圧のために戦う正規軍なるぞ」

もはや冷静さを失った重昌が、みずから最前線に立ち突撃してくる。

宗意軒は、

「なんと敵の総大将が自らお出ましじゃ。これは狙え！　郡筒、前に出よ」

と、命令した。鉄砲隊の中でも狙撃上手な郡筒の連中が城壁の前線に体を乗り出し、重昌を狙う。

突撃する重昌の目にはもはや十字架の軍旗と千成瓢箪の馬印しか映っていない。

「徳川軍、敗れたり！」

宗意軒がそう叫んだ瞬間、重昌は顔に銃弾を受け、即死した。

——新玉の　年の始めに散る花の　名のみ残らば　魁と知れ——

突撃前に残した板倉重昌の辞世の句である。

総大将の討ち死で幕府軍は再び全軍、撤退した。

「見ろ、寄せ手は後退していくぞ！　我らが勝った！」

城内では歓声が沸き上がった。

元武士が数十人いるとはいえ、大多数の兵卒は百姓であり、合戦経験は皆無である。そんな彼らでも自らの大義を信じて士気を高め、高度に組織化された軍団として戦いに挑めば、武士の軍勢に勝てるのだ。右衛門作、甚兵衛らが本陣に集まり、快哉を叫んだ。

「先生、徳川軍を遂に打ち破りましたな！」

「為せば成る！　決死の覚悟がない幕府軍は弱い！」

興奮気味に彼ら評定衆は喜びを表に出す。

この元旦の戦いにより、幕府軍は有馬勢千二百、鍋島勢二千九百、松倉勢三百五十など、都合四千人以上の死傷者を出したのに対し、城方はわずか十七人であった。

この戦いの落首が現在に伝え残されている。

・上使とて　なに島原に板倉や　武道の心さらに内膳
・御目付と　我は顔なる十蔵が　掛れと吹けどならぬ石谷
・伴天連に　細川船を乗取られ　甲斐もなぎさに逃げて川尻
・一番に　心たけたは仕寄せ付け　武篇の名をば四方に立花
・下帯を　だらりとしたる心ゆえ　人の尻にはつく有馬殿

一揆勢は幕府の大軍勢にたちまち鎮圧されるだろう、という大方の世間の予想が覆った。それだけに幕府軍の完敗は全国に衝撃を与えたのだ。

城内は沸き立ち、ますます士気が上がる。四郎は歓呼に応え、城兵の労をねぎらった。

「皆の者、心を一つによく戦った。神のご加護を受け、必ずや天下を覆すぞ！」

籠城兵の大歓声が城外の幕府軍にも聞こえた。しかし、そんな有頂天になる自軍をよそに宗意軒は冷静に天空を見上げる。

（ただならぬ妖雲が漂い始めている。まずいな）

天候を見て判断、早速次の行動にでる。

「晴信、大事な話がある。一緒に来い」

宗意軒は傍にいた晴信に声をかけ、一端、本陣を離れて紅がいる自身の竪穴住居へ戻ってきた。

「あんちゃん、父ちゃん、皆騒いでいるね。戦に勝ったの？」

紅は他の婦女らと炊き出しを行っていた。米を炊く他にも陣立て味噌を作り、打違袋《うちがいぶくろ》に握り飯を詰めて兵士に渡していた。

「先生の采配がはまり、敵の総大将を倒した。こちらの快勝だ。しかし、幕府軍は大軍ゆえ、総大将を変えてまた攻撃してくるであろうがな」

晴信も興奮気味に報告する。しかし、紅の表情は決して明るくはない。体が小刻みに震えている。

「そっか……まだ戦は終わっていないのね」

「ああ。しかし、この調子ならば徳川の総大将が誰になろうと負けはしないぞ」

励ます晴信であったが、小さく頷くだけで、紅の表情は変わらない。夢の中で戦場に一人、佇んでいたシーンを思い出していた。戦いの最前線は見ていないが、兵士達が叫び、銃や弓に撃たれ、うめく声はいやでも耳に入ってくる。

「紅、やはり戦は怖いか」

「兵士が戦う声、以前聞いた気がして。殺し合うって……怖いよ」

記憶はない。しかし、紅の心には大坂夏の陣の痛ましい傷が確実に刻まれている。

「そうか……そうだろうな」

既に次なる上司として、松平信綱が島原に二、三日後に到着することは間諜の知らせで宗意軒の耳にも入っている。

「束の間の休息じゃ。三人で食事をとろう」

薪で火を熾し、陣笠を鍋の代わりに使って具雑煮を作った。海の幸、山の幸をふんだんに入れ込んで体力を回復する。この具雑煮は、冬の寒さを凌ぐべく、島原地方に今も伝わる伝統料理となっている。

三人で鍋をつつく。見渡すと、周囲も家族単位でしばしのやすらぎの時間を送っている。笑い声も聞こえてくる。しかし、宗意軒は黙したままで笑顔はなかった。

気になった晴信が尋ねる。

「先生、この勝利にも何か懸念がおありですか」

「オランダからの援軍は昨年末までに来る筈だった。それが来なかったということがな。遅れているのか、それとも……」

それを聞いて晴信の面上に動揺が走った。

「オランダからの日本人傭兵の来援がなければ、戦局に大きく影響する一大事です」

「うむ……」

「右衛門作殿が頼みとするポルトガルはともかく、オランダ商館には既に一万五千両を渡しておりますゆえ、必ず来援はあると思われますが」

「遅れているとすれば、その大事を伝えるために密使がわしの元に送られてもよさそうだが」

「むむ」

「幕府の関船が多数、呂宋やタイオワン周辺で監視しているようなので動けないのやもしれぬ」

「籠城は外からの援軍があってこその作戦。それがもし無ければ……」

具雑煮を口にしながら三人はしばらく無言になった。ヒューっと音を立てながら冷たい風が風除け板の隙間から入ってくる。

「紅、そして晴信。お前達二人は原城を出よ」

静粛を破ったのは宗意軒であった。その言葉に驚いたのは晴信である。

「せ、先生、突然何を言われます？」

「晴信、紅を連れて豊後の松平忠直公の元へ行って欲しいのだ」

「今、なにゆえあのご隠居の元へ？」

「忠直公にこの勝利を伝えて挙兵してもらうのだ」

宗意軒がそこまで言って晴信も事情を悟った。

松平忠直は、徳川家光の父親、二代将軍秀忠の代から現政権をよく思っていない。疎まれて強制的に隠居させられた自身こそ、本来は将軍になるべき人間だという思いが強くある。忠直に野望がいまだあれば、一揆勢に加担して挙兵する絶好の機会である。それを強く推すために実娘である紅を同行させる。

オランダの助勢が期待できないのであれば、幕府軍に勝利するにはもはやそれしかない。

「天草で蜂起した際に三宅重利より奪った船がある。闇夜に乗じて有明海を渡り、肥後からは町駕籠で豊後へ迎え」

「駕籠かきには稀に荒くれ者もいます。紅を連れての豊後までの行路は危険です」

「紅を連れていかねば忠直公は動かぬであろう。晴信が傍にいれば大丈夫じゃ」

そう言うと、宗意軒は紅に尋ねた。

「紅、晴信と一緒に行ってくれるか」

紅は硬直した表情で動揺していたが、

「……それが父ちゃんのためなら行くよ」

と居直り、返事した。

宗意軒は紅を強く抱きしめる。

「お前は徳川家の血筋。殺されたりはしないから大丈夫だ」

「やめて。うちは父ちゃんの娘なんだから」

「そうだ、悪かった。食事を終えたら支度しなさい」

宗意軒は、紅が少し離れた間に晴信に旅路で必要な路銀を渡しながらヒソヒソと耳打ちをした。

宗意軒の言葉に晴信は、既に覚悟しているかの様子で黙って頷いた。

紅は支度を整えると、宗意軒に確認するように訊いた。

「この戦が終わったら、父ちゃんが望む世が訪れたら……うち達はまた三人で幸せに暮らせるよね？」

「ああ、必ずそれが叶う世にしてみせる。約束するよ」

自信を持って答える宗意軒の返答に紅も微笑んだ。

大坂夏の陣以来、奇異な運命で二十二年ほど連れ添った宗意軒と紅。実の親子のような関係を築いた二人の最後の会話であった。

七　受け継がれる志

（一）

寛永十五年（１６３８年）一月三日、新たな江戸からの上使、松平信綱が島原渚に到着。そこで二日前の板倉重昌の討ち死を知った。そして翌日の四日に有馬表に着陣、副使戸田氏鉄と共に原城を視察した。城壁のあらゆるところで十字架の軍旗が誇らしげにたなびいている。

信綱は早速参陣している各大名らの意見を個々に聞いて回った。前の板倉重昌と比べると、さすがに信綱は大名達から一目置かれている。ゆえにいきなり皆を招集して軍議を開いても大名達の率直な思いや意見は出ないだろう。結果的に下知に従わないならば板倉重昌の二の舞となる。

各大名とも功名心で競い合っており、松倉勝家と寺沢広高は加えて当時者としての焦燥感も抱いている。問題は幕府からの上使が総大将だという意識が大名達には希薄で、しかも兵卒には厭戦気分の者も多い。

客観的かつ冷静に信綱は調査、分析した。

さらに城兵は二万以上で、老婦女も含めると三万数千ほどおり、鉄砲は天草筒が主で、種子島と合わせて二千挺以上保有していることなども調べ上げた。

（これは、うかつに手は出せない）

そう確信した。

とはいえ、鳴かず飛ばずではいられない。既に第一次攻城戦は大敗を喫し、味方の士気が下がっている。

一月五日、信綱は、左翼に布陣する細川勢に藩の番船で北方の湾岸を警備させ、陸からは出丸を五千の兵で攻撃させてみた。城内からの鉄砲の銃撃がどれほどの威力を備えているのかを自ら検分する思惑があり、細川勢には犠牲を最小限で抑えるため、いつでも撤退する心構えで攻めるよう、下知した。

ところが、今回は、飛び道具でも弓矢ばかりで銃での迎撃がない。

軍を指揮する細川忠利は、

（城方は、鉄砲はあっても銃弾はもう尽きているのではないか）

という、疑念も抱いた。とはいえ確証はない。既に手痛い目にあっているのでそれ以上、出丸の城壁に近付けない。忠利は、最前線のこの状況を本陣の信綱に伝えた。

「城方は鉄砲による迎撃なく、まことに奇妙也――」

信綱は、類稀なる行政官僚としての能力を評価されて老中となったが、大坂の陣以降、戦が無かったので大勢の幕臣や大名同様、これが初陣である。城方の思惑を計りかねた。

（まさかまだ銃弾が尽きたことはあるまい。敵に策があるのやもしれぬ）

と、警戒し、細川勢に一時撤退を命じた。

しかし、細川勢五千の撤退を見て、城方は籠城後初めて城を出てきて追撃を開始した。これは細川忠利には想定外であった。

追撃に出てきた城方は槍隊三千ほど。皆が帯刀している。忠利は陣形を変えて迎撃態勢を整えようとするが、そこが狙い目と、城方の追撃は迅速であった。

細川勢のしんがり軍は、たちまち背後を急襲され、壊乱した。忠利は番船から兵を上陸させ、城外に出てきた一揆勢を挟撃しようと命令を下す。

「城方の追手はわずか三千ほどじゃ。踏ん張って迎撃せよ！　さすれば上陸した別働隊と挟み撃ちにできる」

しかし、戦況は好転しない。絶妙のタイミングで背後を襲った城兵の猛攻撃に細川勢本隊が総崩れ寸前である。細川の番船は慌てて岸に寄る。そこに宗意軒が城から下知を飛ばした。

「よし、棒火矢を放て」

今度は城から着岸した船に向かって大筒が発射された。これは黒色火薬を先端に詰め込んだ大型の矢で、射程距離は三キロほどある。番船は木製なのでたちまち炎上した。

燃え盛る炎の中で番船に乗っていた細川藩士は次から次へと海へ飛び込んだ。

「いかん、敵の策であった！　上使へ早く知らせろ！」

忠利は本陣へ急使を送るが、挟撃策の裏をかかれて兵卒が動揺している。そこまで何とか踏み止まっていた本隊も追手の猛撃に壊乱した。

知らせを受けた信綱は、

「細川勢、全軍撤退せよ！　牧野、林ら旗本勢は敵の背後に回れ」

と、すかさず下知したが、それも予測していたように、追手は深追いせずに迅速に城へ戻った。

（これが一揆勢とは信じられぬ……戦を熟知している者の采配じゃ）

板倉重昌同様、総大将としての信綱の緒戦も惨敗であった。幕府軍は総勢十二万を超える大軍だが、相次ぐ攻撃の失敗に逃亡する兵士が出てきた。元キリシタンや親豊臣派の兵士達であった。

それから数日間、攻撃の戦術も立てずに信綱は、副使戸田氏鉄と連署で自軍を厳しく律するべく、各陣営に出す触状を思案していた。

「一、喧嘩・口論堅く停止の事
一、押買ひ・狼藉致す可からず事
一、在陣中人返し停止の事（中略）もし陣場に臨み来る諸牢人これ有るに於ては、其の家中の者同意し、軍法相背かせまじき旨申し定め、差置く可き事。右此の旨堅く相守らる可き者なり――」
攻城戦の手立てが見つからない状況で軍律遵守の触れを出す、という行為は前の総大将板倉重昌と同じだ。本陣に引きこもっている信綱が、今後の作戦ではなく、触れ状の内容を思案中だと聞いた大名達は失望感を抱きつつあった。

（板倉重昌同様、老中松平信綱も総大将の器ではないようだ）

しかし、信綱は無為無策でいた訳ではなかった。彼は待っていたのだ。自ら軍勢を動かさなくても、士気高揚な一揆勢を失意のどん底に落とす、ある策略のために。

一方、寄せ手の攻撃をことごとく打ち破っている城方であったが、こちらでも城兵らに一抹の不安が生じ始めていた。

――いつまで籠城していれば徳川幕府に勝利するのか――

という、不安である。

本陣では甚兵衛、右衛門作、宗意軒が集まっていた。ポルトガルに援軍を要請している右衛門作が、宗意軒に訊く。

「この期に及んでいまだポルトガルからもオランダからも援軍が来る気配がありませぬ。籠城は外より援軍ありきの策。いかがいたしましょう」

「わしもそこを危惧している。このまま援軍が来なければまずいな」

宗意軒の言葉は、特に甚兵衛を不安な表情にさせた。それを見た宗意軒は察知した。

「甚兵衛、兵糧はあといかほど残っている」

「……あと数百石かと」

「やはりそうか」

「金銭はありますが、米の購入のために城外へは出られませぬし」

「城内には三万七千人いるからな。今まで通りのようにはいかぬな」

「戦う兵士には食べさせないわけにはいかないでしょう。老人や女子供は我慢させましょう」

咄嗟に割って入ってきた右衛門作の無骨な言葉に、憤った甚兵衛が思わず本音を言った。

「右衛門作！　おぬしが島原で勝手に挙兵しなければ少なくともまだ八千石の備蓄があるんだぞ」

「それは分かっているゆえ、わしも島原藩の米蔵から奪ってきた。それを加えても足りないのか」

「それを合わせて残りわずかなんじゃ」

喧嘩腰の二人の間に険悪な雰囲気が覆う。宗意軒は、

「両人とも待て。ここで言い争っても仕方ない。いもがら縄（味噌で煮込んだ里芋の茎）もあるし、食糧は海のものも幕府軍に見つからぬよう、収穫しよう」

「海のものと言っても、海藻くらいですか。沖まで漁獲に出ると幕府軍の番船に捕まってしまいます」

右衛門作の不安げな言葉にも宗意軒は、

「いや、こたびの戦いで寄せ手の番船は容易に城に近付きはすまい。棒火矢が届かぬ距離は保つ筈じゃ。魚も獲れる」

と、答えた。

宗意軒は勝利のためにあらゆる手を打っている。

晴信と紅を豊後へ行かせているのもその一つだが、最も期待しているオランダからの援軍が正月になっても現れないことに内心、焦慮はあった。

そんな三人が本陣で話していた時に、物見櫓で監視をしている城兵が大声で叫んだ。

「海上から異国船が二隻やって来るぞ！」

城内は沸き立った。城兵にはポルトガルから援軍が必ずやって来る、と右衛門作が喧伝していたからだ。

「南蛮の援軍が来たぞ！」

「我らの勝利じゃ！」

宗意軒と右衛門作が目を合わせる。途端、笑顔になった右衛門作は、自ら物見櫓に走っていった。宗意軒もあとを追う。

深い霧に紛れて霞んでいた影が徐々にはっきりと見えてきた。二人の視界に入ってきたものは確かに異国船二隻であった。

「やった！　先生、やりましたぞ！　心配は杞憂でしたな。これで天下が覆ります！」

興奮した右衛門作が思わず、宗意軒の手を握った。

船は確かに異国船だ。しかし、有明海の北から姿を現した。宗意軒は機敏に悟った。

（海外から来たならば、天草灘を通り、南から進んでくる筈じゃ。これは元から有明の海に停留していた船だ……ということはオランダ船か）

船の姿が大きくなるにつれて宗意軒は緊張が高まる。甲板に人影が少ない。

（日本人傭兵を二万人も乗せているならば、このような二隻では足りぬ。これは……大砲を搭載しているではないか、軍用船だ）

城兵の沸き上がる歓声は、幕府軍の信綱の元にも聞こえた。有明海の方向を眺めて、

（来たか。これでよい）

と、ほくそ笑んだ。

船はポルトガルの国旗を掲げている。右衛門作はじめ、城兵らが歓喜したのも無理はない。その異

国船二隻は、原城に向かって突き進んでくる。

（違う！　これはポルトガル船ではない。オランダ船だ。なぜ、ポルトガル国旗を掲げているんだ
……もしや！）

それまで固唾を飲んでいた宗意軒が、物見櫓から慌てて指示する。

「この船は敵だ！　オランダ船だ！　艦砲射撃がある。城壁の近くから離れろ！」

同じく物見櫓に立つ右衛門作が宗意軒の慌てぶりに躊躇いを隠さなかった。

「先生、これはポルトガル船です、国旗も掲げております」

「これは有明の内海に停留していた船、ゆえに北からやって来た。オランダ船じゃ」

「オランダ船がなにゆえ、ポルトガル国旗を」

「ポルトガルが我らを裏切ったようにみせるための演出じゃ。切支丹兵の狼狽を誘う策略であろう」

「なんと！」

右衛門作は絶句した。

「されど、オランダは先生が金銭も渡し、味方になる筈だったのでは」

「これはわしが要請していた日本人傭兵を乗せた船ではない。大砲を搭載した軍船じゃ。オランダは我らを裏切り幕府側についたのじゃ」

宗意軒の言葉を右衛門作は即座には信じられなかった。

（こちらの士気を根底から挫く、こんな鮮やかな戦略を実行できる人物が幕府軍にいるのか）

「むむ、止むを得ぬ。右衛門作、次の策を練るために評定を開くぞ」

ほぞを噛みながら宗意軒は櫓を下りて、すぐさま本丸に向かったが、右衛門作はそのまま櫓に立ちすくんで船の動向をうかがう。

(ポルトガル国旗を掲げていて、オランダ船だと。しかも敵だと……信じられぬ)

疑念と不安が右衛門作の胸をかき乱す。この二隻はクーケバッケルが信綱の依頼で用意したオランダのデ・ライブ号とベッテン号であった。デ・ライブ号に搭載された大砲は原城にゆっくりと砲口を向けた。

(あり得ない。これは援軍だ……きっとそうだ、そうであってくれ)

右衛門作はメダイを取り出し、祈りながらしばし様子を見守った。

(二)

晴信と紅は、今や肥後藩が厳重に警戒している天草を避けて肥後長浜から陸路、豊後へ向かった。晴信は切所では「五色米」という暗号用に忍者が使う色を付けた米を道端に密かに巻いた。火急の際、戻る道に迷わないためである。しかし、豊後から肥後経由で天草の宗意軒の元まで一度、旅をしているので、行路でさほどの困難は無かった。

ただ、忠直の隠居先と聞いていた豊後国萩原は、実は数年前までの居住地で、現在は同国内の津守に移っていた、ということを豊後に入って知った。

「もうすぐ日が暮れる。津守には明日着くから今日はここで宿を取ろう」

晴信は紅と萩原で宿を見つけ、そこに宿泊することにした。

萩原の宿は別府の湾岸にあり、そこからの情景は有明の海を望む大矢野のそれとどこか似ている。

「穏やかな海だ。紅、ここは落ち着くな」

二人共、原城の事が気になり、旅路ではまったく笑顔がなかった。しかし、宿で少しだけ緊張が解けた感じがした。

「あんちゃん、夫婦になってこんな形で二人旅をするなんて思わなかったよ」

紅は苦笑を浮かべながら、部屋の窓から夕暮れの別府湾を眺める。

晴信は、出立前に宗意軒から言われたことを思い出していた。

「ん？　どうしたの、あんちゃん」

「紅。明日、松平忠直様にお会いしてのち、わしは原城へ戻る。紅はおそらく、そのまま忠直様の元に残ることになる」

紅も道中でそれが頭をよぎっていた。自分が松平忠直の娘だと公言して、忠直はどうでるのか、そして晴信と共に原城に戻れるのか。

「うちらは夫婦、離れるなんていやよ」

「これは宗意軒先生からの命令だ。わしは師の命に従うべきと思うている」

「何で？　どうしてうちは豊後に残り、あんちゃんは原城へ戻るの？」

「紅は、大坂の陣で傷ついた心が癒えてはいない。原城へ戻れば、否応でも血を見ることになる。先生は紅の心をこれ以上、傷つけたくはないんだ」

「あんちゃんだけ原城へ戻ってまた徳川と戦うつもりなのね。もし……もしも戦で負けたら父ちゃんとあんちゃんは……」

「負けはしない！　こたびも勝利に驕らず、天下を覆すべく手を打って我らを豊後に遣わせた先生の智略は完璧じゃ」

「うん。でも……」

紅の言葉を遮り、晴信は紅を強く抱き締めた。

「……あんちゃん、苦しいよ」

「抱きしめる力が緩められない、許せ」

紅は晴信の両手に触れた。

（あんちゃんの手、父ちゃんみたいに温かい……）

「この艱難を乗り越えて、必ずまた三人で幸せに暮らそう。そのためにここまで頑張ってきたではないか」

「うん。戦が終われば三人の生活にまた戻れるって、父ちゃんも約束してくれたもんね」

そのあと二人はしばし無言でお互いの肌の温もりを感じながらずっと抱き合っていた。

翌朝、二人は徒歩一時間ほどで忠直の隠居先である津守に入った。ちまたの噂では忠直は隠居後、一伯と号し、仏門に帰依しているという。

その居館は至って質素なものであった。

（これが越前七十五万石の大大名であった忠直様の邸なのか……）

編み笠を深く被った二人は、屋敷から六間（約十一メートル）ほど離れた銀杏の木の下で立ち止まった。

「紅、しばしこの木陰で待て」

周囲を警戒しながら晴信はまず一人で裏口の壁を乗り越える。縁側は戸が開いており、そこから屋敷へ侵入する。屋敷内には誰が、そして何人いるのか分からない。

音を立てないよう、手の甲の上に足を乗せて歩いた。晴信が体得していた「深草兎歩《しんそうとほ》」という忍者の歩法で屋敷内を偵察する。

すると居間で男女一人ずつ声がする。

（忠直公と侍女か……外に奉公人はいないようだ）

晴信は再び屋敷の外に出て、改めて表戸から紅と入る。

「御免、一伯公はご在宅でありましょうか」

「誰じゃ」

登場したのは、薙髪《ちはつ》した四十歳くらいの男だった。髭は白く、幾分顔艶も悪いが、厳かな雰囲気を醸し出している。

（忠直公じゃ。間違いない）

忠直は短気で家臣でも気に召さないと、たちまち斬り捨てるという評判だ。晴信は気を遣った。戸をゆっくりと閉めると、忠直を驚かせないよう即座に土間にひざまずいた。

「一伯公……いや松平忠直様、越前福井藩主、松平忠昌（忠直の弟）様の密使として参上仕りました」

突然現れた二人の姿にも忠直は、特段驚いた様子はない。自分のあとを継いだ弟や息子からの使者が、時折隠居先を訪れていたからだ。

「弟の……横の女は？」

「私の配下のくのいちでございます」

「忍びか……人目はばかる用件か」

「はい」

「そうか、上がってこい。奥座敷で聞こう」

小声で返事する晴信を訝しがりながらも忠直は、屋敷内へ二人を入れた。

客間で座り、向かい合う忠直と晴信、そして紅。

紅は平伏している晴信とは対照的に、対面する実の父親の顔をそらさずにじっと見つめる。忠直も紅の顔を見るが、面識はないと思った。

「忠直様、実は私めは、原城の一揆勢で軍師を務める森宗意軒より遣わされた岡村晴信と申します」

「何、あの一揆勢からの密使と申すか」

「はい」

「森宗意軒……知らぬな」

「忠直様は直に戦うておられています」

忠直の顔つきが変わった。

「もしや……大坂の陣時の真田幸村の兵か」

「はい。あれより九州は唐津藩の飛び地天草へ逃亡し、徒歩医師として身を潜めておりました」

「わしには旧敵だのう。されど真田幸村勢の戦いぶりは敵ながら天晴れであった。そうか、真田の兵か……」

忠直は、幾分柔らかな表情になった。

真田の武勇を最も肌で知る忠直は、その幸村の乗っていた愛馬を合戦後授かり、蟄居先の豊後まで連れてきて、馬が死ぬまで唯一の友のように可愛がっていた。

馬の死後はいたく悲しみ、津守の居館近くの掟山に墓を築いたほどで、その墓は現在も残っている。

「よし、本件を聞こう」

「昨日の敵は今日の友、とお考えになられませぬか」

強制的に隠居させられた身とはいえ、忠直はまだ四十過ぎたばかりの聡明な男である。将たる者はすぐに相手の思いを察することができる。

「このわしに一揆に加担せよと申すか」

「御意にござります。今の幕政はあまりにも切支丹や百姓を苦しめております。いや、さらにそのようなまつりごとを無理強いさせている大名をも苦しめております。森宗意軒は、天下万民の泰平の世を作るべく世直し一揆を起こしました」

「大坂の陣を再び、ということか。もはや隠居したわしに何をしろと」

「黒田官兵衛になって欲しゅうございます」

慶長五年（１６００年）の関ケ原合戦時、豊前中津藩十二万石の当主であった黒田官兵衛は、長男長政を東軍に参加させていたが、自身は中津に留まり、挙兵した。

十二万石ならば通常集められる兵は三千人程度だが、城内の金銀を支度金として領民に配り、九千人の速成軍を作った。

当時、九州では西軍についた大名が殆どで、東軍は肥後の加藤清正くらいであったが、黒田官兵衛は瞬く間に九州を席巻、薩摩以外をほぼすべて手中に収めた。

この時点で官兵衛が動員できる総兵力は五万。関ケ原合戦がわずか半日で終わらなければ、黒田官兵衛は九州全土制圧してさらに上洛を目指して動いていた筈だ。その後の天下の動向はどうなっていたか分からない。

「確かにあの時の黒田官兵衛は、家督を長政に継いで自身は豊前で隠居の身であった」

「忠直様はお父上結城秀康公同様、本来は将軍に就かれるお立場。その影響力はあの頃の黒田官兵衛の比ではありませぬ。どうか、決起していただきとうござります」

顔を上げないまま、晴信は懇願する。

忠直には突然の驚きの知らせであったが、そこは度々命がけの合戦で修羅場をくぐってきた百戦錬磨の武将。あくまでも冷静である。

「島原の戦況はいかがじゃ」

「私共が原城を出る際は、鎮圧軍の総攻撃を迎え撃ち、大将板倉重昌を倒しました」

「何と、幕府軍に勝利したと申すか！」

「はい、忠直様の元へ知らせは入っておりませぬか」

「幕府からは入っておらぬのう。敢えてわしには入れておらぬのやもしれぬ」

「総大将の天草四郎は、本名羽柴天四郎秀綱、豊臣の血を引く者でござります」

「その噂は耳にしておる。仮にその豊臣秀綱が幕府軍に勝利した暁には、まつりごとをどのようにするつもりじゃ。わしは将軍家と仲が悪いとはいえ、徳川の人間。豊臣と共に天下を治めろ、とでも申すのか」

「秀綱様は太閤殿下の孫にあたるお方なれば、いずれは関白となり公家の頭領へ。忠直様には征夷大将軍にお就きいただき武家の頭領となっていただきたいと思います」

そこまで聞いて忠直も宗意軒の雄図は理解した。

現在、島原に九州の殆どの大名が軍勢を引き連れ、集結している。その隙に忠直が豊後で蜂起すれば現徳川政権を心よく思っていない民衆、禁教令の犠牲となった元キリシタン、親豊臣派の浪人や大名達がたちまち忠直の元に集結するであろう。

九州の各大名が領国を留守の間に一気に忠直が駆逐すれば、天下の趨勢はどうなるか分からない。その影響は全国的なものとなる。

「なるほどのう。それで天下を治めるための戦いの始まりが天草島原での蜂起か」

「森宗意軒はそのために二十年以上の用意を周到にしてまいりました」

「話を聞けば森宗意軒とやらに興味はそそられる。真田幸村の同志であったこともの
う」

「急なお知らせの挙句、このような懇願、一大決心かと思います、されど、戦はもう始まっております。今の天下を覆すには、忠直様のご協力がなければ、成し得ませぬ。どうかご決断を！」

「むむ……」

忠直は片膝を立ててしばし天井を仰いだ。真剣な表情だったが、その後、わはは、と突然豪快に笑い出した。

「晴信、とやら。確かにわしは父上（結城秀康）に次いで三代将軍になる筈だった男だ。なれど、時勢がそうはさせてくれなんだ。叔父の秀忠が二代、甥の家光が三代将軍となり、わしの運も尽きておる。俗世にはとことん嫌気がさした。ゆえに坊主になった」

「忠直様！　坊主になられたのは幕府の無理強い。隠居は早うございます。我が師、森宗意軒も徳川で将軍に相応しい器量人は忠直様を置いて他にはない、と申しております。還俗なされませ」

「それはわしを利用したいゆえのおべんちゃら。その手には乗らぬ」

「忠直様！」

「そもそもどこの何者かも知れぬ曲者の戯言になにゆえ、わしが命がけの決起をせねばならぬ」

「私が森宗意軒からの使者ではないと、お疑われますか」

「それも半信半疑じゃ。お前が一揆勢からの使者という証も無いしのう」

「忠直様……」

そこで忠直の目がいったのはずっと無言で自分を見つめる紅であった。

「改めてこの女子は誰だ」

「ここにいるは……」

晴信が答えようとするが、紅自身が端然と返事した。

「紅と申します」

そう言うと、自分の赤子時代のおくるみを目の前に出した。

「これは！」

ちょっとの事では動じない忠直も、さすがにご当家の家紋「結城巴」が入ったおくるみを見て思わず、紅の前に歩み寄った。直にそれを手に触り確かめる。

「これは……確かに我が家のものだ。どこで拾った」

「拾った？　拾われたのはうちでございます」

晴信も驚くほど、紅は冷静に言ってのけた。

忠直は、傍で紅をじっと見つめる。

(似ておる……側女のお鶴に似ておるわ)

「まさかお前は……」

「はい、大坂で忠直様に捨てられた子でございます」

「なんと！」

忠直には、紅の言葉は冷静ながらも怒りを含んでいるように聞こえた。

「お前は……」

(わしとお鶴の娘だ――)

紅も、忠直の二の句は分かった。しかし、忠直に言葉はない。

「うちは紅と申します。二十二年間、森宗意軒に育てられました」

「紅……か。生きておったのか」

忠直には大坂夏の陣の激戦が鮮明に思い出された。あの時――

真田幸村が徳川家康本陣を切り崩し、ひたすら家康の首を狙って突撃している際、幸村勢が陣を張っていた茶臼山を奪取するため忠直は自ら全軍を率いて進軍した。しかし、真田の精鋭は手ごわく、兵数で勝る忠直も大苦戦に陥った。

当時、側室は「合戦の勝利を導く巫女」として一人は大名の陣営にいることが許されていた。忠直に同伴した側室はお鶴であったが、真田勢との激戦に、お鶴の身を案じた忠直は、生まれたての赤子と共に将軍秀忠の元へお供を付けて移動させた。その時にも豊臣方の勢力と戦闘があり、お鶴は何とか無事に逃げ切れたが、赤子は行方不明となっていたのである。

母親似の紅の顔を見て、我が子だと忠直は直感したが、激闘中に生まれた子であり、まだ命名もしていなかった。

近付いても決して目を逸らさない紅の目は、悲しみと憤りを宿していた。

(わしに捨てられたと言うか……確かにのう……)

忠直も紅から目が離れない。

「紅、とやら。長い間、森宗意軒に育てられて幸せであったか」

「はい、とても幸せでございました。この戦が始まるまでは」

「そうか……戦とはいつの時代も人を不幸にするものよ」

「忠直様に紅からもお願いでございます」

「聞こう」

「人が殺し合わない世を森宗意軒と共に作ってくださいませ。どうか、ご加勢を……」

彼女の大粒の涙が畳を濡らす。結城巴のおくるみを片手に握りしめて忠直は、しばし呆然と紅を見た。

実娘の紅に対して忠直の申し訳なさげな表情を見た晴信は、忠直が世間の噂のような冷酷な人間ではないと確信した。

(粗暴な振る舞いが多いのが原因で隠居させられたと世間は言うが、忠直様はそのようなお人柄ではない。大坂夏の陣のご活躍が、かえって小心者の将軍家（秀忠）を警戒させたのであろう。忠直様も不憫なご仁よ)

忠直も実娘に痛く憐れみを感じ、彼女の肩に軽く触れた。

「……随分と苦渋の人生を歩んできたのであろうのう」

「私は今、岡村晴信の妻でござります」

「そうか、嫁に行ったか。子もいるのか」

「いえ、子はまだ」

「……晴信、とやら」

「はい」

「わしの幕府からの賄いはわずか五千石だが、越前七十五万石の太守時代の金銀の貯えがある。挙兵すれば一万人は動員できよう」

「忠直様！　立ち上がっていただけますするか！」

「寒中にも花を咲かせようとする寒梅の心意気をお前達に見た。一揆勢に賭けてみよう」

「あ、有難き幸せ！」

「弟忠昌の越前北ノ庄五十万石、息子光長の越後高田二十六万石も事情を諭して動かそう。さすれば全国各地で兵が挙がるぞ」

紅の涙は、一度は消えかかっていた不条理への怒りの感情を刺激した。また、

（挙兵することが、この実娘へせめてもの罪滅ぼしになるか）

口にはしないが、そんな思いもあった。

「忠直様！　ご恩は一生忘れませぬ！」

「そうと決まれば早速、動かねばな」

萩原でも津守でも忠直は質素な庶民生活を営み、町衆と懇意にしていた。さらには寺院に寄進も行っていたので、秘密裏に協力を得ながら兵を募ることが可能であった。幸い、幕府の目付け役である豊後府内藩主日根野吉明は江戸に在府中である。

忠直は一万以上の兵を募って挙兵し、西へ進軍しながら幕府軍の背後を襲う作戦を提案した。進軍途上で寄せる敵がいたとしてもそれはおそらく小勢と予測される。筑後、肥前、肥後などの藩主は領内の兵士の殆どを率いて島原に布陣して、不在だからである。

そして原城の北、有馬川の畔の北岡に布陣した時に原城へ合図の狼煙を上げる……そのような手筈を話し合った。

戦国時代真っ只中の永禄三年（１５５９）から四年（１５６０年）にかけて、越後の上杉謙信は、小田原の北条氏を攻撃するべく麾下八千の兵を率いて春日山城を出陣した。軍勢は上野、武蔵国と南下したが、次々と謙信に味方する者が増えて、小田原城を包囲した時に軍勢は十万を超えていた。

軍神、上杉謙信来る――

その報がどれだけ関東の国衆、豪族達に影響を与えていたかが分かる。

松平忠直は、徳川家康の嫡子結城秀康の長男。その人物が挙兵したとなれば、どれだけの軍勢に膨れ上がるのか、見当もつかない。

「岡村晴信、おぬしは駅伝送りの馬を用意いたすからその馬に乗っていくがよい。少しでも早く原城に戻れるようにな」

「ははっ、何から何まで有難うございます」

「紅は馬に乗れるか」

「その件ですが、紅は……出来れば忠直様の元でお預かりいただければ、と思います」

「どういうことだ」

「紅にこれ以上、戦場の悲惨さを見せたくないゆえ、しばらくの間、忠直様の元で預かっていただければ、との森宗意軒の親心から……いえ、夫の私からもお願いいたします」

宗意軒は、忠直が紅の実親だからこそ匿ってくれると信じて、それを晴信に託した。晴信もまた、阿鼻叫喚の図を目の当たりにさせ、紅の心の傷をさらに広げたくはない。

「忠直様、よろしゅうございますか」

「預かるのは差し支えない。わしが出陣すればこの子は西光寺に一時、匿ってもらう。されど、紅……とやら、それで本当によいのか」

忠直は紅に訊いた。もう紅も大人である。自分のことを心配してくれている宗意軒や晴信の真意も察している。

「はい……あんちゃん、必ず迎えに来てよね」

気を抜くと涙がまたこぼれそうになる紅であったが、感情を押し殺してそう言った。

「ああ。忠直様、紅のことをくれぐれもよしなにお願いいたします」

「よし、早速馬の用意じゃ。ついてまいれ」

大坂の陣以来、松平忠直も久々に戦国武将の目に戻っていた。

（三）

寛永十五年（１６３８年）一月十五日、幕府軍総大将の松平信綱は次の作戦へ移った。

同月九日のオランダ船からの砲撃は、固唾を飲む城方の静寂を轟音で破った。出丸の城壁や板塀が破壊され、城内は動揺し、浮足立っている。勿論、損害そのものよりも異国船が幕府側に味方したことへの衝撃がキリシタンには大きかったのだ。

さらにこの砲撃を行っている間に信綱は、移動式の「走り櫓」と呼ばれる井楼を十台ほど作った。これにより城内の動きがかなり見下ろせる。その櫓から鉄砲を放ち、しばし城方と迎撃戦を行う一方で、信綱は矢文を城内に放った。

――急ぎ城を出て村々へ戻れば、今まで通りの耕作を許し、今年の租税も一切免じ、以後も公役を軽くする――

この矢文の一つは軍師である森宗意軒の元へ届けられたが、宗意軒は、

「矢文はこちらの士気を図り、城兵の心を知ろうという戦術じゃ。矢文は敵の攻撃と思え。城内に放たれた矢文はすべてわしへ渡すように」

と、城兵に伝えた。

しかし、宗意軒の意に反し、山田右衛門作は、独断で密かに返事を書き、寄せ手に返した。

――城内より御上使へ。我々は不思議の天慮により切支丹に立ち帰った者らだ。切支丹弾圧に対する反抗だ。他意は無い。耶蘇教を再び許可してくれれば戦いはやめてよい――

さらに信綱だけでなく、肥後藩の細川忠利からも同じような内容の矢文が届いた。拾ったのは有家監物で、右衛門作に報告したのだが、

「軍師に報告するまでもない。監物も幕府軍に返信すればよい」

と、右衛門作は監物に矢文を送り返すことを独自に許可した。

――キリシタン弾圧に加えて重税や過酷な労役に耐えかねて蜂起した。徳川将軍に対する反抗ではない。島原衆は皆、藩主松倉長門守勝家への怨みだけは晴らしたいと考えている――

どちらの書状でも偽りのない率直な思いを返している。

宗意軒の命令に従わずに矢文の返事を送ったのは、オランダ船の砲撃により、戦況が不利になりつ

つある中で、動揺と不安が募っていた証であろう。

しかし、これは宗意軒が見抜いていた通り、信綱の城を落とすための一戦術に過ぎない。

（ふふ、一揆勢の瑕瑾《かきん》を見つけたぞ）

ここに信綱は、彼らが蜂起した動機が必ずしも単一のものではなく、城兵が混成集団であることを知る。

一揆が勃発し、二人目の上使と決まった時点の松平信綱は、この一揆はキリシタン弾圧に対する反抗だと思い、切支丹から仏教徒へ改宗することを前提で、投降する者はすべて許し、以前の生活に戻らせようと考えていた。

しかし、前の上使板倉重昌が討ち死にし、自身で原城を偵察すると、本丸には豊臣秀吉の馬印千成瓢箪が掲げられており、天草四郎は豊臣秀頼の落胤という風評も信ぴょう性を帯びている。その証拠に元武士も一揆勢に加わっている。彼らは豊臣家再興を夢見ているのであろう。そこで、

（豊臣家のご血筋がいるのならば、城内の者すべて生かしてはおけぬ）

と、考えを変えた。

豊臣家の血は根絶やしにするため、城内の人間は皆殺しにする。そんな決意を固めた上での「敵を知る」ための矢文戦術である。

一方で、日向の金堀人足をかき集めて、原城下に穴を掘り始めた。オランダ船の砲撃で城兵に動揺を与えたとはいえ、正攻法で原城はなかなか落とせない。

そんな中で、かつて武田信玄が、上杉謙信配下の武蔵国松山城攻めで用いた戦法を踏襲し、坑道を

掘り、敵城の真下に爆薬を仕掛けようと試みた。

しかし、それに気付いた宗意軒には生兵法に映った。

(松平信綱は、用心深さは天下一品だが、戦はからっきしのようだのう)

宗意軒は出丸の地下で掘削する音が聞こえるところを逆に城内の地面から直下で掘り出した。そして敵と掘削する穴が通じた瞬間、鉄砲を放ち、幕府側の兵はいいように討ち取られた。

信綱の「掘削作戦」は、三の丸近くでも同時進行であったが、そこでは城内の失火が城外の寄せ手にも見えて、

「穴掘り奇襲、成功せり!」

と、多数の兵が穴の中へ入り込んでいった。

城内では、その穴の上に予め生薬を蒸して失火したように見せていたのだ。

幕府軍が掘削した穴が城の地面へたどり着くと、地上から熱湯や糞尿を浴びせられ、狭い穴の中で混乱しているところを長槍で突かれた。

「しまった、城方には既に気付かれておった。退却じゃ!」

信綱は、穴掘り作戦を中止した。

小競り合いではあったが、この戦いで徳川の戦法を見破って勝利した城内では、兵卒やその家族らも冷静さを取り戻しつつあった。

オランダ船の砲撃は、

「禁教令を発布しておきながら耶蘇教の国(オランダ)に援軍を乞うなど以ての外」

と、各大名から批判を受けて信綱は既に撤退させている。

原城内で異国からの援軍を期待していたキリシタン達は、オランダ船からの砲撃に大きな衝撃を受けたが、元よりキリシタンではなく苛政への反抗として加わった者、親豊臣派の元武士達は、

――幕府転覆計画を成就し、豊臣家の天下再び――

という夢を実現するために参加しているので、異国からの援助がなくてもそれほどの動揺はなかった。変わらず士気も高い。

そして信綱は、幾度となく攻撃を試みたものの、力攻めで効果的なダメージは殆ど与えられなかった。

(やはり、迂闊には動けぬな)

一月二十一日、そこで信綱は再び矢文攻撃を仕掛ける。

――城内の者は随分と松倉長門守勝家の藩政に不満があるようだから、長門守の首を刎ねれば城を下りるか。城を下りれば、以後三年は年貢を減免する――

この矢文は城内へ飛んでくるところを宗意軒本人が確認しており、自ら拾って読んだ。

昼夜かかわらず城内のあらゆるところへ矢文が飛んできている。多い時は、同時に三十通もの同じ内容の矢文が放たれることもあり、すべてが宗意軒の元へ報告されてはいないようだ。それを踏まえて今回だけは、宗意軒自身が天草四郎の代書という形で以下のように返事を送った。

――松倉長門守は、残虐非道な藩主だが幕府には従順だ。そんな長門守の首を幕府が刎ねる訳がない。笑止千万。小手先の策を弄せず、鉄砲、弓矢、槍刀にて堂々と攻めてこられよ。相手してつかわ

す――

戦況は膠着状態である。しかし、このままいたずらに時を過ごすのは、兵糧が乏しい城方が不利である。さらには、十二万以上の大軍の攻撃に懸命の迎撃をしてきたので、銃弾も底を尽きかけている。

（晴信、松平忠直様の挙兵はまだか――）

宗意軒も焦燥感が日々募っていった。

その晴信、松平忠直が用意してくれた駅伝送りの馬を拝借して豊後から西へ戻ってきていたが、その頃には肥後藩の警備が厳しくなっており、馬に乗っての国境越えは難しかった。

結局、肥後へは入れず、馬を捨てて筑後、肥前と道中の監視の目を潜り抜けながら遠まわりをしていた。

（晴信も戻ってこぬし、道中で何かあったか……）

敵が動けば策も練れるが、敵が動かなければ策の施しようがない。海側も細川の番船と黒田の番船がひしめきあっており、厳重に城を監視している。このままだと城内の皆が干し殺しにあってしまう。

（兵の体力が残っている間に奇襲に出るか）

二月八日未明、宗意軒は自身が率いる千の精鋭を率いて密かに城を出た。標的は福岡藩主黒田忠之。

彼の父長政と祖父官兵衛は、共にキリシタンであった。忠之自身はキリシタンではないが、辛苦の人生を歩んだ父や祖父と違い、生まれながらの御曹司の育ちゆえ、わがままな性格で父長政時代からの老臣の意向や諫言を無視し、気に入らなければ誰でも改易にするという暴君ぶりであった。

この天草島原一揆勃発の五年前、黒田家家老栗山大膳に、

——我が主に徳川幕府への謀反の疑いあり——

と、密告され、いわゆる「黒田騒動」が起こった。

将軍家光の裁断により、結果的にはお咎めなしとなったが、問題児ゆえにこの戦でも他の大名達は信頼を置いてはいない。

黒田勢に夜襲をかける。夜陰に乗じて、天草丸を出ると、黒田勢が布陣する一万八千の大軍の中へ無言で突撃した。

「うわっ」

「何だ！　敵襲か？」

たじろぐ黒田勢の中に斬りこみながら奇襲隊は叫んだ。

「黒田忠之様、寝返り！」

「黒田忠之様、城方に加担！」

宗意軒が、かがり火の近くを見ると混乱した黒田家の同士討ちが始まっていた。

一度は幕府への謀反の嫌疑がかかった人物なので、他の陣営も慌てた。

「黒田忠之が寝返っただと！」

大軍ゆえに暗闇の中での混乱は冷静さを失わせる。しかし、その報を聞いた信綱は、即座に下知を飛ばした。

「それは敵の策じゃ！　忠之殿には落ち着いて対処するようにと、伝えよ。寺沢勢は、黒田勢と合流して奇襲隊を迎撃せよ」

黒田勢の隣に布陣する唐津藩主の寺沢堅高が、急ぎ二千の兵を連れて黒田忠之の陣所へ騒ぎの鎮圧に向かう。

そこで寺沢勢を発見すると、今度は宗意軒の奇襲隊の内、天草衆が興奮していきり立った。

「我らの怨敵、寺沢堅高が来た！　奴の首を取るぞ！」

と、さらに奥深く進撃し、予定外の行動に出てしまった。

（まずい、深入りするとこちらが城へ戻れなくなる）

咄嗟に悟った宗意軒は、

「深入りするな！　引き揚げるぞ！」

と叫ぶが、その時には騒ぎを知った、黒田家の番船から数百人の兵が陸に上がってきた。

「黒田勢、同士討ちをするな」

「敵の奇襲隊がいるぞ、返り討ちにしてやれ！」

一端、宗意軒の夜襲で混乱した黒田勢であったが、冷静さを取り戻した。

一方、寺沢勢を見て、血気にはやった宗意軒の奇襲隊は、黒田・寺沢勢と上陸した黒田の番船兵によって挟み撃ちにあう形となった。

（しまった、奇襲が裏目に出てしまった、まずいぞ）

宗意軒の周りにも敵兵が襲い掛かってくる。しかし、かがり火だけを頼りに闇夜で戦うのは、宗意軒に一日の長があった。見敵術《けんてき》として吹き矢を使いながら、敵の気配を感じた時には迷わず瞬時に村正を抜刀し、斬りかかって敵兵を倒す。

しかし、味方も倒されて徐々に減っていく。前面に黒田・寺沢勢二万、背後には黒田の番船兵七百ほどいる。

(挟撃されているとはいえ、後ろの上陸兵は我が兵より数が少ない。血路を開いて城へ戻るしかない)

宗意軒は死を覚悟して上陸兵の中に斬りこんでいく。その時、風に乗ってわずかに火薬の匂いがした。次の瞬間、ドゴーンと爆音が鳴り響き、黒田家の陣屋から炎が上がった。

「黒田家本陣の陣小屋より失火じゃ!」

「失火? また敵の奇襲では!」

「早く火を消すのじゃ!」

戦況を覆すべく、宗意軒らを追撃した黒田勢であったが、密集して建てている陣小屋の炎はたちまち広がっていく。黒田本陣の火事で黒田勢は散乱し、消火に躍起になった。

(助かった)

宗意軒はこの機に素早く隊を引き連れて帰城し、九死に一生を得た。その中に晴信がいた。

「なんと、晴信ではないか! もしや、今の陣小屋の火は……」

「私です。帰城、遅れて申し訳ございません」

「やはりお前か! 良い時に戻ってきてくれた」

宗意軒が笑顔で迎える。

「豊後からの帰路、警備が厳しく、遠回りして島原へ戻ってきたところ、十万以上の大軍がひしめきあっており、なかなか城へ入る機会がありませんでした。黒田番船に放火し、海岸での混乱に乗じて海より入城しようと考えておりました」

「そうか、そこへわしが黒田陣営へ奇襲を仕掛けた」

「その通りでございます」

「ともかく晴信のおかげで助かった。礼を言う」

「それよりも先生、忠直様のことですが」

「うむ。それを聞きたい」

「紅を預かっていただく件は、忠直様は快諾されました」

「それは良かった……して挙兵していただけそうか」

「最初は拒まれましたが、紅の懇願に心打たれたご様子でございました。決起をお約束いただけました」

「それはでかした！　して、挙兵の日は」

「私と紅は一月四日に忠直様にご拝謁できました。忠直様は町衆に慕われており、兵を密かに募り、一カ月ほどで一万を集めて挙兵すると仰せられました」

「一月四日から一カ月ならば……二月四日」

「はい。そこから西へ軍を進められ、途中、幕府側との小競り合いも想定されております。それゆえ、島原へ着くまで十日ほどかかるであろうと。有馬川沿岸の北岡に着陣したところで原城に伝えるべく、狼煙を上げるとお約束されました」

「挙兵から十日……ならば二月十四日くらいか」

「はい」

「今日が二月八日だからあと六日ほどで着陣なされるか……もう少しの我慢じゃのう」

「されど先生、城内を見るに士気が落ちているように見受けられます」

「オランダ船が我らを裏切り、この原城へ砲撃してきたのだ。切支丹兵は動揺激しかった」

「やはり、オランダは裏切りましたか！」

「おそらくは幕府側の総大将、松平伊豆守信綱の知恵であろう。我ら以上に金を積んだか」

「松平伊豆守信綱……」

「城内には金銭はあるが、肝心の兵糧が乏しく、長期間の籠城はできない。松平忠直公のご加勢に最後の望みを賭ける」

翌日の二月九日も今度は細川忠利勢の中に放火し、夜襲をかけた。連日の夜襲はないだろう、という寄せ手の裏をかいて見せたが、甚大な損害を与えるまではいかなかった。

一方信綱は、城方が度々城外へ奇襲を試みていることにほくそ笑んでいた。

(どうやら城方は焦っている。兵糧攻めを続けるのが最善策だ)

同時に自身が抱える伊賀忍者で最も信頼している大久保泰蔵という人物を城内に潜入させた。天草島原一揆勃発時に、総大将が豊臣姓を名乗っていたことから、兼ねてより豊臣秀頼をかくまっているのはないか、と風評があった薩摩の島津氏を探るべく、潜入させていた忍者がこの大久保泰蔵であった。

夜の暗闇の中、潜入した原城で守兵一人を襲い、白木綿の装束に身をまとって城兵に化けた。城内では本丸陣所付近にて宗意軒、右衛門作、甚兵衛、四郎ほか評定衆が集い、軍議を開いていた。

泰蔵は城兵のように振る舞いながら陣幕の近くまで歩み寄り、かがり火の横で耳を澄ます。

「このままだと兵糧も矢玉も尽きて、我らは勝てませぬ」

嘆き気味に弱音を吐く右衛門作に甚兵衛が訊く。

「右衛門作、度々城内へ飛んでくる矢文を宗意軒先生にすべて報告しておるか」

突然切り出した甚兵衛の発言に右衛門作は一瞬、たじろいだ。

「と、突然何を申す！　矢文は副将である自分の元へ皆届けられ、それを先生に報告しておる」

「実はわしのすぐ近くに矢文が飛んできた。敵の総大将、松平信綱からじゃ。これには『先の返事では云々〜』と書かれている。百姓は字が書けぬからな。返事が書けるのは元浪人衆と我らしかおらぬ」

「甚兵衛は、わ、わしを疑うているのか」

甚兵衛だけでなく、宗意軒も右衛門作を厳しい目で睨みつける。

「右衛門作、矢文はすべてわしに届けよ、と指示した筈じゃ」

「……はい」

宗意軒から詰問されると右衛門作はしらを切れない。

「返事はなんと書いたのじゃ」

「ただ、一揆を起こした理由を書きました」

「矢文で城兵の心を探り、和談に応じるふりをするかと思えば、一方で我らの戦意を挫くべくオランダ船に砲撃させる。城下に穴を掘って攻めても来る。敵の奸智も神品じゃ。これが松平信綱の戦術だと見抜けないのか」

「よくよく考えてみれば……申し訳ござりませぬ」

「今回は不問にいたす。以降、矢文はすべてわしに渡せ」

「はっ」

これらの話を大久保泰蔵はかがり火の傍で耳を澄まして聞いた。

この軍議中、晴信は本丸近くの物見櫓に上っていたが、眼下のかがり火の付近で陣幕の中に耳を傾ける兵を発見した。

(あの者、挙動が怪しい。もしや幕府側の間者では)

晴信は、泰蔵と目を合わさずに本陣の陣幕の中へ入ると、宗意軒に忍者同士で交わす手合図を送った。

――陣幕の外に敵の間者がいます――

そのやりとりは陣幕の外からは見えない。

宗意軒は黙って頷いた。そして軍議に参加している者達に、

「策が立たぬ時に懸命に考えても、ろくな策は立たぬ。本陣の守兵で改めて士気を高めようぞ」

と、言うと四郎に声をかけた。

「四郎様、少し、お耳を」

軍議に参加していた者は、話を一端中止し、皆陣幕の外に出た。四郎が先頭に立ち、味方を鼓舞する。

「本丸の守兵達！　お前たちは皆切支丹ゆえ、あの歌を合唱する。弾圧に苦しみ処刑された人々を慰

霊して改めてこの戦いに神のご加護があることを！」

　四郎が登場するとたちまち陣幕のまわりに本陣守兵だけでなく、周囲の城兵やその家族まで集まった。

　彼らは十字架やメダイ、ロザリオを手に握り、『中江ノ島様の唄』を合唱し始めた。

「――前はな　前は泉水やな　後ろは高き岩なるやな　前も後ろも潮であかするやな――」

　禁教令後、長崎で殉教した宣教師やキリシタンの慰霊の唄である。

　皆が合唱する中で、口を開かない者が一人いた。

（……奴か）

　宗意軒は少しずつ泰蔵に近付いていく。合唱が終わった時点で宗意軒は、

「お前は歌わなかったな。いや、知らないから歌えないのか……何者じゃ」

　と、鯉口を切りながら誰何《すいか》の声をあげた。

　泰蔵は、すかさず煙球を投げ、姿をくらました。宗意軒が叫ぶ。

「敵の間者だ！　捕えろ！」

　守兵が泰蔵を取り囲もうとするが、夜陰が泰蔵の姿を隠した。城の北東へ素早く走り去ろうとする。

　次の瞬間、空気を切り裂く二つの飛び道具が、鋭い金属音を立ててはじけ飛んだ。

　宗意軒がクナイ、泰蔵が手裏剣を投げ放ったのだ。

「これは十字手裏剣！　伊賀者だ、追え！」

　泰蔵の走力に叶う者は、自軍では晴信しかいない。すかさず追う。

泰蔵が逃げた城の北東方面は断崖絶壁で、幕府軍ですらそこからよじ登っての攻撃は不可能なので布陣していない。その絶壁から人間離れした跳躍力を活かし、地降傘《じおりがさ》と呼ばれる羽織をパラシュートのように広げて泰蔵は海へ飛び込んだ。

「奴も忍びだ。逃がしたか」

晴信が悔しそうに舌打ちをする。追って弓隊が海の中に矢を放ったが、死体らしきものは浮かび上がってこなかった。

(敵の間者が本陣にまで入り込んでいるとは。さきほどの忍びは相当な手練れだの)

と、宗意軒は思った。警戒を怠らないように城兵全員に下知する。

大久保泰蔵は幕府軍の本陣に戻り、信綱に報告した。

一揆勢を総指揮している人物は天草四郎ではなく森宗意軒であること、城兵の首脳部は言い争いがあり、まとまってはいないことなどを報告した。

(一揆勢が一枚岩でないならば、矢文は功を奏しそうだ)

原城の巨大な陰影を眺めながら信綱は微笑した。

二月十五日、松平忠直との約束の日が過ぎた。忠直が率いる軍勢が十四日に島原に着陣し、狼煙を上げることにわずかな望みを抱いていた宗意軒は、

(これで一縷の望みも失ったか)

と、思った。

あのあと、松平忠直は即座に動き、貯蔵していた金銀を使い、名乗りを上げてくれた者達に漏れな

く支度金を前払いして兵を募っていた。津守だけでなく、以前住んでいた萩原でも水面下で兵を募る行動に出ていた。しかし――

松平信綱は天草島原で一揆が勃発した時点で、自身の家臣である岩上角左衛門を忠直の元に隠密として送っていた。その忠直の動向は、逐一信綱に知らされ、そして豊後府内藩主で忠直の目付け役でもある日根野吉明を早急に江戸から豊後に戻らせた。

「日根野吉明殿は、島原へは参陣せず、一伯公（松平忠直）の動きを厳しく監視なされよ」

と、幕命が出されていた。

越前福井藩や越後高田藩とのやりとりも一切、禁じられた。忠直は、これで動くに動けなくなってしまった。

（幕府に感付かれたか……無念じゃ）

再び燃え上がった将軍就任への野望の火を信綱の用心深さによって消されてしまったのだ。

戦況は相変わらず膠着している。寄せ手は一切攻撃を城に加えず、完全に兵糧攻めの様相だ。城内は日に日に米の貯蔵が減っていくが、敵が動かない以上、宗意軒も策の施しようがない。

四郎は陣小屋にて父甚兵衛と協議しながら、一揆勢に説くべく『四郎法度書』を執筆中であった。

・この城中に籠城している者達は、数多くの罪業を作り、神の教えに背いたので、後生の助かることのない身の上となったにもかかわらず、格別のご慈悲によって籠城者の数に加えられたことはいかほどのご恩であろうか。油断なく奉公せよ

・オラショ（祈祷）、ゼジュン（断食）、ジシピリナ（むち打ちの行）だけが善行ではない。城内各所の普請や戦闘もご奉公である――

そして法度の文章の中に、

『今籠城している者達は、後世までの友になる』

と、書き加えた。

一方、右衛門作は、配下の者を指導しながら何やら手細工をしている。火を使って鉛も溶かしている。それを見つけた宗意軒が尋ねた。

「右衛門作、何をやっているのだ」

右衛門作は作業を続けながら、

「寄せ手から飛んできた銃弾を使ってメダイや十字架を作っております。切支丹はこれが心の拠り所ですから」

と、答えた。

「ほう、敵方からの鉛弾を利用して……改めて右衛門作は器用な奴じゃのう」

感心したように宗意軒は言った。

城内は飢餓の危機に晒されていたのだが、兵卒は家族と共にいるせいか、決死の覚悟で既に人生を達観しているせいか、表向きは和やかな雰囲気であった。

しかし、二月十六、十七日と、忠直との約束日から二日、三日と経ち、さすがに晴信も、忠直挙兵は失敗に終わったのだと確信した。

（幕府に露見したのか……先生に申し訳ない。紅のことも心配だ）

徳川軍からの矢文はずっと城内へ放たれていた。右衛門作は信綱とのやりとりを極秘に続けていた。度重なる信綱からの投降のすすめや賄賂の好餌に動揺していたが、その中でも右衛門作の心を決定的に動かしたのは、有馬直純直筆の矢文であった。

「――わしは父同様に切支丹であり、正室にも切支丹を迎え入れたにもかかわらず、二人の異母弟を殺めたことを後悔している。こたびの戦いが終わった暁には、幕府は禁教令を廃止し、耶蘇教の信仰をお認めになられる。さすれば、わしも立ち帰る。ゆえ、元有馬家家臣で一揆に加担している者は降参せよ。命が助かる方法はもはやそれ一択のみ――」

（耶蘇の信仰を認めると！　殿（有馬直純）が松平信綱に働きかけられたのか。この書状の内容が真ならば……このまま籠城していても餓死あるのみ、翻意するなら今じゃのう）

山田右衛門作は裏切りを決心し、二月十八日付で幕府軍に放った矢文に衝撃の返事をしたためた。


――幕府軍総攻撃の日を知らせてくれれば、同日、城内に火を放ち、それがしが天草四郎を生け捕りにしてみせます――

右衛門作は本丸の副将であり、兵二千を直属で率いている。皆、キリシタンの島原衆だ。幕府が総攻撃を開始したタイミングで、手勢で四郎を生け捕り、自分と配下の者だけは助命してもらおうという魂胆であった。

しかし、この裏切り行為には、右衛門作の配下の者でも反対の意向の者がいた。有家監物である。有家監物は島原藩政を殊の外怨んで、一揆に参加しているキリシタンである。味方を裏切り、徳川軍に助命嘆願するなど到底同意できなかった。勿論、耶蘇教の信仰を幕府が再び許すなどという条件も毛頭信じられない。

そこで、天草四郎の傍にいた益田甚兵衛に右衛門作の裏切り行為を密告した。

「右衛門作殿は、恐れ多くも天草四郎様を生け捕りにすると寄せ手に矢文を送っております」

この知らせに甚兵衛は怒り心頭に発した。

「右衛門作め、やはり裏切るつもりか！　しかも四郎様を生け捕るだと……もはや生かしてはおけぬ！」

右衛門作の言動を以前から怪しく思っていた甚兵衛は、遂に仮面を脱いだかと、叫びながら城内を探し廻った。

「右衛門作はどこにいる！」

(しまった、密告者が出たか)

右衛門作は本丸付近にいて、たちまち甚兵衛に見つかった。

「右衛門作！　もはや勘弁ならぬ！」

甚兵衛が斬りかかろうとすると右衛門作も刀を抜刀し、向かい合う。何の騒ぎかと、そこに宗意軒と晴信もやって来た。

「二人共！　何をやっておるのじゃ！　仲間割れなどしておる場合か！」

「先生、右衛門作の裏切りが露見しました。こ奴は、四郎様を生け捕りにして、幕府軍に投降するつもりでおります！」

「何！　まことなのか、右衛門作！」

右衛門作は観念したのか、刀を捨てた。

「ポルトガルもオランダも助勢には現れませんでした。もはやお味方に勝算はない！　私は徳川に命乞いをしてでも生き抜いてやると決意しました！」

身を強張らせながらも、居直った右衛門作は、早口で捲し立てるように弁解した。

（山田右衛門作め……殺ってやる）

晴信が胸元に忍ばせているクナイに手を寄せる。宗意軒や晴信と戦って勝てる筈はない。右衛門作は、彼らと向かい合っているだけで呼吸が小刻みに荒くなっていく。

「こやつだけは生かしておけぬ！」

晴信よりも激情している甚兵衛が、再び斬りかかろうとするが、宗意軒が止めた。

「待て。とりあえず簡易な座敷牢を天草丸に作り、右衛門作は手足を縛ってそこに入れておく。今、右衛門作を斬れば、右衛門作に同意する兵が叛乱を起こすやもしれぬ」

「むむ……」

甚兵衛も仕方なく刀を下げた。

（先生も甘い。獅子身中の虫は消しておいた方が無難だが……）

晴信も取り出そうとしたクナイを懐に収めた。

「右衛門作、こんなことになるとはな……観念いたせ」

宗意軒にとって山田右衛門作の裏切り行為の露見は、海から吹き付ける冬風よりも冷たく感じた。

右衛門作配下の手勢は、情報を知らせてくれた有家監物に取り仕切りさせたが、逃亡者が相次いだ。

「米が無いので、海にヒジキを採りに行ってくる」

と言ったまま、戻らぬ兵士も続出した。

甚兵衛は長い間、同志と信じ、付き合ってきた同じキリシタン仲間の裏切り行為に怒りが収まらない様子だったが、宗意軒はとても寂しそうな表情をしている。

（苦節二十二年……絶対に勝利しなければならない戦いであった。右衛門作が失意の底に陥るのも無理はない。勝利に導けない軍師に責任がある）

二月十九日の午後、宗意軒は本丸で軍議を開いた。

「明日深夜、夜襲をかける。本丸近くの大江口で守兵に鬨の声を上げさせ、寄せ手がそちらに気を取られた隙に奇襲隊六千が出丸の脇口より外に出て立花勢の陣で油をまき、火を放つ。わしが天文を見るに、明日の夜からは今冬、最も強い北風が吹く。左翼の立花勢で火が点けば、大軍の細川勢、信綱の本陣辺りまで火が広がる。さすれば敵陣は大混乱じゃ。その隙に本隊一万が三の丸の丙口より城外へ出て細川勢が守る荷駄隊を襲い、食糧、武具をできるだけ奪う」

しかし、この作戦に不安を感じた甚兵衛は率直に訊いた。

「先生、本丸で鬨の声を上げげて、敵勢がそちらに気を取られ、実際は出丸より攻撃を仕掛ける……これは前に幕府軍が我々に仕掛けてきた『東に声して西を撃つ』の兵法だと先生は看破されました。我らが同じ戦法を仕掛けるとなると、さすがに幕府軍も学んでいるのではありませぬか」

「甚兵衛は、本丸で声を上げれば敵は『城方に策あり』と三の丸、出丸を警戒するだろうと申すのだな」

「そう思います」

宗意軒は笑った。

「甚兵衛、その逆だ。前の戦いの総大将は板倉重昌であった。ゆえに単純な策略で攻めてきたが、このたびは疑り深い松平信綱。奴ならば、その裏を考える」

「本丸で鬨の声が上がれば、まことに本丸から城手が攻撃に出てくると敵将は考えますか」

「そうだ。裏の裏をかくのよ。案ずるな、信綱はそういう武将じゃ。我らは何よりももう兵糧がない。矢玉ももうすぐ尽きる。今回はそれを奪取するのが最大の目的じゃ」

「なるほど。立花勢への奇襲隊の大将は」

「甚兵衛がよい」

「はい。して、荷駄隊を襲撃する本隊は、細川の大軍の中に入り込むことになり、かなりの犠牲を覚悟せねばならぬと思われます。一万の兵で大丈夫でしょうか」

「城の守兵も残さないといけないゆえ、一万以上は割けぬ。致し方ない」

「そちらの大将は？」

「うむ。それはな……」

二十日の亥の刻（夜十時頃）から宗意軒は物見櫓に立ち、じっと風の強さを計る。日付が変わり二十一日丑の刻（午前二時頃）、強い北風が吹き荒んできた。

（頃合いじゃ）

宗意軒が櫓から手を振り合図をすると、本丸から狼煙が上がった。同時に本丸付近の大江口から一斉に鬨の声が上がった。

その声は本陣の信綱まで聞こえた。信綱は本陣近くに布陣している副使の戸田氏鉄を呼んで今後の作戦を協議していた。

「申し上げます、城方は本丸付近で声を上げ、そこより城外へ討って出る様子。ご下知を」

本丸の前に布陣する黒田忠之の弟、高政より早馬が知らせに来た。

副使の戸田氏鉄は、

「上使、これは兵法三十六計『声東撃西《せいとうげきせい》』の策ではございませぬか。敵は森宗意軒という優れた軍師がおります。本丸で声を上げて、実は三の丸、出丸から攻撃を仕掛けてくる腹積もりでは」

しかし、信綱は、それに反論する。

「いや、優れた軍師だからこそ、そのような生兵法を用いはすまい。これは、我らが術中にはまり、三の丸方面へ兵を移動させた隙を狙って、本丸から真っ向に突撃してくるつもりじゃ。本丸からの突撃に備えて黒田、寺沢勢は動かず、後詰の鍋島勢にも本丸前面に出よ、と申し伝えよ」

と、下知した。

寄せ手の数万の大軍の移動は、月夜でも城内の物見櫓から見えた。

「よし、かかった。出丸より出陣し、立花勢へ奇襲をかけよ」

六千の兵を指揮する甚兵衛は、敵の左翼立花勢を蹴散らしながら陣小屋に火を放つ。

敵の立花勢は甚兵衛率いる一揆勢よりやや少ない勢力で、すかさず後詰の細川勢に加勢を依頼する。

その間に城方の本隊が城外へ出てきた。三の丸丙口に現れた一万の軍勢を率いるのは、なんと総大将の天草四郎であった。四郎の横には千成瓢箪の馬印が堂々と掲げてあり、右衛門作が描いた軍旗が北風にたなびく。

信綱は裏の裏をかかれた上に、まさか天草四郎本人が城外へ攻撃に出てくるとは思わなかったので、面食らった。

(しまった、本丸方面を固めておいたのに……しかも総大将お出ましか)

その間にも立花勢の陣小屋に放たれた火は、強風に乗って南側の馬場、榊原、石谷勢の陣所まで火が広がる。

四郎が叫ぶ。

「それっ敵が動揺している間に荷駄隊を襲え!」

四郎が率いる軍勢一万に比べて細川勢は倍の兵力を誇る。

しかし、金色に染められた千成瓢箪の馬印の横で軍勢を指揮する四郎の姿はあたかも天下人豊臣秀吉が生き返ったような圧倒的な存在感であった。おまけに燃え盛る炎は、恐怖心を煽る。命がけの一揆勢と違い、決死の覚悟なく参陣している藩士には敵前逃亡する者が続出した。

一方、甚兵衛率いる奇襲隊は、立花の陣所に放火してのち、四郎本隊をフォローした。

裏をかかれた黒田、寺沢勢は、固めていた本丸前から移動し、その奇襲隊に襲い掛かる。信綱の命で本丸前に移動していた鍋島勢もそれに加わった。この時点で一揆勢一万六千に対し、幕府軍は六万を超える大軍が戦闘している。

その時、四郎率いる本隊が荷駄の奪取成功を知らせる空砲を撃った。その音が聞こえて城内からも呼応するように銃声が響いた。撤退の合図である。

四郎本隊周辺の幕府軍は消火に対応し、混乱が続いているが、本丸側に布陣していた幕府軍はこぞって一揆勢の側面を攻撃しようと果敢に攻めてくる。とりわけ黒田家家老の黒田監物は積極的であった。

甚兵衛は鉄砲で迎撃する。

「まずい！　まだこれほどの矢玉を持っていたのか」

黒田監物は一度、南に退こうとしたが、四郎の姿を眼前にして、背後の寺沢勢、鍋島勢が続々と押し寄せてきており、退くに退けない。

退こうとする軍勢、押し寄せてくる軍勢が入り乱れ、迎撃の絶好のチャンスである。

「鉄砲隊は矢玉が尽きるまで遠慮なく放て！」

これで黒田監物は銃弾に倒れた。それを見た監物の子、佐左衛門も憤慨し、甚兵衛勢に突撃したがこれも銃撃され討ち死にした。

「黒田監物親子を討ち取ったり！」

大きな戦果を挙げたが、これより原城へ戻らないといけない。

四郎の本隊は前面の細川勢を蹴散らしながら、徐々に城へ後退していく。その戦いで一度は奪った兵糧も一部、再び取り返された。そして甚兵衛は、実質しんがり軍の役目を引き受ける形となった。

一時的に黒田勢を駆逐したが、殆ど損害を出していない鍋島勢が、甚兵衛勢に接近戦を挑んでくる。

（もう矢玉がない）

甚兵衛は槍隊を前面に出して少しずつ城へ後退していく。しかし、退きながら大勢の敵を迎え討つのはとても難しい。幕府軍の追撃に必死に耐え抜く中、城に近付いたところで城内から援護射撃があった。これにより、何とか城へ戻ることができた。

この戦いで一揆勢は二百五十人、幕府軍も黒田監物親子ほか百数十人の死傷者を出した。

鍋島勢が生け捕りにした城兵の一人が、幕府軍本陣の松平信綱の元に連れてこられた。信綱は、生け捕りにした男に訊く。

「おぬし、名は何と申す」

「……」

「切支丹か」

「……」

「城内にはどれほどの兵糧が残っておる」

しかし、その男はあくまで無言を貫き通した。信綱の目が鈍く光った。

「そうか、何も答えぬか」

床几に座っていた信綱の腰が浮いた。立ち上がるといきなり抜刀し、捕虜の男の腹を切り裂いた。

ブシュッと、返り血を顔に浴びた信綱であったが、眉一つ動かさない。そして刀で割いたその男の腹を覗き見る。

「……ふふ、ふはは。勝った、ようやく勝ったぞ」

信綱に斬り殺されたその男の腹の中には、わずかな草しか入っていなかった。

一方、城方は兵糧と武具の最低限の奪取に成功して帰城したが、大きな動揺が走っていた。総大将の四郎の左袖元に敵の銃弾が貫通した跡が残っていたからである。

「天童の四郎様にも銃弾は当たるのか」

「いや、四郎様だからこそ、体に傷を負わなかったのでは」

受け取り方は城兵それぞれだったが、かなりの兵の戦意が萎えてしまった。

奪った兵糧も、籠城者全員には数日分となかった。

二月二十四日、夕暮れの島原の空に浮かび上がった宗意軒の宿星の光が弱く、今にも消えそうだった。

(どうやらわしの運命も尽きるようだ)

宗意軒は甚兵衛と陣小屋に籠った。そこで、ひたすら勝利の祈祷を続けていた四郎に、

「四郎、もうよい。よくやった」

と、敬称を使わず、ねぎらいの声をかけた。

「もう、自軍を勝利に導く手立てがない。甚兵衛、そして四郎……まことにすまぬ」

宗意軒は跪《ひざまず》いて二人に謝罪した。

「先生、よしてください。皆知恵を絞り、精いっぱい戦いました。武運がわずかにこちらになかっただけのことです」

甚兵衛は無念さを表に出さず、むしろ笑顔であった。

「先生がいなければ、蜂起したとて、単なる小さな乱で瞬く間に藩に鎮圧されたことでしょう」

「父さんの言う通りだよ。先生は僕らの希望だった。徳川を敵に回し、一泡も二泡も吹かせることができた。僕は……皆の役に少しは立てたのかな」

普通の十六歳の少年に戻った等身大の四郎の言葉であった。

「お前こそ、皆の希望の光だった。お前がいなければ、ここまで我らの苦しみを、怒りを徳川幕府に訴えることはできなかったであろう」

宗意軒も笑顔で答えた。

「長崎で修行中に切支丹が代官に殺されるところを何度も見た。天草四郎として生き抜こうと決めたのは僕だよ。自分で決めたんだ。何も悔いはないよ」

心底から偽りのない言葉であった。

「四郎……大人になったな」

衰亡の際にあって、陣小屋の中は穏やかな空気に包まれていた。

しかし、十数万の敵影は雲霞の如く押し寄せている。ふと思い出したように甚兵衛が宗意軒に言った。

「私はどうしても裏切り者、山田右衛門作だけは許せません。ここまで共に忍耐してきた同志なのに、この期に及んで徳川に媚びを売って生き延びようなどと……自害はできぬ切支丹ゆえ、私が斬ってやろうと思いますが、いかがでしょうか」

その言葉を聞いて宗意軒は小屋内にも掲げている軍旗を見た。

「甚兵衛、そなたの思いも分かる。されど、この右衛門作が描いた軍旗を見てみよ。小屋の前に立てた黄金の千成瓢箪を見てみよ。どちらも右衛門作が徳川との戦いのために描き、そしてこしらえたものだ。これを見てるとのう……」

「……右衛門作の思いを量れるのですか」

「奴は奴なりに覚悟を決めてこの戦いに挑んだ。その確固たる思いが軍旗や馬印に表れている。間違いなく右衛門作は仲間であった。軍師のわしがいたらぬゆえ、右衛門作も城外へ脱出した兵も、愛想を尽かしたのじゃ」

寂しそうに語る宗意軒に、甚兵衛はかける言葉が無かった。

「奴は手先が本当に器用で、撃ち込まれた鉄砲の鉛玉でも切支丹信者のためにメダイを作っていた。こんな時代に生まれていなければ、後世に名を残す絵師、文化人になったであろうに……奴も時代の犠牲者なのだ」

そう言うと、宗意軒は小屋の外に出た。自分の宿星は雨雲に覆われて見えなくなっていた。

(消えたか……それともまだ光を失っていないのか)

陣小屋の前には晴信が生きた魚を両手に持って黙って立っていた。

「おお、晴信。それはサバではないか。獲ってきたのか」

「はい。先程から先生が小屋から出てこられるのをお待ちしておりました」

「そうか。住居の方で食べるといいたそう」

二人は薪に火をつけて魚を焼きながら夕食をとった。他の惣菜は海藻のみで米はない。

「おお、いい焼き目がついたのう。いただくぞ」

「先生、兵糧の方はあとどのくらいあるのでしょうか」

「幕府軍より奪い取った分がすべてで二百石ほどかな」

「それだけですか……脱走兵やその家族らがいなくなったとはいえ、まだ二万以上の人が籠城しています。もって数日ですね」

「ああ。もはやくべる薪も少なくなった。夜は寒さも応えるな」

水分を含んだ薪がパチパチと音を鳴らす。

「随分と長い間、多くの敵を殺めて、仲間も苦しめてきた。晴信にも申し訳ないことをした。すまぬ」

「何を申されます」

「わしの策略のおかげでお前と紅の仲を引き裂いてしまった。夫婦になって間もないのにのう」

宗意軒がそれを痛く気にしていることを、晴信は勿論気付いていた。

「紅は確かに心配です。忠直様も今後どうなるやら……しかし、私は駿河を出てきた時より、先生と運命を共にする覚悟でございました」

しばし、二人共無言で串刺しの魚にかぶりついた。その後、切り出したのは宗意軒だった。

「晴信」

「はい」

「お前は……これより原城を出ないか」

「どういう意味でしょう」

「わしの志を継いではくれぬか。わしが真田幸村様から継いだ『万民の泰平の世作り』という志だ」

空白期間があったとはいえ、凪塾で宗意軒から教えを受け始めてはや二十六年余。晴信は師である宗意軒の価値観や哲学を受け継ぎ、もはや分身と言ってもよいほどだ。

師弟関係だが、命がけで戦っている同志でもある。そして宗意軒が戦いの責任を取るべく、この戦場から逃げるつもりがないことも分かっている。

「私如きが先生から志を受け継いで欲しい、と頼まれるのは光栄なことにございます。されど私には、世直しをする力も仲間もおりませぬ」

「私も大坂から九州へ逃げてきた時は一人であった。世の中、一人一代でできることなど、たかが知れている。本当に遂げるべき大志は、受け継いで受け継いで、ようやく実を結ぶものなのだろう」

宗意軒は村正を出した。

「お前は、わしが真田幸村様から受け継いだ、遂げるべき志をよく分かっている。お前しかいない。村正を受け取ってくれぬか」

晴信は、躊躇した。宗意軒の真意は分かる。しかし、

(宗意軒先生のように迷いなく、一心不乱に世直しの戦いを続けていけるだろうか)

という葛藤も同時にあった。

「この戦いが終わったあとも、徳川はますます力と恐怖で万民を抑え込むまつりごとを続けるであろう。切支丹の迫害を行い、気に入らない大名を取り潰し、行き場の無い浪人が天下に満ち溢れる」

「真の泰平の世はまだまだ遠い……」

「この時代でも万民が乗った船は、嵐で荒波、荒波の連続じゃ。お前にはこの荒波を乗り越えて凪を目指して欲しい」

「凪……」

「イスパニア、ポルトガル、オランダにマカオ、そして日本……色んな国々を見てきたが、わしは天草に戻ってきた時、改めてこの地の風光明媚な景色に感動した。この穏やかな有明の海に魅せられた。ここで人生を終えるのは本望。されど、この世はまだ凪には行きついておらぬ」

「凪を目指せと」

「わしはかつて船で難破した。今の世も正に荒波に襲われる船。沈まぬように今後を託せるのは晴信だけじゃ」

宗意軒の真剣な語り口は、晴信への遺言に聞こえた。

ようやく決意した晴信は宗意軒が差し出す村正を受け取った。

「……凪塾出身の弟子である私が、先生の志を受け継ぐ宿命のようです」

晴信は大粒の涙を流しながら、精一杯、言葉を発した。

「おお、受け取ってくれるか……晴信、泣くまいぞ。今まで悲しみの涙は、流しただけ人が死んだ。もう悲しみの涙は流すまい」

宗意軒はそう言って晴信の肩を叩いた。しかし、晴信は宗意軒と再会した時のように泣きじゃくった。

その時、雨が降り始めた。そして突然豪雨となった。雷鳴を交えた雨音は、天も号泣しているかのようであった。宗意軒は何かを思い立ち、立ち上がった。

「この豪雨ならば姿を消してくれる。お前はすぐに原城から出よ。達者でな」

「先生はどうなされるのです」

「織田信長になる。晴信よ……さらば」

そう言うと、宗意軒は本丸へ走っていった。

去っていく宗意軒の背中を見て、晴信は、

（何という人だ。この期に及んでも勝機を探っていたか）

と、改めて宗意軒の執念を目の当たりにした。

（先生は最後の最後まであきらめない。弟子のわしが沈んでいてどうする）

二月二十四日夜から降り始めたこの雨は、二十六日正午あたりまで続く。幕府側は二十四日に軍議を開き、

——総攻撃は二十六日——

と、決定していた。

城方の物見はもはや機能しておらず、その情報は宗意軒には入っていなかったが、物見櫓より幕府軍の士気を計るに、少なくとも今は油断しているようだ。二十六日が総攻撃の日と決まり、大軍を擁する一部の大名は束の間の休息と、陣場で茶会を開催している。

雨はさらに強まり、強風に煽られたどす黒い雲が空を覆う。

二十四日夜、宗意軒は本丸に残った浪人衆を集め、こう叫んだ。

「これより有志で夜襲に出る。左翼の細川勢、右翼の黒田、鍋島勢は大軍ゆえ目もくれるな。城の正面に布陣する馬場利重、榊原職直・職信親子の旗本勢に突撃する。旗本勢を蹴散らし、その背後に布陣する松平信綱の首を狙う。桶狭間の再現をするのじゃ」

意を決した宗意軒が、この豪雨の中、桶狭間にて大敵今川義元を打ち破った織田信長に倣い、奇襲をかけるというのだ。

宗意軒の意向に賛同する者が続々と集い、計五百の兵数となった。

「おう、わしと運命を共にしてくれる者がこれだけ集まってくれたか」

豪雨なので鉄砲は役に立たない。兵卒には槍を持たせ、漏れず帯刀させた。

前面に石つぶてと弓隊を百人ほど編成して後ろに槍隊が控える。それはさしずめ、百年前の戦国の軍団であった。

「甚兵衛、わしが討ち死にした場合の検使はおぬしになっておる。最後まで我らの意地を徳川に見せてやれ」

「……はい。神のご加護があらんことを」

胸元で十字を切る甚兵衛には辛い別れの会話であった。

奉行役の甚兵衛は、決死隊の五百の兵に漏れなく握飯を支給した。これが何を意味するのかは、兵士全員が分かっていた。

「よし、進め！」

耳元でごうごうと風が唸っている。

顔も上げられないほど激しく落ちてくる雨の中、純白の陣羽織を身に着け、出丸から遂に森宗意軒が兵五百を率いて登場した。

宗意軒も槍衾の一人となって旗本勢に突撃する。豪雨は六間(約十メートル)前も見えないほどだったので、五百程の兵卒の足音は完全に消されていた。旗本の馬場、榊原勢は突然、一揆勢に襲われて混乱した。

「敵の奇襲じゃ！　早く、信綱様に知らせねば」

しかし、使者が来る前に前面の旗本勢の騒ぎ声が聞こえて信綱は察知した。

「城方が出てきたようじゃ。細川勢に側面を攻めろと伝えよ」

宗意軒が率いる兵卒は前回も甚兵衛・四郎に率いられ城外で戦闘した者達で、敵の陣形を知っていた。ゆえに動きに迷いがない。的確に旗本勢に突撃できた。

「大名達が加勢に来るまでに何としても本陣へ突っ込むのじゃ！」

叫びながら前進する宗意軒の勇ましい姿は、桶狭間合戦での織田信長というより、大坂夏の陣で徳川家康の首を狙う真田幸村そのものであった。

豪雨の中、宗意軒自らが率いた奇襲は功を奏し、旗本勢は算を乱し、遂に信綱の本陣まで迫った。

陣幕の奥に数人の武士の姿が宗意軒の視界に入ってきた。

(いける！　あとわずか)

白兵戦になり、宗意軒は槍を捨て、右手で刀を振り回し、左手はクナイを飛ばした。

しかし、信綱がいる陣幕まであと五間（約九メートル）まで肉薄したところで、後ろから無数の弓矢が飛んできた。宗意軒の守兵達もばたばたと倒れていった。細川勢の大軍が背後に回ったのだ。

（……ここまでか）

目の前の陣幕にも細川勢と思われる兵卒が総大将を守るために速やかに馳せ参じている。もしも、信綱の守兵が千五百人ではなく、前の上使板倉重昌と同じ八百人程度であったならば、宗意軒の奇襲は桶狭間の再現となったかもしれない。

宗意軒の右肩に弓矢が突き刺さった。

「ぐっ」

力ずくで矢を抜いたが、鏃は骨まで食い込んでいる。陣羽織が朱に染まり激痛が走る。雨は姿を隠してくれたが、そのお陰で飛んでくる弓矢をかわせなかった。

「わしは森宗意軒！　松平信綱、その陣幕にいるであろう！」

立ち止まった宗意軒が叫ぶ。

「おう、おぬしが大坂の陣より天下の徳川に噛みつき乱を起こす森宗意軒か。会ってみたかったぞ」

顔はよく見えなかったが、信綱の陰が宗意軒の前に現れた。

「これは乱などではない。真の泰平の世作りを目指した合戦じゃ……例え負け戦になったとしてもな」

「禁教令後も耶蘇教という邪法を民衆に広め、武装蜂起に駆り立てたおぬしらの罪業は計り知れない。ここで死んでもらう」

「はは、わしよりも罪業を積み重ねているご仁より、そのようなことを言われるとは片腹痛いわ」

「……徳川のまつりごとが罪業を積み重ねているというのか」

「一つずつ挙げればきりがないわ。過酷な労役に年貢徴収、そして禁教……全国に怨嗟の声が満ちておるのを知らぬのか。松平信綱は明察果断な老中だと聞き及んでいるが、やはり世間知らずのようじゃのう」

「おぬしは真田勢の生き残りと聞いておったが……おぬしも幸村同様、戦にて死ぬことになる。不憫なことよ」

「松平信綱！」

宗意軒は、帯刀していた刀を抜いた。

「この世を力で統べることができると驕るな！」

「ほざくな。力で天下を統べなければ戦国の世は終わらなかった」

「戦国は終わってはいない！　徳川がお前の心に宿した闇を斬る！」

（心の闇だと……）

「うおおお！」

野獣の咆哮のように叫びながら宗意軒は、その場で刀を大きく振りかぶり空を斬った。

しかし、振り下ろした白刃に宿っていたものは「殺気」ではなく、「希望」。信綱にはそう感じた。

（こ、こ奴……）

次の瞬間、宗意軒の背後から無数の矢が突き刺さった。

――この戦が終わったら、父ちゃんが望む世が訪れたら……うち達はまた三人で幸せに暮らせるよね――

紅の声が思い出された。

(終わった……紅、約束を守れなくてすまない……)

宗意軒はその場にうずくまり、前のめりに倒れた。敵兵の声と絶えず降り注ぐ雨音が、耳元から次第に遠ざかっていった。

(四)

宗意軒の奇襲隊は全滅となった。

信綱は参陣している全大名を招集し、軍議を開いた。宗意軒の奇襲は信綱を一層用心深くさせた。軍議は本陣ではなく、副使の戸田氏鉄の陣所で行われた。

「この豪雨の中、一揆勢がまた奇襲を仕掛けてくるやもしれぬ。二十六日の総攻撃は二十八日に延期。それまでは各陣営、守りを固めておくように」

二月二十七日、二十四日から降り続いた雨は既に止んでおり、その日は晴天であった。

益田甚兵衛・四郎親子は有家監物と評定の場を持ったが、すでに食糧も矢玉も尽き、為す術無しの状況にあった。

しかし、宗意軒の死後も四郎は、籠城している者達の希望としてあくまでも天童を演じた。

「皆、間もなく寄せ手は全力で攻めてくるであろうが、最後の最後まで我らの思いを敵にぶつけてパライソ(天国)へ逝こうではないか」

総攻撃は鍋島勝茂勢の思いがけない抜け駆けから始まった。

この日の夜に出丸の土手まで鍋島の兵卒が偵察で近付いたが、城内は至って静かで、寄せ手に気付いた数人の城兵の迎撃は、石つぶてだけであった。それを戸田氏鉄の陣所にいた勝茂に伝えると、勝茂はすかさず命令した。

「いける！　出丸、二の丸から全軍攻撃開始せよ！」

これで予定より一日早く、総攻撃が始まった。陸から海から十二万もの大軍が潮のように押し寄せてくる。

実は、城方はその日の夜に最後の奇襲をかけるつもりで兵士は英気を養うべく、一時の休息をとっていたのだ。逆にそのタイミングで鍋島勢から急襲を受けてしまった。

もはや勝てないことは分かっている。

脱出しなかった者達は、女子供も材木や鍋を持って応戦した。

有家監物は討ち死にした板倉重昌の息子である板倉重矩の一騎打ち要求に応えて見事に果てた。

益田甚兵衛も本丸付近で刀を持ち戦っていたが、寄せ手の後方部隊は城内に米びつを運び、兵士に食事をとらせている。それほどの余裕があるのを目の当たりにして、

（負けた――）

と観念し、敵兵に首を取らせた。

四郎は陣小屋にて最後まで祈祷を続けていたが、細川藩士の陣佐左衛門が小屋に侵入してきた際、

（もはやこれまで）

と、メダイを飲み込んだ。

「天草四郎とみた。その首もらい受ける」

一揆勢の皆から崇められた少年の美しい唇に血が滴る。

味方の期待を一心に受け、天童という虚偽の自分を演じ切った少年益田四郎も、ここに散った。

山田右衛門作は、天草丸の牢に閉じ込められていたところを、鍋島勢に発見され、殺されそうになったが、松平信綱からの矢文を見せて助けられ、その後、信綱の元へ連行された。

燃え盛る火柱が、最後まで抵抗した人々の魂と共に空へと舞い上がっていく。

寛永十五年（１６３８年）二月二十八日。

山田右衛門作を除き、最後まで籠城した老若男女が全員討ち死にという、悲劇の傷跡を歴史に残して原城の戦いは終わった。

落城時、晴信は船の上で有明海から原城の炎上を見た。

（先生はもう泣くなと言われた。師から最後の命じゃ。泣かぬぞ）

海路、肥後へ渡り着いた時に赤い雲に覆われていた空が、東の方から明るくなってきた。

（光明が東から射してくる……東だ――）

八　荒天の痕

（一）

「先生、この花のつぼみ、綺麗な花が咲くかしら」

「これは百日紅という花だ。紅く芽吹いてとても綺麗な花が開くぞ」

「ふーん。この花にはどんな色があるの？」

「白、紅、桃。あと紫色の花も咲かせるな」

「先生は何色が好き？」

「……紅かな」

ここは江戸の神田連雀町の裏店。

「張孔堂」という小さな表札を立てた長屋の前で四十過ぎの男が近所の幼女からの無邪気な問いに優しく答えていた。

「張孔堂」はいにしえの中国の軍師である張良と諸葛孔明の名に由来している軍学塾であった。

時は慶安三年（１６５０年）五月。天草島原一揆から十二年が経過している。

一揆鎮圧後、松平信綱の詳細な検証により、島原藩主松倉勝家は、江戸時代唯一の大名の斬首刑となった。一方の唐津藩主寺沢堅高は、飛び地天草領を没収され、出仕の許可も出ず、江戸の海禅寺で自害した。

その後の天草は、幕府直轄領となり、信綱は子飼いの鈴木重成を代官として置いた。

信綱は、一揆鎮圧の勲功として加増されて六万石の川越藩主に移封、老中首座にまで出世した。

その信綱の元に不穏な情報が入ってきた。

軍学塾「張孔堂」では、当初、楠木正成の戦術や中国の兵法、武術を辻説法で教えていたが、江戸中で人気となり、たちまち門弟は二千人を超えていた。

その四十男を師と仰ぐ塾生には多数の浪人、町人、そして大名の家臣や江戸の幕臣までいた。

師の名は由井正雪。出身は駿河国由井村の紺屋だと公言していた。

その塾の講義で堂々と政権批判を行っているという。

「徳川幕府は、慶長十七年（１６１２年）に発布した禁教令により、民衆に耶蘇教を禁じた。昔は、切支丹大名も数多いて、その大名が領民に耶蘇教徒になることを勧めた。この国は民衆がどの宗教を信じようと、自由であった。その自由を民から奪い取り、なぜ仏教徒に改宗を無理強いさせたのか。誰か分かる者はいるか？」

正雪が問うと、数人の門弟が首を傾げながら答える。

「日本は神国だから耶蘇の教えはそぐわなかった、と聞いたことがあります」

「太閤殿下が、耶蘇教がお嫌いであったので徳川の天下に変わってもその方針を踏襲されたのでは？」

ふむふむ、と門弟の意見に真剣に耳を傾ける正雪であった。

「おぬしらの意見は必ずしも間違ってはいない。が、真実はそうではない。当時、南蛮国は日本との交易を求めて時の天下人に近付いた。織田信長、豊臣秀吉、徳川家康……彼らは天下人に許しを得て、耶蘇教の布教に精を注いだ。しかし、その目的は、この日本を南蛮国の植民地にすることだったのだ。実際にインド、ノビスパン、フィリピンは南蛮国に次々と植民地にされていった。これを阻止するために二代目（秀忠）時に禁教令を発布した」

「それは悪いことなのでしょうか？」

「南蛮国の世界征服を警戒するならば、天下を治める徳川幕府が外交問題として解決すべきだ。禁教令により、無辜の民から信仰の自由を奪い取り、改宗を拒む者を無残に殺害する。外の敵に立ち向かう勇気なく、守るべき天下の民を苦しめる。このようなご政道は正しからず！」

正雪の雄弁に門弟は頷きながら耳を傾けている。

「さらに将軍家（家光）は三十八家の大名を取り潰された。徳川の天下になり、これで計二百十七家がご改易、石高では八百七十五万石にもなる。末期養子の禁（大名が亡くなる直前に養子をもらっても跡継ぎとは認めない）などと、訳の分からぬ制度を作って幕府に都合の悪い者は次々と消していく。結果、ここにいる者達も主君のために懸命にご奉公してきたのに、ある日突然禄を失って止む無く浪人になったものが多数おる……これがまつりごととして正しいのかどうか。火を見るより明らかじゃ」

慶安三年（１６５０）年夏。

（おう、今夏も美しく咲いたのう）

正雪は毎年夏になると、百日紅の花をただ眺めて一日が終わることもあった。彼の唯一の楽しみであった。

徳川将軍のお膝元、江戸で堂々と幕政批判をすることを看過できないと考えた信綱は、隠密から――張孔堂の塾長由井正雪は、原城の籠城兵の一人で、森宗意軒の弟子岡村晴信である――という噂があることを耳にした。

（まことに森宗意軒の弟子ならば、あの男を向かわせてみるか）

あの男とは、山田右衛門作である。本当に由井正雪が岡村晴信ならば、当然面識がある筈だ。

山田右衛門作は、一揆のあと信綱から助命され、幕府の「キリシタン目明し」という隠れキリシタンを発見する役割を担っていた。信綱の江戸屋敷内に住まわせてもらい、キリスト教も棄教している。

「右衛門作、神田の張孔堂の由井正雪という人物を探ってまいれ」

「はっ」

信綱は正雪に関する情報を一切、右衛門作には伝えずに間諜の働きを命じた。

右衛門作が一橋門内の信綱の屋敷から出た。張孔堂は門戸開放しており、身分に隔てなく、誰でも入塾、参加できた。

六月二日。お寺の晩鐘が聞こえる。

その日は、正雪が懇意にしている祖心尼が開基した牛込の済松寺を借りて、説法を開いた。天気は晴天でうだるような暑さであったが、彼の話を聞きに二千人以上の聴衆が集まった。この中には門弟以外にも巷で有名な軍学者の話を一度聞いてみたいと、興味をそそられた町人や幕臣もいる。その中に右衛門作も混じっていた。

　現れた正雪の姿を見て右衛門作は咄嗟に気付いた。

（晴信……岡村晴信ではないか！）

　正雪は、数千人の門弟がいる塾を経営しながらも、いつもうす汚れた山師のような出で立ちである。道場で武術の訓練を行う時は稽古着だが、その日は、紺色の袴に紙子の羽織であった。

「本日は随分多く集まったな」

　と、前置きをして説法を行った。

「今、天下に浪人は五十万人ほどいると言われておる。その殆どが望まないのに、浪人になってしまった、ということが問題じゃ。この日本で浪人が溢れ始めたのは関ケ原合戦後。石田三成側に与した大名の多くがお取り潰しとなった。それ以来はや五十年。半世紀もの間、天下は徳川将軍の世襲で治められてきたのに、いまだに浪人の数が減っておらぬとは一体どういう顛末か。幕府は何をしてきたのか」

　正雪の説法は毎回初参加の者がいて、その者達からどよめきが起こる。

（こんな恐れ多いことを毎回話しているのか――）

　それは右衛門作も同様で大きな衝撃を受けた。しかし、正雪はそんなことは気にも留めない。

「かつて徳川家康公は、亡くなる前に後世の統治者へ向けた遺言を残している。その内容を知っている奴はいるか。幕臣でもよい、知っている者は挙手してみよ」

聴衆は、お互いに顔を見合わせるが、挙手する者はいない。

「そうか、それでは教えよう」

そこで正雪は、「家康百か条」を暗唱した。

「武居（威）に驕り帝位をないがしろにし天地君臣の礼を乱れるべからず。およそ国をもつ職分は、民を安祥ならしむるにあり、先祖を輝かし、子孫を栄しむるに非ず。湯武の聖徳もこの旨を主と知るべし。天下は天下の天下に非ず、また、一人の天下に非ず。ただ、仁に帰すること、深く研究すべし——我が命、旦夕に迫ると言えども、将軍斯くおはしませば、天下のこと、心安し。されども、将軍の政道その理にかなわず、億兆の民、艱難することあらんには、誰にても其の任に代わらるべし。たとへ他人が政務を執りたりとも、四海安穏にして万人その仁恵をこうむらば元より家康が本意にしていささかも恨みに思うことなし——」

二千人の聴衆が静まり返って正雪の暗唱を一言一句逃さないように真剣に聞いている。

「……以上のようなものじゃ。家康公は、これを自身の子孫に伝えたかったのではない。時代が変われば天下を統べる者は、徳川の者ではなくなるかもしれない。しかし、いつの時代も天下人の心構え、まつりごとのあるべき姿は不変であるという、後世の統治者への遺言じゃ。今際の際にその域に達せられたのであろう」

一人の武士が質問をした。

「家康公は、万民が安穏たる仁政を敷ける者が天下人であるべきだと、例えそれが徳川の血筋の者でなくともよいと、主張されていたのですか」

「いつかはそうなるやもしれぬと予期していたのであろう。現在の将軍家が、家康公の望まれた将軍であるか否か。万民を幸福にしている天下人か否か。皆どう考える」

正雪の説法は、徳川政権の基盤を作った家康の政治観をとりいれているので、幕臣ですら真剣に聞く。

「ここには大坂、京、駿河の遠方からも集まる。わしの門弟でなくても、わしの話を聞いた者は、自分の国へ戻り、各々が自分の頭で思考してくれ。この世の理想のあり方をな。すべてはお上の言う通りに、などと思考停止してはならぬ。ひたすら従順な犬になれば、人間であることを放棄したことになる」

聴衆からは拍手と大きな歓声が沸き上がる。町人や浪人だけでなく、現役の武士からも賛辞の声が上がった。

「正雪先生は世のあるべき姿を教えてくださる。先生のような方が将軍になってくれれば、天下の万民は幸福になるのになあ」

町人の誰かが、そう言った。このような自由な発言ができる空間がこの張孔塾であった。

正雪の説法は一刻ほどで終わった。その後の講義は、楠木正成や諸葛孔明の活躍の話、南蛮の火術妖術の話など広範に渡った。

すべての話が終わり、会場となった済松寺を聴衆が出る時、殆どの者は今後に希望を見出したような明るい表情をして会場を後にした。

聴衆が続々と退場していく中で正雪自ら、門を出ようとしている一人の男を呼び止めた。

「山田右衛門作だな」

町人姿に変装していた右衛門作は二千の群衆に紛れていたのでまさか、気付かれていたとは思わなかった。

「その程度の変装でわしにばれないとでも思ったか」

「晴信……久しぶりじゃ。十二年ぶりぐらいかのう。よもやお前が由井正雪だったとは」

居直った右衛門作は振り向いて正雪と向かい合った。

「右衛門作、おぬしが江戸で松平信綱の世話になっていることは誰もが知っている。あれだけ藩政、幕政を憎んでいたおぬしが棄教までして徳川につくとはのう」

「わしは、心は今でも切支丹だ。信仰を捨てているわけではない」

「ほう、それをわしに公言するとは。幕府に密告すればおぬしは終わりだな」

「晴信……いや正雪。お前こそ、これだけ堂々と政権批判をしているとは驚いたぞ」

「わしは正しいことを述べているだけだ。だから大名も旗本もわしの話を聞きに来る。だが、侍から殺されそうになったことはない」

「……」

「だがな、右衛門作。おぬしは間諜としてここに来たのは明らかだ」

「その通りじゃ。信綱様からの密偵じゃ」

「信綱様……じゃと」

瞬時、正雪は右衛門作の喉元にクナイを突き付けた。聴衆はもう皆、寺を出ている。見渡す限り周囲はもう誰もいない。

「この幕府の犬が！　ようも我々を裏切ってくれたな。十二年来の怨みを晴らす時が思いがけずきたようじゃ」

右衛門作の喉元に冷たい感触が走った。

「わ、わしは宗意軒先生と初めて会った時もこのようにクナイを突き付けられた。その弟子にも同じようにされるとはな」

右衛門作は、もはや逃れられないと観念しているのか、緊張はしているが、まったく抵抗する様子がない。

「先生からもだと」

「筑前秋月で……だが、同じ切支丹であったゆえ、殺されなかった。そのあと、甚兵衛と三人で島原、天草に戻った」

「悪いが、わしは切支丹ではないんでな。悪く思うな」

クナイを握る力がさらに入る。ほんの少しずらすだけで右衛門作の頸動脈は切られたであろう。しかし、正雪はクナイを右衛門作の喉元から離した。

「右衛門作は我が師の友……弟子のわしが殺めることはできぬ」

正雪から強烈に発していた殺気が一気に消えると、右衛門作はがくりと膝をつき、その場でへたり込んだ。

「右衛門作、おぬしが裏切った後も先生は、決しておぬしを憎まなかった。おぬしを最後まで仲間だと思って討ち死にしたぞ」

「……先生が……」

「島原ではあの戦いのあと、農地を耕す者も漁を行う者も皆いなくなり、領民集めから大変だと耳にしておる。故郷の島原へ戻って地元のために尽くしたらどうだ」

そう言って、晴信は本堂の方へ消えていった。

（二）

一橋門内の松平信綱邸にて、右衛門作は密偵の報告を行った。

「右衛門作、由井正雪はどのような人物であった」

「楠木正成の軍学者であるようです。中国や南蛮の軍学にも通じており、知識教養に関しては十年に一人の秀才かと」

「随分と褒めるんだな。駿河訛りはあったか」

「ありました」

（森宗意軒は楠木流軍法を高野山の塾で教えていたという。正雪もやはりそうか。しかも駿河訛りがあるならば……）

「由井正雪とは、岡村晴信ではなかったか」

そこで信綱は核心を尋ねた。右衛門作は突然、信綱の口からその名が出るとは思いもしなかったので一瞬、ためらった。

「……」

「どうした？　おぬしは岡村晴信とは面識があろう。分からなかったのか」

「岡村晴信ではありません。別人と思われます」

右衛門作の返事に間が開いたことで信綱は、由井正雪が岡村晴信であることを確信した。

（こ奴、昔の同志を庇う気か）

しかし、あえてそれ以上は問いたださなかった。

「そうか。して、正雪は徳川幕府を批判する説法を行っているという評判があるが、それはまことであったか」

「はい、それは確かに。されど徳川家康公のご遺訓を用い、道義を重んじ、筋の通った論法で話しますので、浪人はますます不満を高め、幕臣はご政道のあり方を改めて見つめ直しましょう」

「おぬしの報告を聞けば聞くほど由井正雪というお男、早く消さねば危険じゃのう」

すると、右衛門作は意外な返事をした。

「恐れながら、それはやらない方がよいかと思います」

「なぜじゃ」

「たった一人の男を亡き者にするのはいとも簡単。されど、町人・百姓・侍の身分に関わらず、あれだけ堂々と正義を説く軍学者を消すのはいかがかと。正雪の考え方が正しいと思っている者は浪人衆だけでなく、幕臣にも多いゆえ」

「多いゆえ、幕府のためにも危険因子は早く取り除いた方がよいと言っておるのじゃ」

「殺せば浪人だけでなく、武士への影響力が大き過ぎます。全国の門弟らが各地で蜂起する恐れがあります」

「右衛門作はそれほど正雪の力を大きいとみるか」

「本当に正雪をやるならば、まずは幕臣や大名を説諭できるだけの大義が必要かと」

「おぬしは、このまま幕府が正雪を殺めるのは大義が無いと申すか」

「御意にございます」

信綱は一つ苦笑して、すぐ真顔に戻った。

「右衛門作がわしにたてつくとは思わなかったのう」

「正雪が優れた軍学者であることは疑いのない事実。殺すよりむしろ幕閣として迎え入れた方が得策と考えます」

右衛門作の提案は余りにも意外であった。突然、信綱の怒声が屋敷内に響き渡った。

「幕政批判をする正雪と手を結べだと？　もうよい！　おぬしの面倒を見るのはこれまでじゃ！」

「分かっていただけないのは無念至極でございます」

「おぬし、たった一度の正雪の説法を聞いて感化されたのではないか」

「いえ、決してそのようなことは」

「浪人を扇動する恐れがある正雪を野放しにはできぬ。右衛門作は今日よりお役御免じゃ」

落胆した右衛門作だったが、気持ちを切り替えて言った。

「……今、島原藩主高力《こうりき》忠房様が作りどり（田畑の収穫物に年貢をかけない）で移住奨励をなされているとのこと。高力様は信綱様とご昵懇の仲と伺っております」

「高力忠房と鈴木重成は、わしの最も信用する温厚篤実な人物じゃ。ゆえに高力に島原を、鈴木に天草を任せた」

「その島原はそれがしの故郷。余生は故郷のために微力ながら尽くしとうございます」

「勝手にせい。本日中にこの屋敷を出よ」

そして右衛門作はその日より江戸から姿をくらました。

正雪は説法が終わってのち、済松寺を無償で貸してくれた祖心尼に礼を述べた。

この祖心尼という人物、伊勢国岩手城主、牧村貞利の娘で俗名「おのう」といった。

父は豊臣秀吉の朝鮮出兵時に命を落としたが、その後、前田利家の息子前田利長の養女として、一族の前田直知に嫁いだ。

しかし、おのうは、この頃高山右近をはじめとするキリシタン大名と懇意にしていたことを理由に突然、離縁を申し付けられ、しばらくしてのちに会津藩主蒲生忠郷の家臣で町野幸和という人物と再婚させられる。

しかし、蒲生家も跡継ぎがおらず、寛永十一年（1634年）改易となり、夫は浪人となる。やむなく家族で江戸に移住した。

おのうは、前田家と離縁してのちしばらく京都の妙心寺雑華院にて禅を学び、学問に励んでいた時期があった。そのため、妻女として蒲生家でも重用されていた。その教養の高さがおのうの叔母で家光の乳母にあたる春日局の目にとまり、江戸に移住後は、大奥で春日局の補佐役に抜擢された人物である。

将軍家光の信頼厚く、おのうは孫娘も春日局からの強い要望で、側室として嫁がせている。

つまり、おのうは家光の義理の祖母にあたる。寛永二十年（１６４３年）に出家して祖心尼を名乗り、その後、家光の土地寄進により済松寺を建立した。大奥の女中達は勿論、将軍家光にも禅の心を教え続けていた。

家光の側近ともいえる立場の祖心尼であったが、波乱の人生を歩んできた経験からか、それとも禅宗に帰依し、出家しているゆえの達観からか、正雪の哲学や死生観にとても共感していた。それは夫の主家が末期養子の禁で改易されたことで、その制度を批判する正雪に共感したなどという、単純な理由ではない。

時の権力者に媚びへつらわない。決してぶれることのない正義感を抱き、それを説く。由井正雪と祖心尼はお互いに相通じるものが多くあったことが理由である。

「祖心尼様、いつもご協力感謝しております」

「いえいえ。張孔堂も正雪先生が説法を開講されるたびに聴衆が増えておりますね。世間が先生のような方を強く求めている証です」

「私の神田の方の居宅では、今日のような大勢の聴衆を集めることはもはや無理ゆえ、大いに助かってござる」

正雪はいつしか自分が、森宗意軒の弟子の岡村晴信だということ、妻は松平忠直の娘で森宗意軒に育てられた紅という女性であることを偽りなく祖心尼に話していた。

弟子にも公にしていない私的事情を、彼女にだけは打ち明けていた。それは、彼女が徳川家光の親族でありながら身分、立場を超えて自分の思想・言動を全面的に支援してくれるからだ。

(宗意軒先生も大坂から落ち武者だった時は一人だった。そこから賛同者が増えていった。わしにも真の理解者ができた)

正雪がそんな感慨に耽るほどに祖心尼は正雪のよき理解者であった。

家光のよき相談役ともいえる祖心尼の寺で、正雪は家光批判を展開する……皮肉な関係だが、祖心尼は正雪の主張は正しいと確信している。

そして、そのような考え方が世に広まるのは天下のためによいことだという、大局観の持ち主であった。極めて器量の大きな女性と言えるだろう。

出家していることもあり、政治には直接関わっていない身とはいえ、立場上は徳川政権の中心にいる。紅が今どういう状況にいるのかも知っている。

天草島原一揆後、挙兵を企てた松平忠直は不問となった。

信綱は、既に豊後に流罪になっている忠直を死罪にすると、忠直の弟忠昌、息子光長が蜂起する可能性が高いとみた。

弟忠昌の越前北ノ庄は五十万石、息子光長は越後高田二十六万石の藩主だが、特に越後高田藩は実質四十万石以上あると言われ、この二藩が挙兵すれば三、四万の兵を動員できる。

さらに忠直を将軍にしたいという武将は、幕府内にも数多いるので、一揆に引き続いて天下の大乱となりかねない。それを恐れて不問に処したのである。

ちなみに忠直は、慶安三年（１６５０年）十月に享年五十六歳で亡くなっている。

忠直の元に匿われていた紅は、天草島原一揆後、越後藩の光長の元で生活することとなった。あれから十三年。紅には、時折縁談の話が持ち上がったが、

「夫のある身です。どうしても、と言われるならばここで舌を噛んで死にます」

と、頑なに拒んでいた。藩主光長にとって紅は異母姉にあたる存在なので扱いにくかった。

そのような事情を知っている祖心尼は、いつか正雪と紅を再会させてあげたいと密かに考えていた。

慶安三年（１６５０年）の冬。

正雪は江戸の一番弟子で宝蔵院流の槍の師範を務める元最上家家臣、丸橋忠弥と共に駿河にいた。京都、大坂の門弟が密かに集まり密議を交わした。

「正雪先生、この冬、将軍家は体調を崩され、大名とは接見せず、朝廷の使者にはわずか十歳の嫡男、家綱様に対応させているとか。かなりの重症では」

「その話はまことのようじゃ、我が塾生の藩士らもよく話題にしておる。もしも将軍家が病で危篤ならば、絶好の機会が訪れる」

「今なら門弟が各地で蜂起しても将軍が下知できない……挙兵する頃合いですな」

「いや、幕府には松平信綱がいる。注意深く準備せねば」

密議に加わった門弟は、丸橋忠弥のほかは京の熊谷直義、大坂の金井半兵衛でいずれも由井正雪に心酔していた。

「まだ五歳の竹千代様を早々に元服させ、家綱と名乗らせた。それが正保二年（１６４５年）四月。将軍家は既にその頃より自分の命が長くはもたないことを悟られていたのだろう。ゆえに家綱様の元服を早められた。将軍家がご逝去なされたら即、行動に移す」

そう言うと、正雪は今後の計画を詳細に説明した。

家光は近日中に亡くなる。家光が亡くなれば、側近には殉死する者も多くいる筈だ。

幕府の首脳部が不在の空白期間に丸橋忠弥が中心となって江戸小石川の火薬庫を爆破し、町中を火の海にする。

将軍が不在の中、狼狽する幕閣を斬り倒して後継者家綱をさらう。同じように京、大坂でも町々を火の海にして京では二条城を、大坂では大坂城を乗っ取る。

正雪は、有志らと同じく駿河の各地に火を放ち、駿府城と久能山を奪い、家綱を連れた丸橋忠弥ら江戸組と合流して、いずれ東海道を西上してくるであろう、江戸幕府軍との戦いに備える……というものであった。

「政権の空白時を狙って江戸、京、大坂、そして駿河と同時に蜂起すれば誰も止められませぬ。必ずうまくいくでしょう。して、家綱様はどうなされるおつもりで？」

金井半兵衛から訊かれた正雪は、泰然と答えた。

「次の将軍になっていただく。後見人は、紀州藩の徳川頼宣様が最適だ」

紀州藩は、水戸藩、尾張藩と並んで「徳川御三家」のひとつ。徳川頼宣は豪邁雄偉《ごうまいゆうい》と知略を持って天下に「南海の竜」とその異名をとった豪の者で、家康の十男である。

父親の家康も、

「これぞ宝子よ」

と、称した人物で、正雪の噂を聞き、江戸赤坂屋敷に正雪を客人として招き入れたこともある。その時、正雪は、軍学の話に留まらず、徳川政権のあるべき方向性や実行すべき具体的政策まで率直な意見を注進した。

徳川御三家の大身でありながら頼宣は、正雪の考え方に大いに共感し、藩独自で熱心に浪人対策に尽力していた。

丸橋忠弥が、率直に意見した。

「されど、家光が回復することはないでしょうか。江戸には旗本も塾生におりますれば、いっそここで家光を暗殺してしまった方が、計画は順調に進むと思われますが」

しかし、その提案には正雪は首を横に振る。

「将軍家を暗殺すれば、わしが常日頃から説く道義に反することになる上、敵を増やすことにもなる。得策ではない」

そう答える正雪には、家光の祖母ながら自分に協力を惜しまない祖心尼の顔も頭に浮かんでいた。

「様々な情報から危篤であることは間違いない。我らが動くのは明日になるかもしれないのだから周到に用意をしておく」

正雪の門弟は京、大坂、駿河に各千人、江戸には二千人ほどいて、これにいざ賛同者を募れば全国にいる五十万人の浪人はほぼ加担するであろう。キリシタンから仏教徒に改宗させられている民衆も加われば、徳川の現政権を転覆するだけの勢力に十分成り得る。

天草島原一揆の際は、天草・島原という限定地域で幕府軍と戦ったが、松平信綱の迅速な対応が功を奏して全国に波及することはなかった。

しかし、今度は江戸に京、大坂そして駿河で天下人不在時に同時に蜂起するのだ。さすがの信綱といえども、すべての暴動鎮圧に対応はできまい。こちらは家綱を抱えて正規軍となる。それが正雪の戦略であった。

「各々、くれぐれもぬかりがないように」

皆の顔には期待感と緊張感が漂っていた。その日の密議は終わった。

翌年の慶安四年（１６５１）年二月。

その日は江戸に雪が降っていたが、張孔堂の剣術道場では、雪などたちまち解けそうなほど、道場生の熱気に包まれていた。正月から休み返上で、正雪も剣の指導に熱が入った。また、丸橋忠弥も槍の指南に日々精を出していた。

そこに門弟の一人が、

「正雪先生、客人です」

と、声をかけた。

「今、稽古中だ。少し待ってもらえ」

「客人は名を祖心尼と言われておりますが、ではそのように伝えます」

「何、祖心尼様が……分かった。すぐまいる。客間へ通しておけ」

　正雪は指導を一端止めて、小袖に着替えて客間で祖心尼と対面した。

「これはこれは祖心尼様。ご用があれば私から牛込へ伺いましたものを」

「いえ、先生もお忙しいところ、突然お伺いして申し訳ありません。道場の方は賑やかですね。客間にも勇ましい掛け声が響いてきます」

「いやあ、お恥ずかしい。男だらけのむさ苦しい場所です。ところで赴きのご用は？」

「実は今夏の参勤交代にて、越後高田藩の松平光長公が江戸に出府なされます」

「その松平光長公が何か？」

「その折には先生の妻、紅君と申されましたか……共に出府いただくよう、働きかけてございます」

「何、紅が江戸に！　それはまことでございますか」

「はい」

　祖心尼は上品な笑顔で答える。

「在府中に久々にご自身の妻とお会いなされませ。そして再び夫婦生活ができるよう、この尼も尽力いたします」

　さすがの正雪も最初は驚いたが、徐々に険しい表情に変わっていった。

「祖心尼様、ご真意を伺いましょう」

　と、単刀直入に訊いた。

「正雪先生、あなたが天草島原一揆を起こした首謀者、森宗意軒の愛弟子であったことを松平伊豆守殿は既に知っています。いずれは追手がこちらにも……」

正雪はフフフと静かに笑った。

「それは百も承知。もしも私がここで幕府に討たれるならば、それは天命。この世にはもう役立たずの人物ということでござる」

「そんなことに尼はさせたくないのです。尼が実の孫のように可愛がってきた将軍家も、もはや今際の際。ここぞとばかりに、一部の幕閣が先生と争うようなことになれば天下の大乱に繋がる」

「……」

「家光様が亡くなれば次は家綱様が将軍になられる。その時、尼が軍法指南役として先生をご推挙したいと思います」

「祖心尼様は、私に幕閣になれと、申されますか」

「その通り。それが叶えば無駄な争いは無くなり、先生も安心して紅君と再び夫婦生活が営まれます。幕臣にも喜ぶ者が多々おりましょう」

「紅と会えるならば、それは至極嬉しいです。されど、重臣の中で私をよく思わぬ仁もおりましょう」

「家綱様の側近最有力は家光様の異母弟、保科正之殿になるでしょう。正之殿は先生の教えを直に聞けばよき理解者になると思います」

「私が望む仁政を敷くことができる重臣ということですか」

「その通りです」

「されど……老中に私を亡き者にしたいと思うておる仁もおります」

祖心尼もそれは松平信綱のことだと分かっている。

「信綱は師を殺めた宿敵。その宿敵と同舟は叶いませぬ。師に申し訳が立たぬ」

その正雪の言葉に祖心尼は笑った。

「ほっほっほ。先生ともあろうお方が、そのような小さなことを」

「ち、小さなことと言われるか。信綱のせいで森宗意軒先生は、真田幸村公より託された大志を遂げられなかった。その志を受け継いだ私が信綱と手は結べぬ」

「されど、その受け継がれている志、先生が幕閣となって遂げることができるならば、どうでしょう」

「……」

「先生、大志を遂げる信念が揺るぎのないものであれば、過去の怨讐は捨てないといけません」

「むむ」

正雪は腕を組んだ。少なくとも祖心尼は、家綱が将軍に就き、その補佐役には松平信綱よりも家光の異母弟保科正之が適任と期待しているようだ。

家光にも禅を教えて実の祖母のように接してきた祖心尼には、代替わりで新しい将軍が就いた時に、老中主席の松平信綱の力を弱めて、武断政治に終止符を打つ。その後の政治の重要な指南役を由井正雪に任せたいという望みがある。

「出家している尼がこのような出しゃばったことは言うべきではないと、百も承知ですけども」

「この場ですぐに結論は出せませんな。祖心尼様がお考えになっていることは分かりました。されど、仮に私がその気になったとて、信綱がそれを認めましょうや。私と共に幕政の改革を進めていくとは、考えにくうございます」

実は、祖心尼もそれが一番のネックだと考えている。

「伊豆守殿には尼からも説いてみましょう」

それから二カ月後の慶安四年（１６５１）年四月二十日、一進一退を続けていた家光の容態が急変し、江戸城内で逝去。享年四十八歳であった。

家光の死により、同日に堀田正盛（大政参与）、阿部重次（老中）、内田正信（下野国鹿沼藩主）らが殉死した。

正雪の周囲は、にわかにざわめき出した。門弟の内、浪人衆は挙って正雪の決起を期待し、幕臣達は今後の先行きに不安を覚えていた。

「正雪様、決起の好機でございます」

そう促す丸橋忠弥はいきり立っている。しかし、正雪はまだ動かなかった。

「今、家光公の取り巻きの重臣達が殉死している。あ奴はどうであろうか」

「松平信綱のことでありますな」

「ああ。信綱は家光公のお側小姓時代から側近中の側近。家光公の幕政の残務を終えると殉死するやもしれぬ」

「家光公、ご逝去の日に他の老中も殉死しているのに、信綱めが、自ら命を絶ちましょうや」

「分からぬ……今、それを見定めている。信綱さえいなくなれば、家綱様を連れ去らなくても幕政を変えられる。さすれば無駄に血を流さなくてすむ」

正雪の意見は道理である。丸橋忠弥だけでなく、京の熊谷直義、大坂の金井半兵衛も正雪の指示を今か今か、と待っていた。しかし、正雪は動かない。

「幕閣となって先生の志を遂げられませ――」

祖心尼の言葉を反芻している。

確かに正雪の計画もかつての森宗意軒同様、徳川家を滅ぼすことではなく、徳川政権下で政治改革を行うことだ。その方向性は、宗意軒の雄図よりもむしろ現実的と言えるだろう。

ゆえに、家光の重臣達が挙って殉死し、家綱が四代将軍となることにより、首脳部も完全に世代交代するのであれば、正雪は祖心尼の協力を得て、保科正之を懐柔し、幕府全体を動かすことができる。そしてそれは最も血を流さない方法であることも間違いない。

そして――

(紅……夏に紅と会えるのか)

豊後の別れ以降、一度も会えていない。

運命に引き裂かれた夫婦が一緒に生活できたのはわずか三年ほどである。その後十三年間も会えなかった最愛の妻と再び夫婦として一つ屋根の下で生活ができるかもしれない。

祖心尼は正雪の理想にとても共感している。彼女の願いは、正雪が塾で主張を続けている万民の泰平の世を、第四代将軍徳川家綱の時代に実現すること。そのために正雪を幕閣として重要なポジションにつけること。そしてそれらが叶う時は、正雪にとっても紅との生活が再びできるということだ。

(紅も三十六歳か……天草大矢野の時のようにまた一緒に過ごせればいいのう)

しかし、結果的に信綱は殉死しなかった。

——伊豆まめは、豆腐にしては、よけれども、役に立たぬは切らずなりけり——

——仕置きだて、せずとも御代は、まつ平、ここに伊豆とも、死出の供せよ——

と、世間から大いに皮肉られた。

慶安四年（１６５１年）六月末に正雪は祖心尼の元を訪れ、一カ月後の七月二十六日に越後高田の大名松平光長の出府に紅が同行し、翌日、牛込の済松寺にお忍びで来るという話を聞いた。

世情は不安定で自身の今後の動向も定まってはいない正雪だが、紅と再会したいという思いは募るばかりであった。

紅が頑なに再婚に応じていないことも耳にしている。時は経ても、二人の愛情は何も変わらなかったのだ。

しかし、そんな正雪の淡い期待は、皮肉にも彼の教えが広く浸透してきたおかげで泡のように消えてしまう。

慶安四年（１６５１年）の七月に入って、江戸の町はざわめいた。

墨染の黒衣に身を包んだ百人ほどの僧侶の集団が江戸に現れ、彼らは幕府の大目付に直談判に向かった。

僧侶達の頭領は三河国刈谷藩主松平定政。

将軍家光が逝去すると定政は、薙髪して出家した。江戸に出府したのは、幕府に以下のような建白書を提出するためである。

——これだけの浪人が天下に満ち溢れているのに、救済措置どころかますます浪人を増やしていくご政道はいかがなものか。我が領土は二万石ほどしかないが、それでも一人五石ずつ分け与えれば四千人の浪人が救われる。そのように措置していただきたい――

というものであった。痛烈な幕政批判をし、領土を返上して自ら大名であることを辞したのである。

しかし、そんな本人の熱意も虚しく、僧侶として出府しての建白書提出の行為は、老中松平信綱が「狂気の沙汰」と、松平定政の行動を非難し、領土は「返上」ではなく、「没収」扱いとした。

さらに定政は既に出家した身であったが、咎人として定政の兄で三河国掛川藩主松平定行の預かりの身となった。最終的にそこが彼の終焉の地となる。定政をあくまでも罪人として裁いたのである。

この事件は世間一般だけではなく、幕臣にも信綱の裁断は間違えているとの認識が生じた。

定政が信綱の裁断により掛川で蟄居と決まってすぐ、京の熊谷直義が、怒りが収まらない定政の元家臣達を引き連れて江戸の張孔堂にやって来た。

彼らは泣きながら、正雪に幕政批判をする。

「我が殿は仁君でありました。仁君ゆえ、自身を犠牲にして顔も名も知らぬ浪人衆を救うべく決断し、行動したのです。殿は徳川幕府にこびへつらわず、天下に奉公したのです。これが咎人として罪を受けなければならない所業なのでしょうか」

熊谷直義も正雪に切実な表情で訴える。

「先生、家光公がご逝去され、家綱様がまだ正式に征夷大将軍に就かれていないこの間こそ決起の時。松平信綱を放逐しない限り、代変われど、徳川の天下で泰平の世は築けませぬ！」

このような、真の滅私奉公を信条とする大名が出てきたのは、明らかに正雪の影響である。門弟ではなくても彼の影響を大いに受けた人間は全国的に増え続けていた。

（これは捨て置けぬ事件じゃ）

そう思いながらも、正雪は黙ったままだ。門弟の思いは十分に分かっている。

しかし、松平信綱との間を取り持ってくれている祖心尼の思いを踏みつけることになりはしないか。

「そなた達の思いはよく分かった。されど、三河よりこれだけ多くの武士、黒衣の僧侶が集っては、信綱は必ず警戒する。いや、もう手は打っているだろう。今、騒ぎを起こせば、これ幸いと必ず討ち取られる。機を待て」

そういうと座を外して表に出た。

百日紅が世俗の事も知らずに美しい花を咲かせている。

あとを追い、忠弥は正雪の背中に声をかける。

「先生、まさか祖心尼様の甘言をまともに受けられているのではござりますまい」

「どういう意味だ」

「家光様ご逝去から三カ月。信綱の殉死はもうありますまい。むしろ『今や徳川幕府を支えているのは自分』という自意識が強まる一方でございましょう。祖心尼様も所詮は徳川の人間。あまり信用なされますな」

「それは失礼な物言いじゃ。祖心尼様のご協力がなければ、張孔堂もここまで大きくはならなかった。あのお方は親徳川か反徳川か、などと小さな視座で世間をみてはおられぬ」

「祖心尼様がそうであっても、信綱は信じるに足りぬ仁。先生の教えを忠実に実行する大名が罪人として裁かれているのですぞ」

忠弥も語気を強める。勿論、師に向かっての諫言は覚悟あってのことである。その言葉にも黙って花を見る正雪の横顔は寂しげであった。

「先生！」

次の瞬間、忠弥は刀を抜いて、正雪が見つめる百日紅の花を斬り落とした。咄嗟の行動に驚いた正雪は忠弥の胸ぐらを掴む。

「忠弥、何をする！　わしが最も大切にしている花を！」

「その百日紅こそ、先生の迷いの元と直感しましたので」

「むむ、弟子の分際で許さぬぞ、忠弥！」

正雪は凄まじい形相で殴りかかろうとする。

「先生は先程より物憂げな表情をなされていた。その怒った表情を見ると私は安堵いたします。されどその怒りは、門弟の私にではなく、徳川幕府に向けていただきたい」

忠弥はまったく動じる様子はない。逆に正雪は言葉がなかった。

「私が斬ったのは花ではなく、先生の迷いです……御免」

そう言ってゆっくりとその場から立ち去っていった。こぼれ落ちた満開の百日紅は、少しずつ色を失っていった。正雪はただ、呆然とそれを見つめた。

（これも我が宿命か――）

七月二十二日早朝。正雪は済松寺にやって来た。

「あら先生、朝早くから今日はどうされました」

「祖心尼様、本日は謝りに参りました」

「何のことでしょう」

「ご尽力いただいたのに、まことに申し訳ございません。私はこたび、紅とは会えませぬ」

祖心尼は驚いて、正雪に事の成り行きを尋ねる。

「これより紀州の徳川頼宣様のもとへ参ります」

正雪は松平定政の家臣達の訴えを看過はできなかった。しかし今、門弟達が望む決起をすれば、それこそ不平不満分子を一掃したいと思っている信綱の思う壺である。

熟考した上で三河刈谷藩主、松平定政の処置については幕府に大きな影響力を持つ徳川頼宣に相談しようという思いに至った。そして挙兵する際は、頼宣の協力が得られるのかどうかも探っておきたい。

「今日、もう出立されるのですか。五日後には紅君と再会できるのですよ」

「松平定政殿の家臣たちが殺気立って江戸に集ってございます。彼らは私の挙兵を待っております。ゆえに私はしばらく江戸にいない方がよろしいかと考えました」

「先生がいなければ彼らだけで兵を挙げることはないと。それにしても十数年もの長い間、会えなかった連れ合いにもうすぐ会えるのに……」

「私も残念です。されど、もはや五日も江戸にのんびりと滞在しておられる状況ではなくなりました」

何という二人の運命よと、ひどく同情した様子の祖心尼であったが、正雪はもう決心している様子であった。

「祖心尼様、信綱は私を幕閣に入れることについて、どう考えておりましょうか」

「実は……その件で話をしたいと伊豆守殿に伝えておりますが、伊豆守殿は政務多忙を理由に一度も尼と会ってはくれませぬ」

（やはりそうか）

と、正雪は思った。

自分が天草島原一揆の敵だったことを知っているならば、当然、祖心尼の切り出す話題は避けたいだろう。さらに家光が生存中ならばまだしも、家光亡き後、影響力が小さくなる祖心尼の要望を聞き入れる必要もないと、信綱は考えているに違いない。

しかし、祖心尼はまだあきらめてはいないと言う。

「先生が説かれる天下のまつりごとのあり方が、新将軍にどれだけ大切かを伊豆守殿に理解してもらわねば、徳川政権も危ういでしょう」

祖心尼の発言に偽りはなかった。真に正雪を天下の政治に必要不可欠な重要人物だと評価しているのだ。

「そこまでこの正雪のことを……恐悦にございます」

「先生はこれからの世に無くてはならないお方。ゆえに決して短慮はなりませぬ」

「紀伊までの行路でもよく考えてみます」

しかし、正雪は心の中で、

（松平信綱と共に理想郷は抱けぬな）

という思いが確信になっていった。

「祖心尼様、紅に伝えて欲しいことがあります」

（三）

正雪が九人の弟子と江戸を出立したその日の午後、張孔堂の留守を預かる丸橋忠弥と柴田三郎兵衛が中心となって松平定政の家臣十数人と密談を交わしていた。

柴田三郎兵衛は、丸橋忠弥と同じ元最上家家臣で、主家の改易で浪人となっていた。

忠弥は、松平定政の家臣達に戦う決意を語った。

「おぬしらの怒り、もっともじゃ。領国内の民に限らず、天下に溢れる浪人達のことを思い、自ら大名の座を捨てて彼らを救うなどという行為は、これ正に天下へのご奉公の模範。賞賛されどすれ、咎人として裁いた松平信綱こそ狂人。天誅を下さねばならぬ！」

「おおーっ！」

道場にいる皆がどよめく。しかし、定政の家臣の一人が尋ねた。

「されど正雪先生は、江戸を出立なされた。いかがなされるつもりじゃ」

「先生は、自らが企てられた江戸、京、大坂、駿河を火の海にして家綱様をさらう計画を迷われているように見える。先生がいない今こそ、江戸で我らが行動に出る。東海道で先生にその知らせが入れば、先生も立ち上がらざるを得なくなる」

「して丸橋殿。蜂起はいつ？」

「明日二十三日深夜、小石川の火薬庫を襲い、江戸城に集まる幕閣達を殺害し、家綱様を質に取る。さすれば正雪先生も動く。こたびは三河国刈谷の同志も加わるので、駿府城、久能山を一気に奪取できるだろう」

久能山は徳川家康の遺骸が埋葬された徳川幕府の聖地である。そこの奪取に正雪がこだわりをみせたのは、

――徳川幕府よ、今一度原点に戻れ――

という強いメッセージを発信したいという思いがあったからだ。

「江戸だけで門弟は一千人いる。これより明朝までに門弟に漏れなく声をかけて、明日亥の刻（午後十時頃）、張孔堂の塾生は二手に分かれて江戸城大手門と小石川火薬庫前に、三河衆は一橋門の松平信綱邸前に集まるように」

評定は終わった。それから張孔堂の門はひっそりと閉じられた。屋敷内では武具の手入れを塾生達が入念に行った。

そんな塾生の中で一人、周囲の人影忍んで神田から一橋へ向かう者がいた。

七月二十二日申の刻（午後四時頃）、松平信綱の屋敷の前で門番にその男は訴えた。

「火急の知らせでござる。松平伊豆守様に至急ご拝謁願いたい」

「お名前は」

「奥村八左衛門」

信綱が張孔堂に放っていた密偵の一人である。

信綱は八左衛門に事の始終を聞いたが、特段驚いた様子もなく、即座に立ち上がった。

「よし、直ちに対応する」

日付が変わり、七月二十三日の丑の刻（午前二時頃）、張孔堂を北町及び南町奉行の追手が囲んだ。

中にいる丸橋忠弥は有名な槍の使い手なので、外から、

「火事だ！　火事だ！」

と、叫んで忠弥が丸腰で外に出てきたところを難なく捕縛した。

小石川も江戸城周辺も厳重な警備が既に配置され、門弟ら浪人衆が集まる予定であった場所にはすべて高張提灯《たかはりちょうちん》が明々と点いていた。

事変を起こそうとした輩は次々と捕縛され、結局、当日の蜂起直前に事変は未遂で終わった。

さらに信綱は、幕府の役人駒井右京に正雪を追わせる。

一方、正雪の方は、今回の江戸の騒動を、三河国刈谷にて耳にした。

(馬鹿な！　既に信綱は色んな場所に罠を仕掛けている筈。自らかかるようなものじゃ)

門弟らの血気に逸る思いと信綱の用心深さを熟知しているからこそ、正雪は、

(今は頃合いではない)

と、江戸をいったん離れ、徳川頼宣の元へ協議に向かっている道中なのだ。

しかし、もう江戸では取り返しのつかないことが起こっている。

「こうなっては仕方ない。紀州和歌山までたどり着くのは無理であろう。取りあえず駿河へ向かう。我が門弟、駿河の町年寄梅屋太郎右衛門宅にて今後の協議をいたす」

そう言って、急ぎ、刈谷を出発した。

幕府の追手として江戸を出立した駒井右京に次いで、松平信綱がわずか数人の近侍のみを連れて東海道を西へ向かった。

信綱が江戸を離れることを諌める家臣も多かったが、彼は一言、こう言った。

「由井正雪を自ら捕まえる」

七月二十五日未明に正雪一行は駿河に到着、梅屋で草鞋を脱いだ。

迎え入れた梅屋太郎右衛門は、

「ようこそ先生、江戸は大変なことになっているようですな」

と、挨拶もそこそこで駿河も慌ただしくなっている状況を説明する。

「時間が無い。明朝にもこの梅屋に集まるよう、駿河国の門弟に至急知らせてくれ」

弟子には忍びの術を会得している者も多い。たちまち四方に散らばった。

正雪は宿とした梅屋の二階から外を眺め見る。北には駿府城が、東には久能山が見える。

(次回、駿府に来る時は士気軒昂な兵を率いてくる筈であったが……こんなことになるとはのう)

正雪の心に絶望が忍び寄ってくる。

(いや、宗意軒先生は、最後の最後まで幕府軍を倒すべく動かれた。わしもかくありたい)

と、思いを改めると、駿河までの道中の疲労感が一気に噴き出し、その場で眠り込んだ。

同日、ちょうど陽が沈んだ頃、正雪は周囲のざわめく声で目が覚めた。

(もう、門弟らが駆けつけているのか)

と、思ったが、一階の表口でただならぬ騒ぎ声が聞こえる。

二階の窓から下を見ると、十手を持つ駿府の町奉行らしき大勢が梅屋を囲んでいた。

「由井正雪！　二階にいるのは分かっている！　御用だ」

叫んだのは駒井右京であった。入り口では門弟が刀を抜いて臨戦態勢になっている。

「確かに私は由井正雪である。貴殿は何者じゃ」

「わしは江戸よりの追手、駒井右京じゃ」

「江戸より……松平信綱の手の者か」

「そうじゃ、伊豆守様も間もなく駿府へご到着される。おとなしく捕まれ」

「ほう、信綱が自ら……それはよい。私は逃げも隠れもせぬ。信綱が到着するまで待つとしよう」

「何をほざくか。伊豆守様には捕縛した貴様の姿を見せねばならぬ」

「おぬしら幕臣の細腕で、私を斬れはせぬ。仮に私を殺せば、門弟が各地で蜂起するぞ」

「むむっ」

駒井右京、駿府の町奉行落合小平治の捕り方は、梅屋を囲んだまま正雪の門弟としばらくにらみ合いが続いた。

既に死を覚悟した正雪は、部屋で遺書をしたためた。

そして二十五日戌の刻(午後八時頃)、松平信綱が梅屋に到着する。囲む捕り方は久能山警備の与力や同心らも加わり、一気に増えた。

梅屋の周囲が、高張提灯で昼のように明るい。

「由井正雪はいるか！」

信綱が二階の正雪に大声で呼びかける。

そこに遺言状をしたため終えた正雪がゆっくりと窓から姿を現した。

「おう、ここにいるぞ。お前が松平伊豆守信綱か」

「貴様は森宗意軒の弟子、岡村晴信だな。調べはついておる」

「岡村晴信はいない。今は由井正雪だ」

「確かに駿河訛りがあるな……貴様は駿河国宮ケ崎の岡村晴信だ。由井村出身と偽っておるのは、一族に迷惑がかからぬように配慮したのであろうが」

「何度も言わせるな、私は由井正雪だ」

正雪の門弟は九人。信綱ら幕臣は既に五百人を超えている。もはや正雪は逃げようがない。

「まあいい。正雪、貴様を捕えて徳川の天下の闇を無くす。覚悟いたせ」

「闇を抱えているのは、信綱、お前の方だ。お前の心の闇をここで斬る！」

正雪がそう叫んで抜いた刀は村正であった。

(う、その言葉……)

信綱の脳裏に原城から突撃してきた宗意軒の姿が鮮明に蘇る。

張り詰めた空気が二人の間を漂う。

「信綱！　力で万民の泰平の世が作れると驕るな！」

「貴様の言葉……かつて森宗意軒からも言われた。さすがに師弟じゃ」

正雪を見る信綱になぜか殺気が感じられない。

「正雪、貴様には聞きたいことが数多ある。神妙にお縄を頂戴しろ」

「聞きたいことか。私がしたためた遺書はお前宛に書いたものだ。あとでよく熟読いたせ」

(正雪は既に遺書を残しているのか)

この時点で正雪の切腹を止めることはできないと、信綱は悟った。

「知恵伊豆」と呼ばれて将軍家光の信頼厚く、たちまち老中首座まで上り詰めた信綱が、どうしても解せないことがあった。それはなぜ、森宗意軒や由井正雪といった有能な軍学・哲学者が徳川の現政権に命がけで抗うのか、である。

勿論、信綱は正雪を幕閣に入れることは、端から反対である。

(あれだけの一揆を起こし、政権批判もしている者を幕閣に入れるなどは論外)

天下に乱が起これば、何としてもそれを鎮圧する。大名に不穏な動きがあれば容赦なく取り潰す。徳川へのご奉公第一と考えてぶれずに天下の政治を取り仕切ってきた。

さきの天草島原一揆に関しても、鎮圧後に事の成り行きを念密に調査した結果、島原藩主松倉勝家、唐津藩主寺沢堅高の苛政にも非があったと判断し、二人を処罰した。

しかしながら、かつての森宗意軒、そして今、由井正雪から、

「お前は心に闇がある」

と、指摘される。

自分の政治は間違えているのか、もし、間違えを起こしていたならば、それは何なのか、改める点はどこなのか、正雪と率直な意見を交わしたくなった。そのために正雪は殺さずにからめとりたい。

「正雪、貴様と森宗意軒が望んだ世作りの話を詳しく聞きたいのだ。大人しく捕まれ」

「祖心尼様と対面することすら拒んでいるお前の行動からやることは分かっている。我らを見せしめとばかりに、拷問にかけて苦しめたのちに殺す。その手には乗らぬわ」

信綱は言葉が続かなかった。

「私も宗意軒先生も長い間、闇に身を浸してきた。徳川の政《まつりごと》を改めるために人生を賭けてきたのに無念じゃ」

「……いや、幕政にひがごと（道理にあわず間違っていること）数多あるという正雪の指摘、直に聞いてみたかった」

率直な信綱の言葉に正雪も少し意外そうな表情をし、わずかに口元が緩んだ。

「ふふ、おぬしの口からそのような言葉が出るとはな。ならば自ら張孔堂に来てもらいたかったのう。されどもう終わった」

「……そうか。正雪、あの世では貴様と森宗意軒とゆっくり話がしたい」

正雪は高笑いした。

「ふははは！　あの世だと？　お前も私も行くのは地獄」

「そうだろうな……では三途の川の手前で待っておれ。後からわしも貴様を追う」

この時、顔が合った二人は共に微笑した。

「そうか信綱、先に行っておるぞ！」

そして気迫のこもった呼気を一つ吐き、正雪は、村正を振りかざした。

「うぐっ」

正雪は自分の腹を掻っ捌いた。障子窓が血飛沫で赤く染まる。無言のまま、梅屋の二階を見上げる信綱に代わって、町奉行の落合小平治が叫ぶ。

「梅屋に入れ！　正雪一行を捕えよ！」

捕り方達が一斉に梅屋になだれ込んでいった。

（紅、今生でもう一度だけ会いたかった……先生、力及ばず岡村晴信かくあいなりました――）

弟子に介錯を頼まず、正雪は最後に村正で自身の心臓を突き刺して果てた。享年四十七歳であった。

正雪の門弟は七人が討ち死に、二人はあとを追って自害した。

「伊豆守様、終わりました」

下士の報告にしばし呆然としていた信綱は、ようやく我に戻り、梅屋の二階へ上った。

壮絶な自害を果たした正雪をしばらく見ると、彼が残した遺言状を手に取った。周囲の喧騒をよそに、信綱は正雪に言われたように一言一句に目を通してみる。

町奉行が、正雪が自害に使用した村正の刀を下士に破棄するよう、指示した瞬間、

「待て。その刀はわしが預かる」

と、信綱が口を開いた。

「これは村正。徳川家には災いをもたらすと評判の妖刀でございます。棄てた方が……」

下士がそう言うと、

「いや、不逞な輩に渡ることがないよう、わしが持っておく。それが一番安全じゃ」

と、正雪の血が付いたままの村正を鞘に納めて自身で帯刀した。

ここに俗にいう「慶安の変（由井正雪の乱）」は未遂事件として鎮圧された。地上で行われた血の惨事とは裏腹に、駿府の夜の帳に浮かぶ星は美しく輝いていた。

（四）

慶安四年（１６５１年）七月二十七日、前日に江戸に到着した紅は、牛込の済松寺へ近侍を二人従えて、お忍びでやって来た。

「祖心尼様、お初にお目にかかります。紅でございます。色々とご尽力いただき、本当に感謝いたしております」

紅はその年の始めから晴信と会える日を心待ちにしていた。そのために祖心尼が労を惜しまず動いてくれたことも聞いている。まずは謝意を述べた。

「あなたが紅君……話はよく由井正雪先生から伺っておりました」

「あ、今は正雪ですね。その正雪先生はどこに？」

紅は左右を見渡し、子供のように期待の目で祖心尼を見つめる。

「それが……」

祖心尼は、正雪から預かった小さな板を一枚、紅に渡した。板は天草大矢野で宗意軒と晴信と三人で暮らしていた頃の「森療庵」の表札であった。

紅はその表札を渡されて事の成り行きを大体察した。

「祖心尼様、これは……」

「尼の手抜かり……力が足りませなんだ。紅君、お許しくだされ」

そして祖心尼は、もう一つ、七月二十三日から幕府がばら撒いている正雪の人相書きを見せた。

「これは、確かに岡村晴信です。夫はお尋ね者になったのですか」

「はい。そしてついさきほど……駿府より知らせが届きました」

紅は、思わず表札板を落とした。

「まさか……夫は……」

祖心尼は黙って頷いた。

運命に弄ばれた夫婦が十三年振りに感動の再会を果たす筈の場所で、妻はまさかの夫の悲報を聞いてしまった。

「なぜ……なぜ、いつもこんなことになるの！」

紅は泣き崩れた。しばらく祖心尼も声がかけられなかった。

(あんちゃん！　生きていれば、いつか必ず会えると信じていたのに……あんちゃん)

そのあまりの悲しむ様に、この夫婦の愛の深さを祖心尼は垣間見た。

「紅君、さぞお辛いであろうな」

「戦の中で生まれて、戦で父（森宗意軒）を失い、そして今夫も……辛いばかりの人生です。この世に生を受けるべきではなかった」

「大体の事情は伺っております。されど、その言葉、実の親のように可愛がって育てられた父御《ててご》が生きておられたならば、さぞお悲しみでしょうね」

「……」

「そして紅君、そうやって涙を流すほど死を悼む連れ合いにも出会えて幸せでしたなあ」

祖心尼はにっこりと微笑みかけてそう言った。意外な言葉に紅は思わず顔を上げた。

「私達は夫婦になってわずか三年で戦の渦に巻き込まれました。父と夫と三人で一緒にまだまだ生きていたかったのに」

「まあ、三年も至福な時を過ごされましたか。それは良かった」

夫婦の再会に尽力してくれた祖心尼が皮肉を言う筈はない。しかし、その言葉の真意を計りかねた紅は、彼女の顔をじっと見た。

「紅君。たった三年なのか、三年も、なのか。どう感じるかは貴女次第」

「……たった三年ではないと言われますか」

「どちらでも同じ三年。であれば、三年も幸せな時を過ごせた、と思われた方が貴女も幸せでござりましょう？」

「三年も……一緒にいれたと」

「人生、幸せであったか不幸であったかなんて自分の感じ方次第。されど、これだけは知っておかれよ。少なくとも貴女は今、生かされているのです。貴女を愛した方々によってね」

表札と人相書きを見ながら紅は、少しだけ言われた意味が分かった気がした。

「貴女を見ているだけで亡父や夫への愛の深さを感じます。今を生かされている人間として、やるべきことがある筈です」

「やるべきこと……」

「それはご自分でお考えなされませ。正雪先生より言付けを預かっております」

翌日の七月二十八日、松平信綱は江戸の屋敷に戻ってきていた。

駿府で預かった村正を改めて眺め見る。

(これが真田幸村、森宗意軒、由井正雪と譲り受けられた刀か)

白刃についている血をゆっくりと拭い紙でふき取る。ほんの一瞬、誤って刃が信綱の手の甲に軽く触れた。すうっと皮膚の上に一筋の赤い線が浮き上がった。

(何という斬れ味。これでわしの心の闇を斬ったというのか……)

血は手の甲から手首、肘へと滴り落ちていくが、それを拭うこともなく、信綱は村正をじっと凝視していた。

「殿、越後高田藩主、松平光長公がお越しでございます」

「来られたか。よし、客間へ通せ」

参勤交代で江戸に出府した松平光長が挨拶をするべく信綱の屋敷を訪問した。江戸城ではなく、信綱が自身の屋敷で非公式に対面したのは、まだ十一歳の家綱が正式に将軍に就任していないからである。

信綱は、光長が今回の江戸出府で紅を連れてきていることを知っていたので、

（紅君に由井正雪のことを詳しく聞いてみよう）

と、彼女にも同席を命じた。

光長が藩主を務める越後高田藩は徳川の親藩である。しかし、幕閣としては老中首座の松平信綱の方が大名よりも格上であり、上座には信綱が、下座には光長と紅が座った。

「越後守（光長）殿、遠路はるばるこたびの出府、大義でござる」

「はっ。伊豆守殿も将軍家亡き後、ご多忙と聞き及んでござります」

平伏する光長だが、紅は頭を下げはしない。それに気付いた信綱が訊いた。

「そなたが由井……いや岡村晴信の妻だった紅君か」

すると紅は無言で立ち上がり、信綱の前に歩み寄ると突然、

「松平伊豆守！」

と怒声を上げて、信綱の頬を張ろうとした。

あまりのことに誰も声すらあげられなかった。

――松平信綱と顔を合わすことがあったら、一発頬を叩いてやれ。そしてこう言うのだ――

右手を振り上げた紅だったが、叩くことはできなかった。代わりに信綱の体を思い切り押しのけた。

「わらわは東照大権現、神君徳川家康の曾孫である！　家来筋の分際で頭が高い！」

これが正雪の紅への伝言であった。素の豪胆な岡村晴信に戻った彼らしい、最後の妻へのメッセージである。

信綱も彼の近侍も驚きのあまり、閉口した。

慌てた光長が、

「あ、姉上！　お控えなされ！　伊豆守殿に失礼でござるぞ」

と、紅をたしなめたが、

「弟殿は黙っておれ！」

と、言うことを聞かない。

しかし、上座に仁王立ちする紅に対して、彼女の顔を見上げた信綱は戸惑った。

（何という悲しげな顔をされておるのじゃ）

その後、落ち着いて、下座に擦り下がると辞を低くした。

「ははっ、ご無礼仕りました」

「伊豆守殿。私は育ての親森宗意軒を、夫の岡村晴信をそなたに殺された。そなたにはそなたの大義があろう。されど……」

上座にいる紅を押さえようと信綱の近侍が立ち上がったが、信綱自らそれを止めた。

「いつまで血を、涙を流し続ける世が続くのか。もう、懲り懲りです。皆が幸せな、皆が笑って暮らせる真の泰平の世にしてくだされ。伊豆守殿、どうかどうか、お願いいたします」

そこで紅は初めて信綱に平伏した。

「……」

無言のまま、信綱も丁重に頭を下げた。

（森宗意軒、そして由井正雪。わしは貴様達に闘いでは勝ったが、勝負には敗れたようじゃの——）

（五）

天草島原一揆後、島原藩主になった高力忠房は荒廃した島原領で一年間の年貢免除を謳い、浪人も帰農させて積極的に移住政策を行った。そのため、島原にも徐々に活気が戻ってきた。

一方天草では、信綱が置いた代官鈴木重成が、一揆勢の供養塔を建立し、寺沢家時代に算出された石高四万二千石が、実測してみると半分の二万一千石だったことに驚き、百姓の年貢を軽減するため、幕府へ運動を続けた。

鈴木重成の直訴に信綱も将軍家や他の老中達に理解してもらうべく奔走した。しかし、その中途で重成は江戸の屋敷にて急逝したのである。慶安の変の二年後のことであった。

表向き病死と伝えられていたが、心労からの自害との噂も絶えなかった。罪悪感が信綱の胸を侵した。

（重成は、領民の辛苦を幕府に訴えるべく必死であった。わしが力になれてやれなかったばかりに……）

信綱は、重成の死後も尽力し、結果的には後を継いだ息子の鈴木重辰《しげとき》の代に石高半減を四代将軍となった家綱に認めさせた。

「これ以上、天草の領民を苦しめると天草の草や木まで徳川を呪い恨むでありましょう。天草、島原の領民も天下の民。仁政を敷かねばなりませぬ。何とぞ」

熱情的に訴える信綱の目尻には涙が溜まっていた。

(あの冷徹非情な知恵伊豆とまで言われた男が民のことを思って涙を流している――)

それまでの信綱を知っている幕閣ほど、その変わりようには驚きを隠せなかった。

そして数十万人もの浪人を出し続ける要因となっている末期養子の禁については、慶安の変からわずか四カ月後に将軍に直訴していた。

「この制度のおかげで浪人は増え続け、第二、第三の由井正雪が現れてしまいます」

しかし、当制度の廃止には、家綱本人だけでなく、保科正之も真っ向から反対する。

四代目にして初めて若年の将軍を抱いた徳川幕府。政権基盤を安定させるには、今後も不穏な動きをする大名は改易にできた方が都合がよいからである。

しかし、信綱は強調する。

「それが乱の苗圃《びょうほ》になり続けるのでござる！　鎧を着る、刀が鞘から離れる時代は終わらせないといけませぬ――」

結果的にこの末期養子の禁は段階的に緩和されていくことになった。

大名の力を弱めて中央集権の強化に最も貢献した幕閣は紛れもなく松平信綱である。その信綱が慶安の変後、明らかに多情多感な発言が多くなった。

末期養子の禁緩和の件を筆頭に、保科正之以下、井伊直孝、酒井忠勝、阿部忠秋ら他の老中全員を敵に回す論争が随分と増えた。しかし、信綱は、

――力で天下の領民を抑え込むような武断政治は、もう終わりにしなければならない。法や秩序を重んじる文治政治へと変わっていかねば、万民が渇望している真の天下泰平の世は築けない――

との確固たる信念を持つ。時には帯刀している村正を眼前に出して強く主張した。

「天下のためならば、いつでもこの刀で切腹する覚悟がある」

正雪の遺書には、幕政の非情な政治手法を非難し、浪人衆や困窮している民を救わなければ徳川将軍のためにもならないとあった。

「――天下の制法無道にして、上下困窮仕り候事、心有る者、誰か悲しまず候哉。然るを松平能登守（定政）殿、諫言のため、遁世致さるといへども、却て狂人と罷成り、忠義の志、空しく罷成り候事、天下の大なる歎き、上様御為宜しからざる儀に存じ候――」

正雪が遺書でしたためた内容は、以降の信綱の政治観を劇的に変えた。

頑なまでのその姿勢と主張内容に、

（森宗意軒、由井正雪が松平伊豆守に憑依している――）

幕閣達の誰もがそう感じるほどであった。

彼の文治政治実現への強い思いは、確実に将軍家綱、そして側近第一に出世した保科正之らの意識を変えていった。

応仁の乱から始まった長い戦国の世は、徳川家康が江戸幕府を開府し、収まったかに見えた。しか

し、力で統べる時の権力者に対する戦いは続いた。乱世の余韻は、由井正雪が起こした慶安の変まで続いていた。

約二百年に及ぶ戦国乱世は、ここにようやく終結したのである。

一方、正雪の支援を続けていた祖心尼の済松寺は慶安の変後、寺領の内、四百坪ほど幕府に没収されたがそれ以外にお咎めはなかった。

紅は、信綱との対面後、出家して尼になることを申し出て藩主松平光長も容認した。

若い頃は人一倍、寂しがり屋だった紅が自ら選んだのはさらなる孤独な人生。しかし、本人たっての希望で、法名は祖心尼が命名してくれた。その名は「天郷院」……紅にとって、宗意軒と晴信と三人で暮らした場所、故郷天草の地名が由来である。

慶安七年（１６５４年）夏。

天郷院こと紅は、関ケ原合戦以降の戦没者供養のため、全国を行脚していた。

踏み出した新たな道は、凄惨な過去と平和な未来を紡ぐ道……そう信じて。そして十六年半ぶりに天草大矢野の地に立った。

「もりすけさん」の名で愛された医師森宗意軒を地元民が祭った森宗意軒神社があった。

紅は、境内に足を入れると、拝殿で先に拝んでいる男を見つけた。その男は足取りがおぼつかない老人で、拝殿に深々と頭を下げると境内を出ていった。

紅はすれ違いざま、軽く会釈してその老人の背中をしばらく見た。

（あの人は……たしか……）

しかし、その寂しげな背中に声をかけることはなかった。

そして拝殿の前に立つ。

(切支丹だった父ちゃん、神社の祭神になったんだね。うちは尼になったよ。人生って不思議だね……)

参拝を終えると、大矢野郷越野浦のかつての自分の家の前まで足を延ばした。

家はあの時のままで灯りが点いていた。新たに移住した町人が住んでいるようだ。

(何も変わっていない……家に帰ればあの二人が酒でも飲んでいるんじゃないかしら)

そんな錯覚に陥る程、周囲の景観は昔と変わっていなかった。紅は持参した「森療庵」の表札を出して家の前の地に置いてみる。

実の親のように育ててくれた森宗意軒と、最初で最後の愛を共に育んだ夫岡村晴信との生活がつい最近のことのように思い出される。

しかし、家の中からは、まったく知らない人の笑い声が聞こえてきた。時は確実に経っているのだ。

紅はもう涙をこぼすことはなかった。無償の愛をひたすら注いでくれた二人への感謝の思いで心は満ち溢れていた。

紅はそっと表札を拾い上げて大矢野の夏の遠い空を見上げた。

(父ちゃん、あんちゃん……刀や槍は持たないけど、うちも戦っているよ)

微かに聞こえてくる有明海のさざ波の音は、流麗でまさに泰平の世の調べであった。

あとがき

大坂夏の陣で無類の強さを誇った豊臣方の真田幸村（信繁）勢。その真田勢の中に天草島原の乱を起こした人物がいる——それを知ったことが今回の物語を描くきっかけとなった。

筆者は著書『真田幸村～紅蓮の炎燃え尽きるまで』（風詠社）を執筆する際に真田昌幸・幸村親子の事を調べて気付いたことがある。「徳川を相手に戦ってもう一度、真田の武勇を轟かせる」という執念を抱く父昌幸と、子の幸村の思いは少し違いがあったようだ。

幸村は昌幸の次男で若い時から人質生活が長かった。彼の大坂城入城の動機が流罪中に亡くなった父の無念を晴らすという個人的理由であれば、九度山で知り合った人々が百人以上も命を捨てる覚悟で付いていくであろうか。大名どころか一城の主にすらなったことのない幸村の武将としての能力が評価されていたとも考えにくい。真田幸村という人物がそれだけの求心力を備えており、意気軒昂な軍勢を統率できたのは、彼の言動が「万民が望む天下泰平の世」作りに基づいたものだったからであろう。

そんな真田幸村配下の武将に森宗意軒という、天草島原の乱において反乱軍の参謀を務めた人物がいた。彼の事を記した史料は少ないが、九度山から幸村に従属して大坂の陣後、二十二年の年月を経て再び徳川を相手に戦っている。彼こそ幸村の大志の継承者だった。ちなみに蘆塚忠右衛門・忠太夫兄弟のように森宗意軒と同じく幸村配下の武将で天草島原の乱に参戦した者も複数人存在している。

そしてフィールドワークで訪れた熊本県上天草市大矢野に「森宗意軒神社」があり、境内の解説板には「由井正雪に妖術と軍略を授けた」と記されてある。さらに鹿児島に足を延ばすと「豊臣秀頼は薩摩で生き延びていた」というエピソードが伝わる史跡も存在した。ここから壮大な物語の着想を得た。

大坂の陣以降の徳川幕府は、家康という大きな存在を失って政権瓦解の不安からか、意識的に武断政治に邁進していた感がある。長い戦国時代を経て徳川の世に移っても、民衆は圧政に苦しめられ続けた。当時を生きていた人々にとって「戦国乱世は終わっている」という認識はどれほどあったであろうか。そんな時代に天草島原の乱、そして慶安の変（由井正雪の乱）は起こった。

今回の執筆は、コロナ禍の真っ只中で資料収集やフィールドワークが難しい時期があった。脱稿前にはロシアによるウクライナ侵攻が始まった。時代は違っても、歴史上の出来事と現代に起こる出来事の根幹には通底するものがある。現代に生きる我々と同じような辛苦の経験をした先人たちは「何を考えてどう生きていくべきか」という命題について一つのヒントを与えてくれている。

最後に、本作品のプロット構築において東京都立大学社会人類学者の綾部真雄先生にはイメージを膨らませる貴重なアドバイスをいただいた。また、郁朋社の佐藤聡氏には文章の加筆・修正に適切かつ丁寧なご指摘・ご助言をいただいた。そして貴重な資料・文献を送っていただいた上天草市役所、天草文化協会、平戸オランダ商館、電話取材や相談に快く対応いただいた島原市役所、天草市役所、ほか数多くの方々に対して紙上で謝意を表したい。

二〇二二年十二月八日　　自宅にて　　筆者

【著者紹介】

大澤 俊作（おおさわ しゅんさく）

福岡市生まれ。日本ペンクラブ作家。
2000年、「臥龍の夢～戦国孔明黒田如水」（叢文社）で文壇デビュー。2011年、歴史小説「紅蓮の炎燃え尽きるまで」でコスモス文学新人賞受賞。アクロス福岡、小中学校校長会、地方自治体等で講演多数。2019年、福岡県大野城市「大野城心のふるさと館」開館一周年記念特別事業にて「芝居de歴史」イベントを実施（歴史講義、脚本演出、楽器演奏を担当）。
現在、大野城市「山城塾」歴史講師、西日本新聞TNC文化サークル歴史講師、ギター講師を務める。

黎明《れいめい》の空《そら》

2023年1月26日　第1刷発行

著　者 ― 大澤《おおさわ》 俊作《しゅんさく》

発行者 ― 佐藤　聡

発行所 ― 株式会社 郁朋社《いくほうしや》

〒101-0061　東京都千代田区神田三崎町2-20-4
電　話　03（3234）8923（代表）
FAX　03（3234）3948
振　替　00160-5-100328

印刷・製本 ― 日本ハイコム株式会社

装　丁 ― 大澤　伶志

落丁、乱丁本はお取り替え致します。

郁朋社ホームページアドレス　http://www.ikuhousha.com
この本に関するご意見・ご感想をメールでお寄せいただく際は、
comment@ikuhousha.com までお願い致します。

 ISBN978-4-87302-780-7 C0093